国家古籍整理出版专项经费资助项目

○闲雅小品丛书○

主编 曹亚瑟

山河空念远
——怀人小品赏读

习斌 姚宇 注评

中州古籍出版社
·郑州·

图书在版编目(CIP)数据

山河空念远:怀人小品赏读 / 习斌,姚宇注评. —郑州:中州古籍出版社,2018.1(2023.10重印)
(闲雅小品丛书)
ISBN 978-7-5348-7442-0

Ⅰ.①山… Ⅱ.①习…②姚… Ⅲ.①小品文-作品集-中国-古代 Ⅳ.①I262

中国版本图书馆CIP数据核字(2017)第269452号

SHANHE KONG NIAN YUAN : HUAIREN XIAOPIN SHANGDU

山河空念远:怀人小品赏读

丛书策划　梁瑞霞
责任编辑　张　雯
责任校对　邓正辉
装帧设计　知耕书房

出 版 社	中州古籍出版社(地址:郑州市郑东新区祥盛街27号6层　邮编:450016　电话:0371-65723280)
发行单位	河南省新华书店发行集团有限公司
承印单位	河南大美印刷有限公司
开　　本	890 mm×1240 mm　A5
印　　张	10.5
字　　数	200千字
版　　次	2018年1月第1版
印　　次	2023年10月第3次印刷
定　　价	29.00元

本书如有印装质量问题,请联系出版社调换。

前言

"但愿人长久,千里共婵娟。"古往今来,苏东坡的这两句词,引发多少人的深深共鸣。人有悲欢离合,月有阴晴圆缺,此事古难全!徒留几多怅恨,恨海难填!

当年庄子的夫人去世,惠子跑去吊唁。只见庄子坐在地上,鼓盆而歌。惠子很是气愤,哪有妻子去世了,还在唱歌的!庄子说了这么一番话:"夫人去世,我开始也很伤心。后来一想,人由生至死,不就像春夏秋冬四季轮回吗?现在夫人静静地安息于天地之间,如果我在这里痛哭不已,岂非太不通达?"这就是著名的"庄子鼓盆"的故事。在这里,庄子流露出的是豁达的"天命观"。

"纵有千年铁门限,终须一个土馒头!"参透生死,并不是一件极难之事。可真正到了生离死别之时，又有多少人能够轻易放开？"有生必有死，早终非命促。"这是陶渊明在《拟挽歌辞》（其一）里的两句。在这里，陶渊明已然将生死看得很淡。然而，亲人的接连离丧，依然让他感受到了莫大的痛苦。"奈何程妹，于此永已！死如有知，相见蒿里。"这是他在《祭程氏妹文》里对妹妹的泣血相告。"感平生之游处，悲一往之不返。情恻恻以摧心，泪愍愍而盈眼。"这是他在《祭从弟敬远文》里对堂弟的深切哀悼。

"今年花落颜色改，明年花开复谁在？"正如花开花落，季节转换，生老病死，本属自然界的规律。可是，生命的离去，却将最深的痛苦留给了至亲至爱的家人、朋友。正由于这份难以排遣的痛苦，王戎为母亲守丧，才会终至"哀毁骨立"；王徽之在弟弟王献之灵前，才会感叹"人琴俱亡"；弟子颜回早逝，孔子才会哀叹"今也则亡，未闻好学者也"；钟子期离世，俞伯牙才会慨叹知音不再，抚罢"高山流水"，摔琴而绝，终生不复鼓……前尘如梦，俱往矣！

如何抒发内心的哀痛？寄情于文字，无疑是最好的表达。那些细绵而真切的怀念，静静地流淌在文字间；那些痛切而深挚的感情，深深地寄寓在文字中。于是，在唐诗里，我们能够读到"曾经沧海难为水，除却巫山不是云"，"明月不归沉碧海，白云愁色满苍梧"；在宋词里，我们能够读到"十年生死两茫茫，不思量，自难忘"，"重过阊门万事非，同来何事不同归？"同样，在大量的传世散文里，我们能够读到《泷冈阡表》《祭十二郎文》《祭妹文》这样的感人篇章。

"无父何怙，无母何恃。"失去父母，孩子们又该依靠谁呢？在怀人小品里，那些怀念父母的文章，总是有着格外感人肺腑的力量。"子欲养而亲不待"，这样的遗恨，岂非古今皆同！

欧阳修《泷冈阡表》，便是一篇怀念双亲、感人至深的文章。父亲去世时，欧阳修才四岁，对于父亲的印象，全部来自于母亲的讲述。而且他写此文时，父亲去世已整整六十年。为文之难，可想而知。然而，欧阳修却通过一支生花妙笔，将对父母的无限怀念之意，痛快淋漓地抒发出来，令人怜而叹，哀而凄。母亲去世时，归有光年仅七岁。婚后与夫人于灯下回忆支离破碎的往事，只依稀记得数件。读《先妣事略》，我们分明能读出归有光心中之痛。他是多么想重新依偎在母亲的怀抱里，感受一下母爱的滋味。"世乃有无母之人，天乎！痛哉！"幼年丧亲，此痛何及！汪中幼时家境极其贫寒，母亲邹氏吃尽辛苦，拉扯几个孩子长大。眼看着汪中走上仕途之路，生活今非昔比，邹氏却是一病而逝。母亲的这份养育之恩，如何才能报答？在《先母邹孺人灵表》里，汪中几乎痛断肝肠。

"执子之手，与子偕老"。怀人小品里最哀婉动人的，要属悼念亡妻的文字。人去枕空，寒衾依旧。睹物怀人，思念亡妻的感情，于瞬间便会喷薄而出。

"夜来幽梦忽还乡,小轩窗,正梳妆。"夜半时分,妻子王弗入梦。东坡与妻子相顾无言,惟有泪千行。这样的梦,如果永远不会醒来,该有多好?东坡这阕怀念亡妻的《江城子·十年生死两茫茫》,历来被视作悼妻之作的经典。那些相濡以沫、患难与共的日子,不曾走远。一桩桩,一件件,无不清晰如昨。每逢齿痛,全祖望便会想起妻子那句:"是非雌黄人物之报耶?"(《张孺人神诰》)这难道不是你平时胡乱评论别人的报应吗?自从走上仕途,宦海沉浮,恽敬因经常得罪上司,而令妻子担惊受怕,终致其染疾身亡。"既仕乃至如此,此岂可尽委之于命邪?"(《亡妻陈孺人权厝志》)对于妻子的早逝,恽敬充满深深内疚。冒襄的妾室董小宛,几乎燃尽全部生命,侍奉丈夫,孝敬公婆。小宛身故之后,冒襄不禁痛彻心扉。"衾枕可捐,金石不可捐。然终已矣!"(《亡妾秦淮董氏小宛哀辞》)这些怀念妻妾的文章,无限哀伤,无限凄凉,令人不忍卒读。

"凡今之人,莫如兄弟。"今生有幸,得成兄弟。同气相求,同舟共济。很多怀念兄弟的文章,写尽手足情深。

方苞和哥哥方舟、弟弟方林的感情极深。"天之于吾弟吾兄酷矣!使弟与兄死而余独生,于余更酷矣!"(《弟椒涂墓志铭》)弟、兄先后而逝,方苞在怀念兄弟的文章里,一次次发出这样的悲叹。方舟病逝前叮嘱方苞,将来一定要"弟兄三人,当共一丘"。方苞去世后,子侄遵其嘱，将其棺与兄、弟同穴。这份手足情深，岂不令人感佩千载？"公安三袁"，名闻天下。兄长伯修、中郎去世后，小修难以抑制内心的悲痛，所写的文章，悲意无限。"哭死悲存，剜心之愁万种；踏霜割雪，断肠之路三千。"（《告伯修文》）"幽明虽隔，兄必来止，弟尚不寂寞也！"（《告中郎兄文》）怀念胞妹的文章，又别有一番缠绵悱恻。在《祭妹文》里，袁枚不禁牵动愁肠，催涌泪泉。此文句句血泪，读来令人直欲潸然泪下。后人将其与韩愈《祭十二郎文》、欧阳修《泷冈阡表》，并称"古代三大名祭文"。

"鸤鸠在桑，其子在棘。"还有什么悲痛，比子女离丧来得更猛烈的呢？孩子降临的喜悦，对生命的所有期许和向往，顷刻化为乌有，怎不令人肝肠寸断？那些怀念子女的文章，读来不免凄恻哀凉。

曹植幼女金瓠、行女先后夭亡，让他感受到锥心之痛。曹植连写《金瓠哀辞》《行女哀辞》，呼天怨地，悲泪欲滴。"信吾罪之所招，悲弱子之无愆！"他将孩子的早殇，归于自己的罪过，招来上苍的惩罚。潘岳的幼子、幼女均不幸夭逝，独留他踽踽一人，晚境凄凉。"叶落永离，覆水不收！"（《伤弱子辞》）"呜呼上天，胡忍我门！"（《金鹿哀辞》）在潘岳笔下，这份思念之情，浓得无法化开。此外，像江淹《伤爱子赋》、归有光《思子亭记》、黄宗羲《亡儿阿寿圹志》等，均是情真意切的好文章。怀念侄辈的文章，同样多有名篇。韩愈和侄十二郎,年龄相仿,情同兄弟。多年以来,韩愈汲汲于仕途,两人聚少离多。惊闻十二郎遽然离世,韩愈不禁泪雨滂沱。在《祭十二郎文》里,他将胸中的无限怀念之情,抒发得淋漓尽致。言有穷,而情不可终。

"嘤其鸣矣,求其友声。"很多怀念知己的文章,已然达到"我手写我心"的情境。知己已逝,天壤间从此少一知音,怎不令人掬一把辛酸之泪?

在《祭秦一生文》里,张岱将秦一生写得须眉欲活。而在秦一生身上,我们又岂非能感受到张岱的影子?张岱乃一代奇才、鬼才、怪才,能和他成为知己的,必非等闲人物。秦一生临终时,念念不忘的仍是和张岱约好的寓山之行。古来多痴人,怎不令人颇多感喟?作为抗清斗士,归庄为降清的钱谦益写下《祭钱牧斋先生文》,着实出人意表。归庄与钱谦益亦师亦友,在文中,他将钱谦益的降清归为"虚与委蛇",可谓知音。纵被世人无情唾骂,得子如斯,九泉之下,牧斋亦可以含笑矣!怀念知己的文章,大多可当信史来读。在《汾二子传》中,傅山以极其苍凉的笔调,讲述了薛宗周、王如金举兵抗清,兵败被杀之事。在《书吴潘二子事》中,顾炎武以极其感愤之笔触,记录了吴炎、潘柽章牵涉"明史案",无辜被杀的经过。今天读来,这些文章依旧那般惊心动魄。其文不朽,其人亦不朽矣。

"青青子衿,悠悠我心。"在怀人小品里,亦有一些文章，作者因事所感，或是触景生情，从而心绪难平，遂以成文。这些文章自有另一番打动人心之处。

王守仁《瘗旅文》，便是此类文章的翘楚之作。写此文时，王守仁已谪居龙场整整三年。吏目携儿子、仆人赴任，三人却皆死于道中。虽和三人素昧平生，但吏目的遭遇，让王守仁深表同情，无限感怀。吏目为"五斗米"不辞劳苦前去赴任，结果丧命于这烟瘴之地。而自己呢？不是九死一生，才在这荒僻的龙场苟活下来吗？前途渺渺，岂非性命同样不可预期？汪中《哀盐船文》，亦是不可多得的好文章。仪征江面一场大火，殃及一百三十多条盐船，一千四百多名船民因此丧生。目睹这一人间惨剧，汪中心情无比沉重。"天乎何辜，罹此冤横！"他以悲天悯人的情怀，表达了对遇难船员的深深哀悼。

怀人小品读来之所以感人，皆在于作者用心用情，倾注了十二分的情感。"有声当彻天，有泪当彻泉。"爱之愈深，则泣之愈切；怀之愈久，则思之愈远。这就是文字最能打动人心的地方。

本书共收录了八十余篇怀人之作，皆选自历代名家文集。从体裁来看，大体可分为四类。第一类是历代祭文，如《祭石曼卿文》《祭陈同甫文》《祭吴祭酒文》等。祭文通常是在祭奠逝者时当场宣读，故情感极其充沛，多以"汝""子""兄"等称谓贯穿始终，如穿越时空，和逝者对话，哀哀婉婉，如泣如诉。第二类是碑碣墓志，包括墓志铭、墓碣、圹志、阡表、灵表等,如《亡妻潘墓志铭》《宋子畏圹志》《潘阿细碣》等。这些是镌刻在墓碑上的文字,以叙述逝者生平、功德为主,故文风较之祭文,略显平实、沉郁。第三类是传记文学,如《李姬传》《李贺小传》《江天一传》等。此类文章既寄托了作者的深深怀念之情,同时又运用文学手法,刻画出鲜明的人物形象,极富感染力。第四类是日常杂记,如《文杏斋记》《潄润楼记》《苍霞精舍后轩记》等。寻常庭院,景物依旧,却已物是人非。此类杂记极注重细节描写、环境烘托,读来恍若隔世。

现在,就让我们怀着对生命的敬畏,带着对亲友的祝福,翻阅这本小书。且道上一句——但愿人长久,千里共婵娟!

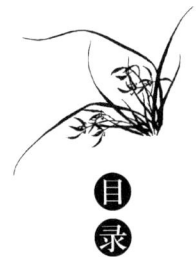

目录

卷一　无父何怙，无母何恃

欧阳修	泷冈阡表	3
秦　观	书王氏斋壁	8
陈　亮	先考卒哭文	11
宋　濂	先夫人木像记	14
归有光	先妣事略	18
	祭外姑文	22
屠　隆	先府君行状（节选）	25
袁宗道	祭外大母赵夫人文	29
宋懋澄	王父三江公外传	33
钟　惺	白门告先灵文	36
张煌言	祭四叔父文	38
陈维崧	文杏斋记	43
戴名世	先君序略（节选）	47
方　苞	先母行略（节选）	51

| 汪 中 | 先母邹孺人灵表（节选） | 54 |

卷二 执子之手，与子偕老

元 稹	祭亡妻韦氏文	59
李清照	金石录后序（节选）	62
唐顺之	封孺人庄氏墓志铭	67
李攀龙	亡妻徐恭人状（节选）	71
徐 渭	亡妻潘墓志铭	75
王稚登	马姬传（节选）	78
陈 确	妇王氏传	83
吴伟业	过锦树林玉京道人墓	86
冒 襄	影梅庵忆语（节选）	90
侯方域	李姬传	95
沈德潜	亡妻俞淑人事略	100
全祖望	张孺人神诰	104
恽 敬	亡妻陈孺人权厝志	107
林 纾	苍霞精舍后轩记	110

卷三 凡今之人，莫如兄弟

陶渊明	祭程氏妹文	115
白居易	祭浮梁大兄文	118
柳宗元	志从父弟宗直殡	121
王安石	平甫墓志	124

苏 辙	祭亡兄端明文	127
宗 泽	宗汝贤墓志铭	131
唐 寅	祭妹文	134
文徵明	亡兄双湖府君墓志铭（节选）	137
茅 坤	祭伯兄少溪公文	139
袁中道	告伯修文（节选）	143
王夫之	石崖先生传略（节选）	148
方 苞	弟椒涂墓志铭	152
袁 枚	祭妹文	156
曾国藩	季弟事恒墓志铭（节选）	161
莫友芝	祭子厚八弟文	165

卷四 鸤鸠在桑，其子在棘

曹 植	金瓠哀辞	171
潘 岳	金鹿哀辞	173
江 淹	伤爱子赋	176
韩 愈	祭十二郎文	180
李商隐	祭小侄女寄寄文	185
苏 洵	祭任氏文	188
曾 巩	二女墓志	190
归有光	思子亭记	193
王世贞	祭华起龙文	196
叶绍袁	窈闻（节选）	200

陈子龙	瘗二女铭	203
黄宗羲	亡儿阿寿圹志（节选）	206
龚鼎孳	再书隆印小像	210
魏　禧	祭亡女文	212
蒋士铨	女孙阿宝阿鸾阿宾圹志	214

卷五　嘤其鸣矣，求其友声

向　秀	思旧赋	221
韩　愈	柳子厚墓志铭（节选）	224
欧阳修	祭石曼卿文	229
辛弃疾	祭陈同甫文	232
谢　翱	登西台恸哭记	236
谭元春	告亡友文	240
张　岱	祭秦一生文	244
傅　山	汾二子传	248
归　庄	祭钱牧斋先生文	253
顾炎武	书吴潘二子事	258
姚　鼐	刘海峰先生传	262
张惠言	告安甫文	265

卷六　青青子衿，悠悠我心

| 李商隐 | 李贺小传 | 269 |
| 苏　轼 | 醉白堂记 | 273 |

方孝孺	宋子畏圹志	277
王守仁	瘗旅文	280
袁宏道	郑母节行始末	284
钱谦益	高阳孙氏阖门忠孝记	287
张 溥	五人墓碑记	292
尤 侗	祭吴祭酒文	297
汪 琬	江天一传(节选)	301
刘大櫆	漱润楼记	305
汪 中	哀盐船文	308
恽 敬	二仆传	312
龚自珍	潘阿细碣	315

卷一

无父何怙，无母何恃

泷冈阡表① 欧阳修②

呜呼！惟我皇考崇公③卜吉④于泷冈之六十年，其子修始克表于其阡。非敢缓也，盖有待也。

修不幸，生四岁而孤。太夫人守节自誓⑤，居穷，自力于衣食，以长以教，俾至于成人。太夫人告之曰："汝父为吏，廉而好施与，喜宾客，其俸禄虽薄，常不使有余。曰：'毋以是为我累。'故其亡也，无一瓦之覆，一垄之植，以庇而为生。吾何恃而能自守邪？吾于汝父，知其一二，以有待于汝也。自吾为汝家妇，不及事吾姑⑥，然知汝父之能养也。汝孤而幼，吾不能知汝之必有立，然知汝父之必将有后也。吾之始归⑦也，汝父免于母丧方逾年，岁时祭祀，则必涕泣曰：'祭而丰，不如养之薄也。'间御酒食，则又涕泣曰：'昔常不足，而今有余，其何及也！'吾始一二见之，以为新免于丧适然⑧耳。既而其后常然，至其终身未尝不然。吾虽不及事姑，而以此知汝父之能养也。

"汝父为吏，尝夜烛治官书⑨，屡废而叹。吾问之，则曰：'此死狱也，我求其生不得尔。'吾曰：'生可求乎？'曰：'求其生而不得，则死者与我皆无恨也，矧⑩求而有得邪？以其有得，则知不求而死者有恨也。夫常求其生，犹失之死，而世常求其死也。'回顾乳者剑⑪汝而立于旁，因指而叹曰：'术者谓我岁行在戌将死，使其言然，吾不及见儿之立也，后当以我语告之。'其平居教他子弟，常用此语，吾耳熟焉，故能详也。其施于外事，吾不能知；其居于家，无所矜饰，而所为如此，是真发于中者邪！呜呼！其心厚于仁者邪！此吾知汝父之必将有后也。汝其勉之！夫养不必丰，要于孝；利虽不得博于物，要其心之厚于仁。吾不能教汝，此汝父之志也。"修泣而志之，不敢忘。

先公少孤力学，咸平三年⑫进士及第，为道州判官⑬，泗、绵二州推官⑭，又为泰州判官。享年五十有九，葬沙溪之泷冈。

太夫人姓郑氏，考讳德仪，世为江南名族。太夫人恭俭仁爱而有礼，初封福昌县太君，进封乐安、安康、彭城三郡太君。自其家少微时，治其家以俭约，其后常不使过之，曰："吾儿不能苟合于世，俭薄所以居患难也。"其后修贬夷陵，太夫人言笑自若，曰："汝家故贫贱也，吾处之有素矣。汝能安之，吾亦安矣。"

自先公之亡二十年，修始得禄而养。又十有二年，列官于朝，始得赠封其亲。又十年，修为龙图阁⑮直学士、尚书吏部郎中，留守南京⑯，太夫人以疾终于官舍，享年七十有二。又八年，修以非才，入副枢密，遂参政事，又七年而罢。自登二府，天子推恩，褒其三世，故自嘉祐⑰以来，逢国大庆，必加宠锡。皇曾祖府君累赠金紫光禄大夫、太师、中书令，曾祖妣累封楚国太夫人。皇祖府君累赠金紫光禄大夫、太师、中书令兼尚书令，祖妣累封吴国太夫人。皇考崇公累赠金紫光禄大夫、太师、中书令兼尚书令，皇妣累封越国太夫人。今上初郊，皇考赐爵为崇国公，太夫人进号魏国。

于是小子修泣而言曰："呜呼！为善无不报，而迟速有时，此理之常也。惟我祖考，积善成德，宜享其隆，虽不克有于其躬，而赐爵受封，显荣褒大，实有三朝⑱之锡命，是足以表见于后世，而庇赖其子孙矣。"乃列其世谱，具刻于碑，既又载我皇考崇公之遗训，太夫人之所以教而有待于修者，并揭于阡。俾知夫小子修之德薄能鲜，遭时窃位，而幸全大节，不辱其先者，其来有自。

熙宁三年⑲岁次庚戌四月辛酉朔十有五日乙亥，男推诚保德崇仁翊戴功臣、观文殿学士、特进、行兵部尚书、知青州军州事、兼管内劝农使、充京东东路安抚使、上柱国、乐安郡开国公，食邑四千三百户、食实封一千二百户，修表。

《欧阳修诗文集》

【注释】

①泷（shuāng）冈阡（qiān）表：泷冈，地名，今江西永丰沙溪南凤凰山上。阡表，即墓表。阡，通往坟墓的道路。

②欧阳修（1007~1072）：字永叔，号醉翁、六一居士，吉州永丰（今属江西）人。北宋文学家、史学家。谥号文忠，世称欧阳文忠公。欧阳修领导了北宋诗文革新运动，是北宋古文运动领袖。有《欧阳文忠公集》传世。

③皇考崇公：皇考，指亡父。崇公，指欧阳修的父亲欧阳观，字仲宾，追封崇国公。

④卜吉：指风水先生找到一块好坟地，即埋葬。

⑤太夫人守节自誓：指欧阳修的母亲郑氏决心守寡，不再嫁人。

⑥姑：旧时妻子称丈夫的母亲为姑。这里指欧阳修的祖母。

⑦始归：才嫁过来的时候。古时女子出嫁称归。
⑧适然：偶然这样。
⑨官书：官府的文书。这里指刑狱案件。
⑩矧（shěn）：况且。
⑪剑：抱。《礼记·曲礼上》："负剑辟咡诏之。"郑玄注："剑谓挟之于旁。"
⑫咸平三年：即公元1000年。咸平为宋真宗年号。
⑬判官：州郡长官的属官，掌管文书工作。
⑭推官：州郡长官的属官，专管刑事。
⑮龙图阁：宋代阁名，宋真宗建。阁上供奉太宗御书、御制文集及典籍、图画、宝瑞等物。先后置学士、直学士、待制、直阁等官。
⑯南京：宋时南京为应天府，治所在今河南商丘。
⑰嘉祐：宋仁宗年号（1056~1063）。
⑱三朝：指仁宗、英宗、神宗三朝。
⑲熙宁三年：即公元1070年。熙宁是宋神宗年号。

【赏读】

父亲病逝时，欧阳修年方四岁。父亲的音容笑貌，举止言谈，在他脑海中已然非常模糊。宋仁宗皇祐五年（1053），欧阳修送母亲棺柩回吉州安葬时，作《先君墓表》。神宗熙宁三年（1070），已届花甲之年的欧阳修决意根据十七年前的这篇旧作，重撰一篇碑志文，以悼念亡父。此时距离父亲去世已整整六十年。为文之难，可想而知。

为文难于何处？清人林云铭说，写作此文计有四难。一难，父亲的言行必须通过母亲转述，多了曲折；二难，母亲出嫁时，婆婆已去世，加之她深居简出，父亲孝顺长辈、为官待人之事迹，均非亲眼所见；三难，母亲此时已去世近二十年，当时说的只是片言只语,用来写墓表,着实不易;四难,欧阳修在朝算是显官,若写不好,此文便有自卖自夸之嫌。这四难,无一不中要害。

欧阳修实在是为文高手,他通过转换"实与虚",便很好地解决了"难与易"的问题,为后人留下这样一篇至情之文。文中对父亲的回忆,几乎都出于母亲的讲述。几件看似寻常的小事,体现出父亲孝顺、仁厚的个性特点,同时烘托出母亲的贤惠温良。而接下来通过追忆母亲的生活细节,一位勤俭、淡泊、坚贞的太夫人形象,同样跃然纸上,极富感染力。

前人常称此文"一碑双表",便是这层意思——明写父亲,暗写母亲。与其说这是纪念父亲的一篇文章,莫若说是为纪念双亲而作。叙事之巧妙,实在令人叹服。文章开头一句"以有待于汝也",饱含了父母对幼年欧阳修的无限期许。欧阳修亦未负双亲之所望,堪称一代文宗。文末所记官职、封荫,显然是对这句"以有待于汝也"的最好回应,正所谓"不辱其先者,其来有自"。为什么迟至父亲去世六十年后,方写这篇《泷冈阡表》?欧阳修称"非敢缓也,盖有待也"。所待为何?或许就是等待自己功成名就的一天,以此报答双亲吧。

"凡诗文出于真情则工。"这篇《泷冈阡表》之所以如此感人,除了高超的为文技巧外,更在于欧阳修对双亲怀着浓烈的思念之情。没有这份情,技巧再高明也难以打动人心,也会显得苍白无力。有人认为,《泷冈阡表》在欧阳修所作散文中,"当以此为第一"。此文与韩愈的《祭十二郎文》、袁枚的《祭妹文》,并称"古代三大名祭文"。

镌刻着《泷冈阡表》碑文的墓碑,历经千年沧桑,仍完好地保存于江西永丰欧阳修故居内。尽管无情的岁月在墓碑上留下了剥蚀的印记,但碑文背后的那份古今共通之情,却从来没有改变过。

书王氏斋壁 秦　观①

皇祐元年②,余先大父③赴官南康④,道出九江,余实生焉。满岁受代⑤,犹寓止僧舍。未几代者卒,叔瞻之先君来领其职事,通家相好也。

至和元年⑥,叔瞻始生于南康。后予迎老母来,为汝南学官⑦也,而叔瞻亦奉大夫人闲居于郡之西郭。时余之先大父母、先人⑧皆捐馆⑨,而叔瞻之先君亦没于泸州。

皇祐逮今,四十一年中间,丰瘁⑩得丧,死生休戚,不可悉记。独两家之孤,各奉其母,相遭于此,甚可悲也!

《淮海集》

【注释】

①秦观(1049~1100):字少游,一字太虚,高邮(今属江苏)人,北宋著名文学家。宋神宗元丰八年(1085)进士,被尊为婉约派一代词宗。著有《淮海集》《淮海居士长短句》。

②皇祐元年:即公元1049年。皇祐为宋仁宗年号。

③先大父:去世的祖父。先,已故的,多用于尊长。大父,祖父。

④南康:今属江西。

⑤受代:旧时官吏任满由新官代替。

⑥至和元年:即公元1054年。至和乃宋仁宗年号。

⑦学官：指古时主管学务的官员和官学教师，又称教官。

⑧先人：这里指已故的父亲。

⑨捐馆："捐"指放弃，"馆"指官邸，字面上来说，就是放弃了自己的官邸，后遂以"捐馆"为死亡的婉辞。一般指官员去世。

⑩瘁：劳累，疾病。

【赏读】

"他乡遇故知"，原本应该是件极开心的事情。然而元祐四年（1089），秦少游在蔡州与王叔瞻久别重逢，却是愁肠寸结，勾起无限伤情往事。少游遂在王氏书斋墙壁上，写下了这篇短文。

时光荏苒，倏忽已是四十一年。四十一年之前，祖父承议公到南康赴任。经过九江时，少游出生于途中。一年之后，承议公任满，有新官前来接任，一家人仍然住在南康僧舍之中。时过不久，新官弃世，王叔瞻的父亲前来接任此职，秦、王两家就此通好。至和元年（1054），少游5岁，叔瞻出生。由此可见，这是一段宦途中的通家之谊。

人生一似浮萍，行踪无定。元丰八年（1085），36岁的少游方考中进士，授蔡州教授。少游将母亲接到蔡州，不想王叔瞻亦奉母闲居于此。此时少游的祖父母以及父亲，皆先后离世；王叔瞻的父亲亦已不在人世。想当年寄寓南康之时，两家人团团圆圆，尽享天伦之乐，如今却都只余老母在堂，真是韶华不为少年留，恨悠悠，几时休！

三年之后，已离开蔡州的少游重游故地，和王叔瞻自是有着万千感慨。"四十一年中间，丰瘁得丧，死生休戚，不可悉记"，此句饱含着的，是少游对人生无常、仕途坎坷的慨叹。"独两家之孤，各奉其母，相遭于此，甚可悲也！"读此悲句，实实令人欲怆然而涕下！子欲养而亲不待，多少遗恨，怅然千古！

"两情若是久长时,又岂在朝朝暮暮","驿寄梅花,鱼传尺素,砌成此恨无重数","天涯旧恨,独自凄凉人不问"……少游不愧是写情高手,他的长短句在描摹千愁万绪时,常有惊人之语。而此般愁绪,也常常氤氲在他的文章中。这篇《书王氏斋壁》,全文仅百余字,却将两户人家四十余年的变故遭逢,以极淡之笔娓娓道出,对亲人的深切怀念之情,闪烁其间。夜月一帘幽梦,春风十里柔情。

值得一提的是,在少游的文集中,这篇文章历来颇受重视。除了为文之法受人推崇外,此文对于研究少游的家世、身世,是不可多得的第一手资料。

先考卒哭①文 陈 亮②

呜呼！我先君委不肖孤而去之，于今四见朔③矣。号天叫地，无所逮及。又以迫于衣食，不能时奉几筵④，致其哀慕之极。得罪幽冥，死不足赎！

古者父母之丧哭无时，圣人始为之制，曰"三日不怠，三月不解⑤"，又曰"士三月而葬，是月而卒哭⑥"，不欲其伤生也。今也朝夕俯首一号而止，其哭之卒也久矣。朝夕之外，对人如平时，于生复何所伤！

及期，以告于灵曰"卒哭"，不即愧死，犹欲自齿于人⑦，岂不以父之爱子死生无间⑧，亦将曰"有故"，甚则曰"以我故"！呜呼！欲以自解，不惧无辞，惧宇宙之不汝容耳。呜呼羞哉！呜呼痛哉！呜呼已哉！

《龙川文集》

【注释】

①先考卒哭：先考，指陈亮之父陈次尹，卒于南宋乾道九年（1173）。卒哭，古代丧礼，父母去世百日之后，举行卒哭之礼。卒，停止。

②陈亮（1143~1194）：原名汝能，后改名亮，字同甫，号龙川，世称龙川先生，追谥"文毅"。婺州永康（今属浙江）人，南宋思想家、文学家。所作政论气势纵横，词作豪放。有《龙川文

集》《龙川词》。

③朔：农历每月初一。

④几筵：指祭祀的席位，后亦因以称灵座。

⑤三日不怠，三月不解：语见《礼记·杂记下》。解，通"懈"。此句指父母去世前三天，一味哭泣，不进饮食。三个月内，哭泣祭奠不敢丝毫懈怠。

⑥士三月而葬，是月而卒哭：语见《礼记·杂记下》。指士人死后第三个月下葬，当月举行卒哭之祭。

⑦自齿于人：自己向别人说明情况或辩解。

⑧无间：中间没有间隙，亲密之意。

【赏读】

东晋时，王戎的母亲与和峤的父亲同时去世。王戎瘦得皮包骨头，很难支撑自己身体；而和峤则哀号哭泣，一切符合丧葬礼仪。晋元帝很担心和峤如此悲伤，哭下去不是回事。有人对他说，和峤虽极尽礼数，但精神元气并未受损。王戎尽管没有遵循礼法，但他却因哀伤过度而形销骨立。和峤这是尽孝道而不毁生，而王戎却是以损害自己身体在尽孝道啊。

这是《世说新语》里的一则故事。从这则故事我们可以知道，古人对父母之丧极重视礼数，有着一套丧葬礼仪。根据《礼记》的记载，父母去世后，子女要哭泣祭奠三个月。待到下葬之后，乃举行卒哭之礼。陈亮的这篇《先考卒哭文》，便写于父亲去世一百天卒哭之礼后。

按照古代礼法，三个月内哭泣祭奠父母，不能有所停歇，称为"无时之哭"。而举行卒哭之礼后，改每天早晚两次哭祭，称为"有时之哭"。就在父亲陈次尹去世前二十几天，生活极度困顿的陈亮，靠聚徒讲学的微薄束脩，刚刚埋葬了已去世多年的祖父母和母亲。

没想到转瞬之间,慈父又离自己而去。亲人离去的痛苦和巨大的生活压力,让陈亮身心备受摧残。他不希望父亲的灵柩像祖父母、母亲那样,迟迟不能入土。四处告贷了些费用,陈亮方才安葬了父亲。

只有了解这一背景,我们读这篇《先考卒哭文》,方能读出文字背后的百般滋味。举行卒哭礼后,"朝夕俯首一号而止"。可这么多天以来,"迫于衣食,不能时奉几筵",陈亮只能朝夕在灵前俯首哭祭,然后便要出门,为丧葬之资、为生计而奔波,"对人如平时"。这是何等的无奈与凄凉。如今,在灵前举行卒哭之礼,陈亮感到很是羞愧。三个月来,自己并没有遵从"无时之哭"的古礼,现在又怎堪提"有时之哭"?

其实,相比遵从古礼的和峤,未守礼而哀痛至形销骨立的王戎更值得尊敬。如果悲痛之情并非发于内里,而仅仅在表面上守着"无时之哭"之礼,有何益哉?陈亮在百般潦倒中,能使慈父早日入土为安,有何羞哉?

先夫人①木像记 宋　濂②

先夫人既殁之九年，予妻贾专朝夕思之不少置，间③告予曰："妾生二十二年而归君，妾之姑已四十有九岁，妾母方氏亦五十有四岁。后君念妾之母老而兄弟多，故乃迎养于家。当是时，二老人苍颜白发，共坐堂上，妾与君沽酒买鱼以奉其欢，更阑烛尽，犹连觞引满④而语，笑声不休。君时尝语妾曰：'吾虽贫，而老亲之欢如此，吾退而安寝矣。'后十三年，而妾之姑竟亡。初，姑未亡时，妾子瓒始十三岁，姑尝抚瓒顶谓曰：'吾年耄⑤矣，或幸见汝之有子，吾死亦瞑目也。'又三年，君自金华⑥迁浦阳⑦，妾与母从之来。今妾母七十有五岁，瓒亦娶妇生子，而妾姑之墓木拱⑧矣。思欲如昔时共君奉觞上寿，其又可得耶？每念及此，辄涕泗交颐，然恨无以自慰也。欲刻木为像以事之，凡遇疏食菜羹必祭，使死者而有知，亦当翩然而来享也。虽然，此岂妾之敢知哉？不过尽其心焉尔矣。"

予谓之曰："昔之孝子有丁兰⑨者，事母至孝，及母亡而思之不置，乃刻木事之。此盖丈夫子之事，子以一女妇能行之，亦可谓贤矣。虽然不必尔也，古者既葬而反虞⑩，虞主用桑⑪；期年而练祭，练主用栗⑫。所谓主者，主乎神者也。设主之外，无有刻像事之者也。予之思亲，岂不尤切于子哉？礼若可为，则予为之也久矣。"专曰："是故然矣，世俗媚浮屠⑬神者，尚饰像奉之,而况妾之姑乎?妾不若是,其心终皇皇焉,君幸有以如妾之意也。"

予不能拒,于是命工人刻像以遗⑭之,并录其问答之辞,书于像龛之北以示子孙。先夫人姓陈氏,讳贤时,金华潜溪人。

《潜溪前集》

【注释】

①先夫人:文中指宋濂死去的母亲。

②宋濂(1310~1381):字景濂,号潜溪,浦江(今属浙江)人。明初著名政治家、文学家、史学家、思想家。被明太祖朱元璋誉为"开国文臣之首"。后因长孙宋慎牵涉胡惟庸案,全家谪茂州,卒于途中。有《宋学士文集》。

③间:私下,暗中。

④连觞引满:连续斟酒满杯而饮。

⑤耄(mào):年老,八九十岁的年纪。

⑥金华:今浙江金华。因其地处金星与婺女两星争华之处,故得名。

⑦浦阳:治今浙江浦江。

⑧木拱:意谓墓前的树已经长得很高大了。

⑨丁兰:东汉人。其母死后,用木头刻母亲之雕像,日夜供奉。即"二十四孝"中"刻木事亲"的故事。

⑩反虞:祭名。古代送葬返回时举行虞祭,称反虞。虞,古代一种祭祀名,既葬而祭叫虞,有安神之意。《左传》曰:"有司以几筵舍奠于墓左,反,日中而虞。"

⑪虞主用桑:古代虞祭时所立的神主用桑木做成。虞主,指虞祭时所立的神主。

⑫期（jī）年而练祭，练主用栗：古代亲丧一周年举行练祭，所立的神主用栗木做成。期年，一周年。练祭，出自《礼记·曾子问》，指古代亲丧一周年的祭礼。练主，指练祭时所立的神主，奉祀于祖庙。

⑬浮屠：亦作"浮图"。佛教语，指佛陀。

⑭遗（wèi）：给予，馈赠。

【赏读】

这篇文章，记录的是宋濂和夫人贾专的一段对话。字里行间，我们不难感受到宋濂对母亲的思念之情，以及贾专贤淑孝亲的良好品德。

母亲陈贤时对宋濂的成长倾注了十分的心血。宋濂在《先母夫人陈氏墓表》一文中回忆，父亲曾对母亲说过："吾不解市美田宅遗儿，教之通一经足矣。"母亲十分赞同父亲的看法。为支持宋濂出外求学，她变卖了结婚时置办的簪珥等饰物。宋濂在另一篇文章《太乙玄征记》里写道，自己幼年时身体羸弱多病，"十日九疾"，母亲悉心照料，方才痊愈。由此可见，宋濂对母亲的养育之恩充满感激。

母亲年老，宋濂承欢膝下。他还将夫人的老母一并接来，供养于家。两位老人花颜白发，坐于堂上，宋濂夫妇沽酒买鱼，一家人欢聚一堂，更阑烛尽，犹笑语不休，这是多么温馨的画面！这是怎样的天伦之乐！在宋濂笔下，通过夫人贾专的讲述，这温暖的一幕幕，犹如呈现在我们眼前。

婆母去世，该怎样表达哀思之情？夫人贾专想到刻木为像，"凡遇疏食菜羹必祭，使死者而有知，亦当翩然而来享"。听了夫人的这席话，宋濂深有感触，特别是想到了古代孝子丁兰"刻木事亲"的故事。尽管这并不合古礼，但最终在夫人的坚持之下，宋濂决定为母亲刻像,并记录下了和夫人之间的这段问答。

宋濂诗文俱佳,散文又胜于诗歌。宋濂"为文醇深演迤",文情并茂,具有很高的写作技巧。《先夫人木像记》,便是一篇很不错的小品文。

先妣①事略 归有光②

先妣周孺人③,弘治元年④二月十一日生,年十六,来归。逾年,生女淑静。淑静者,大姊也。期而生有光,又期而生女、子,殇⑤一人,期而不育⑥者一人。又逾年,生有尚,妊十二月。逾年,生淑顺。一岁,又生有功。

有功之生也,孺人比乳他子加健。然数⑦颦蹙⑧顾诸婢曰:"吾为多子苦。"老妪以杯水盛二螺进,曰:"饮此,后妊不数矣。"孺人举之尽,喑⑨不能言。

正德八年⑩五月二十三日,孺人卒。诸儿见家人泣,则随之泣,然犹以为母寝也。伤哉!于是家人延画工画,出二子,命之曰:鼻以上画有光,鼻以下画大姊。以二子肖母也。

孺人讳桂。外曾祖讳明。外祖讳行,太学生⑪。母何氏。世居吴家桥,去县城东南三十里,由千墩浦而南,直桥并小港以东,居人环聚,尽周氏也。外祖与其三兄,皆以赀雄,敦尚简实⑫,与人姁姁⑬说村中语,见子弟甥侄无不爱。

孺人之吴家桥,则治木绵。入城则缉纑⑭,灯火荧荧,每至夜分。外祖不二日,使人问遗,孺人不忧米盐,乃劳苦若不谋夕⑮。冬月,炉火炭屑,使婢子为团,累累暴阶下。室靡弃物,家无闲人。儿女大者攀衣,小者乳抱,手中纫缀不辍,户内洒然⑯。遇僮奴有恩,虽至棰楚,皆不忍有后言。吴家桥岁致鱼蟹饼饵，率人人得食。家中人闻吴家桥人至，皆喜。

有光七岁，与从兄有嘉入学。每阴风细雨，从兄辄留，有光意恋恋，不得留也。孺人中夜觉寝，促有光暗诵《孝经》，即熟读，无一字龃龉⑰，乃喜。孺人卒，母何孺人亦卒。周氏家有羊狗之疴，舅母卒，四姨归顾氏，又卒，死三十人而定，惟外祖与二舅存。

孺人死十一年，大姊归王三接，孺人所许聘者也。十二年，有光补学官弟子⑱。十六年而有妇，孺人所聘者也。期而抱女，抚爱之，益念孺人。中夜与其妇泣，追惟一二，仿佛如昨，余则茫然矣。世乃有无母之人，天乎！痛哉！

《震川先生集》

【注释】

①先妣（bǐ）：亡母。妣，母，后只用于称亡母。《礼记·曲礼下》："生曰父，曰母，曰妻；死曰考，曰妣，曰嫔。"

②归有光（1507~1571）：字熙甫，号震川，又号项脊生。昆山（今属江苏）人。明代"唐宋派"代表作家，后人称赞其散文为"明文第一"。著有《震川先生集》。

③孺人：古代贵族、官吏之母或妻的封号，明清时用以封赠七品以下官员的母亲或妻子的名号。

④弘治元年：即公元1488年。弘治是明孝宗的年号。

⑤殇：早逝，还没有成年就死去。

⑥不育：指流产。

⑦数（shuò）：屡次。

⑧颦蹙：皱眉头。

⑨喑（yīn）：哑。

⑩正德八年：即公元1513年。正德是明武宗年号。

⑪太学生：太学的学生。太学是旧时最高学府。

⑫敦尚简实：注重简易朴实。

⑬姁（xǔ）姁：和蔼亲切的样子。

⑭缉纑（lú）：把麻搓成线，准备织布。纑，麻缕。

⑮不谋夕：即朝不谋夕，早上不能为晚上打算，比喻境况窘迫。这里说母亲虽不忧米盐，但平日仍十分勤俭，把日子当穷日子过。

⑯洒然：整齐清洁，很有秩序。

⑰龃龉（jǔ yǔ）：生疏而不流畅。原指牙齿上下不对齐。

⑱学官弟子：经过本省各级考试取入府、州、县学的学员，即秀才。学官，各级地方教官的统称，负责管教在学的生员。

【赏读】

"将为百年供色养，岂期一日变生离。太山为砺终磨尽，此恨绵绵未易衰。"这是元代许衡《七月望日思亲》诗中的四句，读来哀哀切切，催人肺腑。年年岁岁花相似，岁岁年年人不同。往昔仿佛如昨，恍然若梦。

亲情散文，是归有光文章的一大特色。这篇《先妣事略》便是其中的名篇。母亲周孺人去世时，有光年方七岁。这是懵懂的年纪。看见家里的大人们都在哭，有光和姐姐、弟弟、妹妹一起，也跟着哭。母亲躺在那里一动不动，孩子们以为她正在熟睡。有光的散文，总是用最具表现力的文字来叙事、抒情。仅此一句，非亲历者不能言，怎不令人掬一把辛酸之泪！

回忆亲人的文章，写好甚难。胸中纵有浓烈的情感，但千头万绪，却往往无从下笔。有光在这篇文章中，虽着墨不多，但却鲜明地刻画了母亲的性格特点。每半夜点盏小灯，劳作到更阑漏尽；冬天生炉火用的炭屑，叫丫鬟做成炭团，一颗挨一颗晒在台阶下面；每晚半夜醒来，必要有光低声背诵《孝经》……这是一位勤劳、节俭、慈爱的母亲，可亲而可敬。

有光娶妻生女之后，对母亲的思念之情更加浓烈。"养儿方知父母恩"，或许就是这层意思吧。夜半时分，有光和妻子相对哭泣，回忆往事，却只能记得那么几件，其余的都已茫然没有印象。是啊，母亲去世时有光才七岁，这是不谙世事的年龄，留在记忆里的片断，实在只能是有限的断简残篇。如今想重温和母亲在一起的每一个快乐的日子，已是不能够了。

自小缺失母爱，有光一直引为恨事。他在替伯母所写《伯姚徐孺人权厝志》中说："每见伯父母双双，意惨然泪下，以为吾兄弟无此悲也。"当他看到堂兄弟们依偎在父母身边时，便会油然而生羡慕之意。"世乃有无母之人，天乎！痛哉！"世上竟然有没有母亲之人，天啊，多么悲痛啊！文章结尾之语，完全是有光的自身感受，又像是对命运的控诉。以此收尾，平添一层悲楚之意。

祭外姑①文 归有光

昔吾亡妻②，能孝于吾父母，友于吾女兄弟，知夫人之能教也。粗食之养，未尝不甘，知夫人之俭也。婢仆之御，未尝有疾言厉色，知夫人之仁也。癸巳③之岁，秋冬之交，忽遘危疾，气息掇掇④，犹日念母，扶而归宁⑤。疾既大作，又扶以东。沿流二十里，如不能至。十月庚子，将绝之夕，问侍者曰："二鼓⑥矣？"闻户外风淅淅，曰："天寒，风且作，吾母其不能来乎？吾其不能待乎？"呜呼！颠危困顿，临死垂绝之时，母子之情何如也！

甲午、丙申三岁⑦中，有光应有司⑧之贡，驰走二京⑨，提携二孤⑩，属之外母。夫人抚之，未尝不泣。自是每见之必泣也。

呜呼！及今儿女几有成矣，夫人奄忽长逝。闻讣之日，有光寓松江⑪之上，相去百里，戴星而往，则就木矣。悲夫！吾妻当夫人之生，既以遗夫人之悲，而死又无以悲夫人。夫人五女，抚棺而泣者，独无一人焉。今兹岁輀车⑫将次⑬于墓门。呜呼！死者有知，母子相聚，复已三年也。哀哉！尚享⑭。

《震川先生集》

【注释】

①外姑：妻子之母，即岳母。《尔雅·释亲》："妻之父为外舅，

妻之母为外姑。"归有光岳母顾孺人，南京光禄寺典簿魏庠之妻，卒于嘉靖二十五年（1546）。

②亡妻：指归有光结发妻子魏孺人。魏氏系魏庠、顾孺人之女，卒于嘉靖十二年（1533）。

③癸巳：嘉靖十二年。

④掇掇：同"惙惙"，呼吸短促的样子。

⑤归宁：出嫁的女儿回娘家探望父母。

⑥二鼓：即二更，相当于二十一时至二十三时。

⑦甲午、丙申三岁：指从甲午（嘉靖十三年）至丙申（嘉靖十五年）这三年之间。

⑧有司：主管某部门的官吏。古代设官分职，各有专司，故称有司。

⑨二京：指北京和南京。当时北京为国都，南京为留都。

⑩二孤：指归有光和魏氏所生之女如兰和所生之男翿孙。后二子皆夭亡。

⑪松江：县名，今属上海。

⑫輤（qiàn）车：柩车。

⑬次：停驻。

⑭尚享：亦作"尚飨"。旧时祭文结尾常用语，表示希望死者来享用祭品的意思。

【赏读】

归有光和岳父、岳母的感情很深。除了以这篇《祭外姑文》悼念岳母顾孺人外，归有光还为岳父魏庠写下《祭外舅魏光禄文》。

归有光与结发妻子魏孺人伉俪情深，但两人仅在一起生活了六年，魏孺人就因病早逝。有光屡困科场，仕途坎坷。魏孺人去世后，魏庠和顾孺人没有因此对有光有所冷落，而是一如既往关心扶持。

正如有光在《祭外舅魏光禄文》中说的:"婚姻往来,如先妻之存,未尝有间。"正是有着这样深厚的感情基础,有光才能写出如此情真意切的祭文。

中国画有个传统技法,叫"背面敷粉"。以绢为幅作画时,在绢的背面涂上一层铅粉,以此来衬托正面的画迹,可使之更加鲜明、清晰。将此技法移置文章中来,指的是对所描写的事物不着力正面刻画,而是通过其他事物映衬对照,从而显出所描写事物的鲜明特征。这篇《祭外姑文》便充分汲取了"背面敷粉"之精华,是应用此技法为文的代表作。

文章开头从亡妻之孝于父母、友于女兄弟、甘于粗食、善待奴仆说起,却句句在写岳母之善教、节俭、仁慈。正是因为有如此深明大义的母亲,才有了这样贤惠知礼的女儿。接下来写妻子病逝一段,尤为感人。魏氏病重,对母亲很是思念,扶病回娘家省亲。病势日渐严重,魏氏又急急赶回家中。病逝当晚,已是二更时分,窗外风声浙浙,魏氏仍在盼着母亲能够赶到自己的病榻前来。"吾母其不能来乎?吾其不能待乎?"母亲大概不能来了吧?我大概等不到母亲了吧?寥寥数语,道出无限母女情深,令人不忍卒读。

有光为求功名奔走于两京,只能将一双儿女托于岳父岳母抚养。眼看着孩子就要长大成人,岳母却溘然长逝,怎不令人更添感伤?妻子病故,将丧女之痛留给岳母;岳母长逝,哭祭之人独无亡妻!真是句句动情,语语成悲。对岳母的悼念之切,对亡妻的怀念之深,溢于笔端。

文章结尾说岳母和妻子"母子相聚,复已三年",可见有光写成此文时,岳母已逝世三年。以此推之,此文当成于嘉靖二十八年(1549)。

先府君行状^①（节选）　屠　隆^②

府君自少廓落^③无他肠，颇好弄自肆^④，操弓矢弹丸，为童子之游。稍长，读书知大义，辄弃去。家故有中人产^⑤，与海客乘巨舰，绝岛而渔，大风破舟，浮一木，得升岛上，苦饥，啮絮衣而食之，七日不死。狝猴掷果饲府君，夜则玄熊守之。后遇海舟过，呼而得济以归，而渔不休。风涛数破舟，丧其资殆尽。

伯父以役逋^⑥官钱累千百，日夜龁府君，曰："尔，余手足也。余逋孔多^⑦，尔有产，其鬻之以偿。不然者，尔安得高枕卧？"府君竟鬻其第以偿，而贫益甚。结草屋数间江沚^⑧，夜为飓风所折。府君笑曰："吾以兄故鬻产，至托苇苕而居，而天又折之，岂欲余坐风露之下也？"复葺败茅栖焉。手种黄花，采以为食。入问厨中无炊米，出门而眺大江。家人牵其裾曰："厨中无饭，视大江何为？人恒贫，必思求食。不得已，即少卑洼^⑨而可。奈公之束手何？"府君曰："黔娄如食嗟来，不至饿死^⑩。"时襄惠、简肃诸公先后贵于朝，宗人多藉以自润，而府君贫如故。

尝操舟江上，有二贾持巨橐求共载者，舟木发之，皆珊瑚、木难、文犀、玳瑁，重宝^⑪以出海。奸阑^⑫得之，贾窘，跽请曰："愿以半饷公，贷两人死。"府君曰："汝以身尝鲸鲵之波，而探骊龙珠^⑬，匹夫罪孰大焉。吾不私汝宝，亦不胃^⑭汝罪也。"谢遣之，其人泣拜去。诸子或告曰："某鱼盐可侦得之。"府君曰："尔非津吏，安得侦？"又与人分一金，不平，质成府君。府君斥之曰："汝无赖，欲掠人金邪？"直之。

居常有饥色，而声如洪钟。每归自他所，未至一里，啸声辄先闻，家人恒以声候其归。晚年举不肖孤，十岁令就外傅⑮。贫不能具饘粥⑯，而遇不肖孤过慈。不肖孤或从讲舍归，不举火，府君抚以温言，即忘其枵腹⑰。平生无城府，雅⑱不喜耳语。尝视孤馆中大言，质明未有晨炊，令儿读书良苦，不肖孤颇羞之。府君曰："此士之常，何羞也？"家人或有小秘事，不敢闻于府君，府君不善为藏也。

里中豪释憾⑲于长君，中之温御史。逮长君不在，逮府君。温操下急，所当多立死。府君自若曰："吾食贫六十年，不能嫚语⑳。何恶之能为御史捕治，原廓而问田奴乎？"夜卧鼻息如雷。家人忧惧，不知所出，夜半呼之醒，曰："此何时而黑甜，明旦且见主者。"府君徐应曰："明旦事在，今夕须睡尔。"掉头拥襥被，鼾声自若。已，长君来就逮，乃释。

《白榆集》

【注释】

①府君行状：府君，子孙对其先世的敬称。行状，叙述死者世系、生平、生卒年月、籍贯、事迹的文章，常由死者门生故吏或亲友撰述，留作撰写墓志或为史官提供立传的依据。

②屠隆（1542~1605）：字长卿，鄞县（今浙江宁波）人。明代文学家、戏曲家。著有《栖真馆集》《由拳集》《采真集》等诗

文集,另有《娑罗馆清言》《考槃余事》等杂著传世。

③廓落:豁达,宽宏。

④好弄自肆:爱好游戏,放纵任意。

⑤中人产:普通人家的家业。

⑥逋(bū):拖欠,一般指拖欠债务。

⑦孔多:很多。《诗·小雅·小旻》:"谋夫孔多,是用不集。"

⑧沚(zhǐ):水中的小块陆地。

⑨少卑洼:意为稍微低头,请求襄惠公、简肃公援助之意。

⑩黔娄如食嗟来,不至饿死:意谓黔娄子如果食嗟来之食,不至于饿死。此为拒绝家人请援之意。黔娄,战国时期齐稷下先生。鲁恭公曾聘为相,齐威王请为卿,皆被其拒绝。后隐居于南山,凿石为洞,号黔娄子。尽管家徒四壁,他却励志苦节,安贫乐道,为世人称颂。

⑪重宝:泛指贵重的财宝。

⑫奸阑:犯禁走私。

⑬探骊龙珠:在骊龙的颔下取得宝珠。

⑭罥(juàn):用绳索绊取。

⑮就外傅:离家就学于师。外傅,古代贵族子弟至一定年龄,出外就学,所从之师称外傅。

⑯饘(zhān)粥:稀饭。

⑰枵(xiāo)腹:空腹,肚饥。

⑱雅:很,非常。

⑲释憾:谓借事报复以解恨。

⑳嫚语:轻侮的言辞。

【赏读】

屠隆是文坛难得的怪才,他素有博学之名,尤精通曲艺。屠隆为人豪放好客，纵情诗酒，特别是广蓄声伎，以风流自许。读了这篇《先府君行状》，我们不禁莞尔：原来屠隆的父亲丹溪公就是如此放浪形骸呀！

父亲丹溪公寿享七十。少年时，他也曾有过一段樗蒲六博、挟弹走马的放荡生活。及长，竟与海客乘巨舰，跑到海岛上去捕鱼，偏又遇上海难，差点丢了性命。家中原本有些财产，丹溪公出海捕鱼，"丧其资殆尽"。后来替兄长还债，他又卖掉房产，生活由此陷入困顿。不过，丹溪公并没有怨天尤人，而是安然面对现实，不受嗟来之食，守得一份贫苦。读了这些文字，丹溪公不羁、洒脱、侠义、豁达的个性，须眉欲活。

对于生活琐事的描写，屠隆的笔触是如此细致而入微。乘船之时，丹溪公敢于不顾国法，将涉嫌走私的两名商人放走。眼看就有牢狱之灾，家人心急如焚，丹溪公却是倒头就睡，丝毫不以为意。自幼耳濡目染，屠隆受父亲影响极深。他疏脱自喜、轻财慕义的个性，以及自娱自适、处事不惊的生活态度，像极了年轻时的丹溪公。

屠隆推崇个性之真，从不掩饰自我。有朋友曾规劝他稍稍收敛风流放旷的个性，屠隆说：桂辛兰香，蔗甘蓼苦，物之性也；夫鸟之哑哑，鹊之喈喈，岂以寒暑燥湿而变其声哉。很显然，他不愿意因为外部环境，而做违背自己意愿的事情。正由于此，屠隆的文章特别重视个人的独立个性、主体精神，体现的是"性灵文学"的精髓。

祭外大母^①赵夫人文 袁宗道^②

嗟嗟，外大母遂长逝耶！外大母鹤发丰颐，行步若壮龄，眠食皆无恙也。当百岁而竟止于斯耶？悲哉，悲哉！

前月拜辞外大母床下，虽抱微疴，而眼耳神明如故，且促甥^③亟行，无久恋庭闱^④也。孰知榻前刺刺^⑤数语，遂成永诀乎？悲哉，悲哉！

忆甥十五失母，外大母见甥辄涔涔泪下，问儿饥否，拊背曰："将无寒耶？"辄取衣食之。一日，将取寒具^⑥啖甥，而甥适去，念之不置，至丙夜^⑦不垂睫云。夫女之爱子，谁能不爱，即未有若余外大母之甚者，而今何在也？哀哉，哀哉！

归神^⑧之夕，儿孙满前，当无所恨。所不能去心者，独两舅氏及不肖甥。甥此夕偕八舅氏宿磁州^⑨公署，剧谈甚欢，而遽意有此剜心之戚也！甥乃不如一田舍儿^⑩，白首无生离之苦耳，悲哉，悲哉！

凡此皆甥所谓自悲者。若外大母，则何所歉也，安庸悲，安庸悲！人生多不逮下寿^⑪，而今八十矣。寿未必偕，而今鸠杖^⑫相向坐长春堂者，二十年于兹矣。多无子，即有未必遂，即遂未必贤。而今有子遂且贤矣。此之为福，岂惟吾邑难之，又安庸悲矣。且也，外大母生平慈悲，具足十善^⑬。晚年清修净业，晨昏礼颂，非生兜率^⑭，定往安养。是不第具区中之缘^⑮，且兼世外之福，真可含笑九原，又安庸悲矣。

甥恋一官，不能哭拜灵次，一吐惨怆。然外大母业已蝉蜕⑯形骸，一瞬⑰万里，甥即在数千里外，当悉知悉见，无所阂也。尚飨！

《白苏斋类集》

【注释】

①外大母：即外祖母。袁宗道外祖母赵夫人卒于万历十九年（1591）。

②袁宗道（1560~1600）：字伯修，湖广公安（今属湖北）人。明代文学家。入翰林院授编修，官至右庶子。"公安派"的发起者和领袖之一，与弟袁宏道、袁中道并称"公安三袁"。有《白苏斋类集》行世。

③甥：女儿之子称甥。

④庭闱：这里指家庭。

⑤剌剌：多言的样子。

⑥寒具：又叫饼。冬春季节可贮存几个月，到寒食禁烟时当干粮用，所以名叫寒具。

⑦丙夜：三更时。

⑧归神：回归于神界，死的委婉说法。

⑨磁州：今河北磁县。

⑩田舍儿：农家子弟。

⑪下寿：指六十岁。古人将寿命的长短分为上、中、下三等。下寿有二说：一说六十岁为下寿，一说八十岁为下寿。《庄子·盗跖》："人上寿百岁，中寿八十，下寿六十。"《左传·僖公三十二年》："中寿，尔墓之木拱矣。"唐孔颖达疏："上寿百二十岁，中寿百，

下寿八十。"

⑫鸠杖:又称鸠杖首,就是在手杖的扶手处做成一只斑鸠鸟的形状。鸠杖在先秦时期是长者地位的象征,汉代更是以拥有皇帝所赐鸠杖为荣。

⑬十善:佛教用语。与"十恶"相对,是佛教的基本道德信条。即不杀生、不偷盗、不邪淫、不妄言、不绮语、不两舌、不恶口、不悭贪、不嗔恚、不邪见。

⑭兜率:即"兜率天"的简称,佛教用语,是欲界六天中的第四天。

⑮区中之缘:人世间的缘分。区中,人世间。

⑯蝉蜕:犹言人之死亡。宗教家称有道之人死为尸解登仙,如蝉之脱壳。

⑰瞚(shùn):古同"瞬",眨眼。

【赏读】

伯修兄弟三人幼年丧母,外祖母赵太夫人对他们怜爱有加。惊闻外祖母仙逝,伯修难以抑制内心的悲凄,遂写成此文,一抒伤悼之情。

外祖母溘然长逝矣,悲哉,悲哉!前月我和外祖母辞别的情景犹在眼前,悲哉,悲哉!失去母亲之后,外祖母对我们何等疼爱,至今想来,哀哉,哀哉!外祖母去世,我却不能守在床前,悲哉,悲哉!这里伯修一唱四叹,将自己内心的悲痛之情,表达得淋漓尽致。

可是伯修突又笔锋一转。这些都是外孙我应该感到悲伤的,作为外祖母,您又有什么可以悲伤的呢?您寿至八十,生平慈悲,晚年清修,子孙多且贤,有何悲哉?从前面的"悲哉""哀哉",到这里的"安庸悲",看似矛盾,实则却是文章感情的升华。伯修意在告慰九泉之下的祖母，今生无憾，可以含笑矣！

外祖母病逝之时，伯修正在磁州公署。因事所阻，伯修未能至外祖母灵前哭祭，心间不免更添自责之意。遵舅父之命，在另一篇为外祖母所写的《外大母赵太夫人行状》里，伯修如此形容自己的心情："嗟夫，微舅言，忍不状吾外大母，然奈呜咽不成语何也！"心中纵有千言万语，一时之间，又该从何说起？其实正如伯修所说的，人神之间又有什么能够隔阻？伯修的这番深情，外祖母怎会感受不到？

王父①三江公外传 宋懋澄②

王父讳坤,字维简,别号三江。弱冠③补博士弟子员④,屡入琐院⑤,文常当主司意矣,竟为忌者所格。曾王父服除⑥,入赀游南太学⑦,事竣,旅于吴,因家焉,凡十有六年,出入坐雀舫⑧,客六七十人,养白马其中,陆则命骑马,服酒浆,登高喷玉,声振出林。集女乐⑨一部,诸女名皆极风婉。晚年,始就养⑩于先君,及叔父霞峰举于乡,遂不复游吴。

性好奇字,每先君、叔父侍饮,辄举箸⑪连书奇字百数,曰:"甲见子部,丙见丑部。"按之一一不失。尝于池中筑地一亩,费三十金。邻人讽曰:"足买二十亩矣。"笑曰:"尔何知,吾用以遣日也。"为人饶逸趣,未尝睚眦⑫。其题小照曰:"楚狂燕侠晋风流,万里沧江一钓舟。堪笑此翁偏僻处,懒随青紫事王侯。"

年逾不惑,遽谢声色之好,凡五禽导引⑬,靡不精研其妙。晚年深得静理,年七十八,犹登匡庐⑭绝顶,然自此委顿,不期年,竟卒于家。诗文若干卷,未卒前,与酒具同笥⑮,盗并笥窃去,稿遂亡,今仅录故老口授数章藏于家。

仲孙⑯懋澄窃议曰:王父有晋人之风,使居修禊⑰之会,虽乌衣子弟⑱,何多尚焉。尼宣曰:"不降其志,不辱其身⑲。"王父其无愧矣!

《九龠集》

【注释】

①王父：祖父。

②宋懋澄（1570~1622）：字幼清，号稚源，松江华亭（今属上海）人。明代文学家、藏书家。书楼名"九籥楼"，藏书充栋。其作品集即题为《九籥集》。

③弱冠：男子二十岁称弱冠。这时行冠礼，即戴上表示已成人的帽子，以示成年，但体犹未壮，还比较年少，故称"弱"。冠，帽子，指代成年。

④博士弟子员：明清时期对县学生员的称谓。

⑤琐院：指翰林院。

⑥服除：守丧期满。

⑦入赀游南太学：入赀，纳钱财以取得官爵功名。游南太学，指进入南太学院学习。太学，我国古代的最高学府。

⑧雀舫：古代形似鸟状的游船。

⑨女乐：歌舞伎，即专业的歌舞艺人。

⑩就养：接受奉养。

⑪箸：筷子。

⑫睚眦（yá zì）：发怒时瞪眼睛。

⑬五禽导引：一种真气运行法。

⑭匡庐：指江西庐山。相传殷周之际有匡俗兄弟七人结庐于此，故称。

⑮笥（sì）：盛饭或衣物的方形竹器。

⑯仲孙：在孙子辈中排行第二。

⑰修禊（xì）：古代民俗。季春时，官吏及百姓到水边嬉游，消灾祈福。后来演变成诗人雅聚方式。

⑱乌衣子弟：指王谢那样的望族子弟。后泛指富贵人家的子弟。

乌衣,乌衣巷,东晋时王导、谢安等世家大族居住在此。

⑲不降其志,不辱其身:语出《论语·微子》:"不降其志,不辱其身,伯夷、叔齐与?"意谓不降低自己的志向,不辱没自己的身份。

【赏读】

不拘礼数,不慕名利,洒脱放达,这是"晋人之风"的鲜明烙迹。以此来看,宋坤放浪形骸,行事出人意表,的确颇有"晋人之风"。

宋坤客居吴地达十六年之久,家中门客六七十人,并有个戏曲班子,女乐们个个长得极风流,此外还饲养了一批白马。他陆行则骑白马,水路则坐雀舫。琼浆玉露,酒酣半醉,登高长啸,真是好不潇洒。当然,能做这样的风流雅士,是需要有相当家底的。以此观之,宋坤家境颇为殷实。出人意料的是,他竟花三十金,在池中筑了一亩地。邻人不解,花这么多银子,可以买二十亩地了呀!宋坤笑着说:"这里面的奥妙你哪知道呢,我是用来消遣日子的啊!"燕雀安知鸿鹄之志,俗人和雅士的区别,往往就在这里。千金乃身外之物,若能换得浮生半日之闲,有何惜哉!

宋坤有一奇特的兴趣爱好,喜欢查找冷僻字。他和儿子们在一起饮宴的时候,常常举起筷子,连书一百多个冷僻字,然后告诉儿子,这个字查哪个部首,那个字查哪个部首。找字典翻翻,果然一点不差。宋坤先生的这个爱好真的好特别,好可爱。

题目既标"外传",则此文所记均为祖父的逸事。"不降其志,不辱其身",宋懋澄用《论语》中的这两句话来形容祖父,亦不算过。或许是受祖父影响,宋懋澄生平也以奇节自许,为人行事侠烈慷慨,广交天下豪士,不重名利,不屈权贵,以布衣终身,颇有乃祖遗风。

白门①告先灵文 钟 惺②

鸣呼，惺客白门五年矣。岁时伏腊③，非敢忘先灵也，亦非以弟侄在家，足供蒸尝④，而鱼菽之祭⑤，客中遂不必设主⑥也。惺之在白门也，客也。年年欲归，归而率弟侄拜于家祠，旦暮事耳。作旦暮之想，而不敢为岁月之计，则亦何忍请先灵于数千里外，劳其往来于旦暮之顷哉？不意日复一日，年复一年，而其为年者五矣。今且守官于此矣，官则不同于客，去住不能自主，虽不敢为岁月之计，而岂能复作旦暮之想哉！

用是于今岁小除之夕⑦，暂为位⑧于惺官舍，请降临坐，如在家者然。呜呼！礼以义起，情由礼申。居官有禄，生则迎养，没则迎祀，神气无不之也。惺在此，惺在此！幸勿怨恫于灵之不能来，来而无所依哉！

《隐秀轩集》

【注释】

①白门：南京别称。钟惺于万历四十四年（1616）开始，客居白门，以著述自娱。

②钟惺（1574~1624）：字伯敬，号退谷，湖广竟陵（今湖北天门）人。官至福建提学佥事。与同邑谭元春共选《唐诗归》和《古诗归》，名扬一时，形成"竟陵派"，世称"钟谭"。有《隐秀轩集》。

③岁时伏腊：指伏祭和腊祭之日。"伏"在夏季伏日，"腊"在

农历十二月。

④蒸尝：本指秋冬二祭。后泛指祭祀。

⑤鱼菽之祭：菽，指豆类；祭，祭品，祭奠。以鱼和豆类作祭品，借指礼仪不周。

⑥设主：设立所祭之祖宗牌位。主，祖宗牌位。

⑦小除之夕：除夕前一天，即小年夜。

⑧位：祖宗牌位。

【赏读】

每逢佳节倍思亲。客居异乡，往往于落寞之时，倍加思念家乡、怀念亲人。钟惺写此文时，客居南京已有五载。仕途之不得意，让他有了辞官归去的想法。这篇《白门告先灵文》，便是钟惺怀着这样的心情而写成的。

这篇文章流露出的是对先人的缅怀之情。虽然客居白门，但我从不敢忘记祭祀先人，不会因为弟侄在家祭祀，而忘掉"鱼菽之祭"。我常常准备回家，带着弟侄到家祠祭拜。这原本只是旦暮之事，但却是日复一日，年复一年，一拖就是五年。如今，我却又被朝廷授了个微官闲职。官不同于客，来去不能自主。如何还敢再做旦暮之想呢？今天是小年夜，我在官舍准备了些祭品，将列祖列宗的牌位端放于此，你们到这儿来，就和在家里一样。

此文真切地表达了钟惺对祖宗亡灵的孝敬之心，背后却也含蓄地写出了自己仕途失意的郁郁之情，流露出想挂冠而去的念头。但如果就这样辞官归去，又有何颜面见列祖列宗呢？钟惺的心情是矛盾而痛苦的。借着这篇怀念先人的文章，一吐胸中不平之气。

明末文学家陆云龙如此评价这篇文章："不情者读之，一片鬼话；多情者读之，一片深心。"

祭四叔父文　　张煌言①

呜呼，叔父其死狱中矣！其得疾而殒耶？抑感愤引决②耶？侄自丁③国难，倡义辞家，迄今十有七载。吾父见背，路隔华夷④，奔丧无所，至今抱恨终天。嗣是门衰祚薄，犹幸叔父支持。岁时伏腊，祖宗血食⑤，不绝如线，今则已矣。

春仲侄提师北还⑥，始知叔父于正月下浣⑦，被虏拘絷，业赴省狱矣。侄闻之，痛心疾首。计叔父衰老，南冠泥首⑧，形影龙钟，其能久乎！未几而讣音果闻矣。吾弟昌言，以虏网四张，幸而得脱。潜鳞戢羽⑨，将母芦中，既不能囊饘⑩相救，亦不能含敛躬亲，故叔父易箦⑪之期，竟不可闻。而讣音亦得之友朋之书。及六月三日弟来，知叔父以四月十三日捐馆，始敢为位而哭。

叔父年已逾耄，因侄抗节，遂以瘦死。是叔父因侄而亡，侄宁不痛心乎！古来教子弟者，动以忠义为训，岂意忠义可为而不可为耶！自古何代无废兴，其间必有忠臣义士，仗节抗旌，思扶王室，因以倾家者，往往有之。若尊行受祸，亦不少概见。今逆虏弃天经，斁人彝⑫，株连波累，致叔父毕命圜扉⑬，侄独无心，能不肝肠寸裂耶？

侄自倡义以来，屡蹶屡奋，几于啮雪吞毡，卧薪尝胆，虏招之不应，购之不克，始逮及妻孥。故新妇与祺儿，锢狱已经十载,侄义不返顾。自分为刘琨⁽¹⁴⁾、为卞壶⁽¹⁵⁾矣。何期复贻祸叔父耶！前此叔父之得免者,虏视侄无甚重轻也。及己亥侄入长江,连下名城数十,虏遂恨侄畏侄且忌侄,而诛求不遗余力。即我姊与姊夫及二三故交,亦在不免,而况叔父乎？呜呼痛哉！

叔父雁行有四人,吾父居长,止生侄一人。二叔早亡无嗣。三叔以考终,生从兄弟三人。长嘉言,次昌言,次德言。叔父无所出,昌言遂为承祧。然初无家人产,今叔父既逝,侄与嘉言皆在军次,归里无期,德言尚稚弱,恐不任箕裘,则高曾之不祀忽诸⁽¹⁶⁾,是侄未能报国,先已亡家矣。呜呼痛哉！

近者闻共主蒙尘,而侄且重遘家难,天道其果有知耶？其果无知耶？岂春秋大义,徒虚语耶？侄不能为复楚申胥⁽¹⁷⁾,必须为奔鬲臣靡⁽¹⁸⁾矣。但既无秦庭可哭,又鲜有鬲可奔,恐终当为伏柱豫让⁽¹⁹⁾耳。呜呼,归榇⁽²⁰⁾何时,拊棺莫望,徒有泣血而已。呜呼痛哉！

《张忠烈公集》

【注释】

①张煌言（1620~1664）：字玄著,号苍水,鄞县（今浙江宁波）人。著名抗清英雄,官至南明兵部尚书。与岳飞、于谦并称"西湖三杰"。有《张苍水集》。

②引决：自杀。

③丁：遭逢。

④路隔华夷：意指相隔遥远。华夷,指汉族与少数民族,后亦指中国和外国。

⑤血食:谓受享祭品。古代杀牲取血以祭,故称。

⑥提师北还:指张煌言与郑成功一起,为牵制大举向云贵地区进攻的清军,再次率义军入长江作战。

⑦下浣:下旬。唐代定制,官吏十天一次休息、沐浴,每月分为上浣、中浣、下浣,后来借做上旬、中旬、下旬的别称。

⑧南冠泥首:南冠,指囚犯或战俘。泥首,以泥涂首,表示自辱服罪。后指顿首至地。

⑨潜鳞戢羽:隐藏形迹。

⑩橐饘(tuó zhān):指衣食。

⑪易箦(zé):箦,竹编床席。更换床席,指病危将死。

⑫斁(dù)人彝(yí):斁,败坏。彝,常理,法理。败坏人伦。

⑬圜扉:狱门,借指牢狱。

⑭刘琨(271~318):字越石,中山魏昌(今河北定州南)人。西晋永嘉之乱后,据守晋阳近十年,抵御前赵。

⑮卞壸(kǔn)(281~328):字望之,济阴冤句(今山东菏泽)人。东晋初名臣,在平定苏峻之乱时战死。

⑯不祀忽诸:无人奉祀,比喻亡国或绝后。

⑰复楚申胥:申包胥,春秋时期楚国大夫。伍子胥引吴军攻破楚都郢,楚昭王出逃。为复国,申包胥来到秦国请求帮助,痛哭七天七夜,终于感动秦国君臣。

⑱奔鬲臣靡:夏朝老臣伯靡在太康失邦之后,逃奔有鬲氏之国,以图中兴。最终击败寒浞,复立少康为夏后,恢复夏室。

⑲伏柱豫让:豫让,春秋时期晋国人,是晋卿智伯家臣。赵、韩、魏共灭智氏,豫让为复仇,多次刺杀赵襄子未遂。最后他求得赵襄子衣服,拔剑击斩,以示为主复仇,然后伏剑自杀。"伏柱"语出"老聃伏柱史",系隐居之意。"老聃"是道家的鼻祖老子。

"伏"是隐居的意思,"柱"指周朝时的一个地名,"史"是一个官职。

⑳归榇(chèn):扶榇归里。榇,泛指棺材。

【赏读】

  国仇家恨,交织在一起,可谓恨海难填。张煌言在写这篇《祭四叔父文》时,想来一定是怀着难以名状的痛苦、怨恨。这痛,既有山河破碎、江山易主之无奈,也有叔父殒命、家门不幸之凄凉;这恨,既有不能挽狂澜于既倒的遗恨,也有眼睁睁看着亲人们倒在清军铁蹄之下的怅恨。

  张煌言四叔父姓甚名谁,已然无考。但从这篇祭文里,我们可以知道,四叔父罹难,完全是张煌言反清的缘故。张煌言随郑成功大军沿江北上,入长江,连下数城,引来清廷震动。清廷一再想招降张煌言,然而不管他们如何软硬兼施,都无法动摇张煌言反清复明的决心。清廷恼羞成怒,将张煌言的四叔父抓进了监狱。张煌言父亲兄弟四人,除了四叔父,其余三人皆已弃世。其实何止四叔父呢?张煌言的妻子、儿子,以及姊姊、姊夫、故交,均难逃此劫。然而,四叔父毕竟年事已高,短短四个月,即瘐死狱中。

  "是叔父因侄而亡,侄宁不痛心乎!"张煌言内心承受的煎熬,常人难以体味。国仇未报,又添家恨,国已不国,家已不家,实实痛煞人也!然而,这一切的痛,并没有摧毁张煌言完成反清大业的信心。他多么想像当年楚国的申包胥一样,痛哭于秦庭,搬来救兵,恢复故土,亦或者能像夏朝伯靡一样,太康失邦之后,逃奔有鬲氏之国,以图中兴。然而,哪儿是秦庭,能让我搬来救兵呢?哪儿又是有鬲氏之国,能让我徐图大业呢?难道,我只能像当年的勇士豫让刺杀赵襄子一样,以己身一死,以报故主吗?

  此文说是祭文,不如称是檄文。张煌言并没有被敌人的气焰所吓倒，他早已将死生置之度外。诚如他在文中所说的，历朝兴废，多少忠臣义士往往倾家弃产，投身其间。这才是真正的勇士，真正的斗士，也是张煌言追寻的人生境界。

文杏斋记 陈维崧①

文杏斋者,家大人②读书之室,先大父③少保公所构④也。斋在堂之后,在楼之左,广可斗许,图书之外,容膝而已。故虽楼,而以斋名焉。斋对两文杏,因扁之曰"文杏"。斋之下,垒石为池,莳以药果:白山药一株,绿萼一,丹桂一。花石之隙,植以蕉桐,被以枸杞。秋冬之际,红蓓朱实,往往不乏也。斋之上,则大人读书其间。

一日,大人呼崧而命之曰:"尔小子,亦知斯斋之所自乎?自尔祖少保之构此斋也,三十年矣。自尔祖之弃世,而尔父之险阻艰难以处此也,又廿余年矣。念平昔踪迹所之,燕赵吴越之间,名山胜境,历历在吾目焉。然自甲申、乙酉以来⑤,余不复出矣。念畴曩交游,如贵池吴次尾⑥,金沙周仲驭⑦,宣城沈眉生、梅朗三⑧,雪苑侯朝宗⑨,吴门钱吉士⑩,云间李舒章⑪,曾盘桓磅礴于此斋者,今其人或在或亡,又不可复见矣。斋之中,吾留《名山记》一焉,庶几不复出者,可以当卧游也。斋之中,置《纲目》一焉,庶几思其人而不见,见古人如见吾友也。吾斋之中,又杂置《雅实堂制艺》《楼山集》《壮悔堂稿》《陈黄门诗》《娄东吴太史乐府》焉,皆吾友也,吾又雅善是也。余则薰炉一,杖一,蒲团一,茗具二,聊以忘世焉。吾寓吾志也,小子志之!"崧退而不敢忘。

夫时代迁移，人物非古。即如一书画末技耳，而书此斋者，吴门范长倩学使，董文敏、张山人为之图焉。今其风流姿制，犹有存焉者乎？况乎先世节孝之栽培，先大父清白之堂构，以及余大人二十年忧患之行藏⑫，其可感有百倍于此者。然则崧又何以继此志乎？而岂徒效桓宣武⑬之故态，婆娑文杏之下，留连枯树而不能已也！

《陈迦陵散体文集》

【注释】

①陈维崧（1625~1682）：字其年，号迦陵，江苏宜兴人。明末清初词坛第一人，阳羡词派领袖。著有《湖海楼全集》。

②家大人：即家父。此处指陈维崧父亲陈贞慧。

③先大父：即祖父陈于廷，明末东林党中坚人物。

④构：造。

⑤自甲申、乙酉以来：甲申指明末崇祯十七年（1644），乙酉为南明弘光元年（1645）。1644年，李自成大顺军攻入北京，崇祯帝吊死煤山。南明弘光小朝廷随之成立，第二年被清军所灭。

⑥贵池吴次尾：即吴应箕，字次尾，号楼山，池州府贵池人。清兵攻破南京后，在家乡坚持抗清，被执不屈而死。

⑦金沙周仲驭：即周镳，字仲驭，南直隶金坛人。因上书崇祯帝反对其宠任宦官、压制言官而被罢职。

⑧宣城沈眉生、梅朗三：沈眉生，即沈寿民，字眉生，宣城人。明亡后，隐居讲学以终。梅朗三，吴应箕之友。

⑨雪苑侯朝宗：即侯方域，字朝宗，明末清初文学家。

⑩吴门钱吉士：即翰林钱熙。吴门，今指苏州或苏州一带。

⑪云间李舒章：即明末清初诗人李雯，云间（今上海松江）人。

⑫行藏：指出处或行止。常用以说明人物行止、踪迹和底细等。

⑬桓宣武：即桓温，东晋权臣。其子桓玄建立桓楚后，追尊为"楚宣武皇帝"，故《世说新语》称其为"桓宣武"。留下"神州陆沉""木犹如此，人何以堪""流芳百世""遗臭万年"等典故。

【赏读】

"可惜流年，忧愁风雨，树犹如此！"这是辛稼轩《水龙吟》里的词句。稼轩词多典，此句典出《世说新语》，说的是一代枭雄桓温的故事。东晋太和年间，桓温举兵北伐，行至金城（今句容市北），见当初自己在此任琅邪太守时栽种的柳树，"皆已十围"，不禁感叹光阴易逝，催人衰老，感慨万千地说："木犹如此，人何以堪！"攀枝执条，泫然流泪。

寻常巷陌，斜阳草树，最是关情。文杏斋前两株文杏，见证了陈家的两代浮沉。文杏斋系陈维崧祖父陈于廷所建，后来是父亲陈贞慧的读书之室。明亡之后，陈贞慧十余年不入城市，隐居家乡，文杏斋便成了他最大的精神寄托。这篇《文杏斋记》里，有一大段话皆是陈贞慧说给陈维崧听的。想当日，文杏斋里，文士云集，何等热闹。如今江山易鼎，风流云散，昔日好友生离死别，不可复见。于文杏斋中翻阅他们的文集，权当和老友相聚吧。守着斋中的薰炉、拂杖、蒲团、茗具，聊以忘世，这里面寄寓着我的志向，你记住了吗？

陈贞慧的这番话，对陈维崧触动很大。可是，我该怎么继承先辈的志向呢？难道仅仅学桓温故态，徘徊于文杏树下，流连不已吗？陈维崧内心的困惑，显然自己无法解答。这也是那一代人的困惑。纵使满腹经纶又如何？江山易主，抱负难伸。

陈维崧出生在这样一个气节之重享誉天下的书香仕宦之家，这对他今后的人生道路产生了重要影响。不过,身边的朋友陆续官高名显,却又让他不能不有所感怀。从古至今,朝代更迭本属寻常。况此时,清廷早已坐稳了江山。迁延至康熙十八年(1679)开"博学鸿词"科,陈维崧方以第十名考中,授翰林院检讨。这一年,他已五十四岁。妻子病逝,独子夭亡,他孑然一身,形单影只,郁郁寡欢,三年后病逝。身后景况之萧条,令人叹惜。

此时的文杏斋,许是换了主人。斋中的图书字画,或已积满了灰尘。家族的故事,总是与时代紧密联系在一起。繁华抑或落寞,皆是一时的风景。再读这篇《文杏斋记》,怎不让人感触良多?

先君序略（节选） 戴名世①

先君为人醇谨，忠厚退让，从不言人过失。与人交，无畛域②；与人语，辄以为善相劝勉，津津不休，一见之此语，再见之亦此语，有兴起者，辄喜不寐。无老幼贤愚，皆服其长者，不敢犯；犯之亦不校③，生平未尝有与人失色失言者。第④其艰难险阻，备尝人间苦，不能以告人也。岁甲午，年二十一，补博士弟子⑤。家贫，以授经⑥为业。岁辛丑、壬寅间⑦，始担囊授徒庐江，岁一再归⑧，博奉金以活家口。顷岁授徒里中⑨，然性不喜家居，辄复客于外。今竟死于外。呜呼，悲哉！

其为文不属草，步阶前数回，即落笔就之，不改窜一字。尤喜诗。诗辞大抵多悲思凄楚之音，凡百余卷，皆可传诵也。自以荏苒⑩半生，坎坷无一遇，米盐常缺，家人儿女依依啼号，而频年旱荒，终岁佣书⑪，不足以给朝夕为俯仰之资。而不肖名世好读书，不通时务，曰："是将复为我也。"尝曰："读书积善欲获报，如捕风捉影。如吾等者，岂宜至此！"时形诸感叹。每诗成，则朗朗吟咏，眉乃一开也。尝借饮酒以解其愤懑，每饮辄掷骰争胜负以为乐，大醉乃已。家人惟吾母事之谨，儿子辈妄意他时富贵以娱亲，朝夕定省、甘旨皆缺，未享人子一日之养，而已不及待矣。

先君卒于陈家洲。洲去县一百四十里，以去岁十月初一日往。……先是，先君客舒城山中，夏秋之间治装归矣。忽疮起于足，痛几危，越月始稍稍愈，愈而归。归不复去，以山多峻岭，不可骑，难以徒步也。居无何，足大愈。适吴氏来请，遂去。名世送之郭外，岂知其永诀而遂不复见乎！到洲五十日而卒。先是，十日前有书来，云疮发于项偏左。名世等以先君壮年盛德，此足疾余毒，不为意。而诸生皆骇⑫，又江滨荒陋无良医，延一医治，曰无伤，饮药数剂，病愈甚。诸生请致信于家，曰："不可，吾七八月间不死，今岂遂死乎？"已而诸生知不可起，始使人来报，比至，则已不及待矣。先君居洲未两月，而洲之人皆感动。其死也，皆呱呱而泣曰："天无眼矣！"呜呼！人莫不有死，而先君客死、早死、穷死、忧患死，此不肖名世所以为终天之恨，没世而不能已者也。

《南山集》

【注释】

①戴名世（1653~1713）：字田有，号忧庵，晚号南山先生。安徽桐城人。清康熙四十八年（1709）进士。康熙五十二年（1713），因文集《南山集》语多悖逆而被杀，史称"南山案"。

②畛（zhěn）域：界限，范围。

③不校：不计较。有成语"犯而不校"。

④第：只是。

⑤博士弟子：明、清时用作生员的别称。

⑥授经：教授经书。

⑦岁辛丑、壬寅间：辛丑，顺治十八年（1661）。壬寅，康熙

元年（1662）。

⑧岁一再归：一年回家一两次。

⑨里中：指同里的人。

⑩荏苒：指时间在不知不觉之中渐渐过去。常形容时光易逝。

⑪佣书：受雇为人抄书。亦泛指为人做笔札工作。

⑫騃（ái）：愚蠢，无知。

【赏读】

寻常分离，竟成永诀，这是人生之大悲哀。

康熙十九年（1680）十月，为家计奔波的戴硕告别妻儿，来到陈家洲吴家开馆。临别之时，戴名世将父亲送出城外。谁知，这竟成了生离死别。到陈家洲仅仅五十天，戴硕就病卒在那里。这篇《先君序略》，就是戴名世为悼念父亲戴硕而作，写于次年。

古往今来，多少落魄文人科举失意，穷困潦倒，郁郁终生。岂独戴硕一人！家中米盐常缺，子女们嗷嗷待哺。戴硕忿懑地说："想要通过读书积善而得到回报，就像捕风捉影一样。像我这样的人，应该沦落到这般田地吗？"生活如此困顿，儿子们都幻想着有一天能大富大贵，以报答双亲。可眼前却连朝夕请安、置办美食这样的寻常事，都做不周全。如此景况，读来令人心酸。

戴硕走得太突然，毫无征兆，对家人的打击可想而知。戴硕此前客居舒城时，足部曾生一疮，过了个把月才痊愈。病逝前十天，戴硕托人捎来家书，称自己脖子左边又生了个疮。家人皆以为戴硕壮年盛德，这只是脚疮余毒，不以为意。谁知戴硕不久病情加重，吴家派人前来报信。待到家人赶至陈家洲时，戴硕已客死他乡，年四十八岁。

苍天，你有眼睛吗？虽说"人莫不有死"，但父亲却是客死、早死、穷死、忧患死，怎不令人更加痛心！对戴名世来说，这注定是他的"终天之恨",此恨直至生命结束,都无法释怀。整篇《先君序略》,便在这样怅恨无穷的意味中收笔。

戴名世亦是桐城派大家。后来因涉及文字狱"南山案",文集遭到禁毁,故后人说到桐城派,多仅及方苞、姚鼐。戴名世文章雅淡,取法于自然,很具特色,系桐城派之先驱。读《先君序略》,戴名世文章的特点,可以管窥一二。

先母行略（节选） 方 苞①

吾母生而静正，诚意盎然，终身无疾言遽色②。五六岁时，外祖每曰："吾宗衰，此女乃不为男儿。"遇经史中女事③，必为讲说。及归先君子，不及事姑④，或语及先王母，辄哽咽欲泪。前母姚孺人⑤遗女二。次姊少桀傲，母呴濡⑥久而悔悟，勉为孝敬。

先君子中岁尤穷空，母生苞兄弟及女兄弟凡六人。一婢老不任事。缝纴、浣濯、洒扫、炊汲，皆身执之。方冬时，仅敝絮一衾，有覆而无荐⑦。旬月中，不再食⑧者屡焉。而先君子喜交游，江介耆旧⑨过从无虚日，必具肴蔬，淹留竟日。母尝疽发于背，犹勉强供事，十余年，无晷⑩刻休暇。而先君子性严毅，丝粟不治，客退，必诘责不少宽假⑪。母益笃谨，无几微⑫见于颜面。及先君子将终，恻然曰："与若共事五十年，若于我，毫发无愧也。"

母性孝慈，而外祖父母及舅氏皆客死，继而吾弟早夭，兄及姊适⑬冯氏者复中道夭。默默衔悲忧，遂成心疾。六十后，患此几二十年。每作，昼夜语不休，然皆幼所闻古嘉言懿行⑭，及侍父母时事，无涉鄙倍者⑮。卧疾逾年，转侧痛苦，见者心恻，而母恬然。时微呻，未尝呼天及父母。既弥留，苞及小妹在侧，无戚容悲言，恐伤不肖子之心也。

生平未尝一语詈仆婢,而能使爱畏,不敢设欺诳。卒之后,内御者老幼悲啼,过于子姓,不可曲止⑯焉。男苞泣血述。

《方苞集》

【注释】

①方苞(1668~1749):字灵皋,号望溪。安徽桐城人。清代散文家,桐城派散文创始人,与姚鼐、刘大櫆合称"桐城三祖"。著有《方望溪先生全集》。

②疾言遽色:粗暴的言语和急躁的神色。

③经史中女事:经史中记叙的有关女子的事迹。

④不及事姑:指方苞的祖母已经故世。姑,婆婆。

⑤前母姚孺人:指方苞父亲的前妻姚氏。

⑥呴(hǒu)濡:喻慰藉、劝慰。

⑦有覆而无荐:有了盖的就没有垫的。荐,草席,垫子。

⑧不再食:一天只吃一顿饭。再,两次。

⑨江介耆旧:江介,指长江以东之地。耆旧,年高望重者。

⑩晷(guǐ)刻:指日晷与刻漏,皆是古代计时仪器,犹言时间短暂。

⑪不少宽假:没有稍许的宽恕。

⑫几微:迹象。

⑬适:女子出嫁。

⑭嘉言懿行:美好的言语和行为。

⑮鄙倍者:粗鄙有悖于情理的话语。

⑯曲止:委曲详尽。

【赏读】

方苞记人述事之文,沉稳平和,很难见他流露出真挚的感情。

但出自方苞之手的那些抒写亲情的文章，虽则描写的是家庭琐事，文字简洁平易，却往往能让人感受到那深沉的骨肉情爱，很是感人。《先母行略》就是这样一篇文章。

方苞之母吴氏卒于康熙五十四年（1715），享年七十八岁。当时方苞入南书房任康熙帝的文学侍从，这真是莫大的荣光。当年春天，吴氏病情加重，卧床数月。四月，康熙到热河避暑，方苞随行。待十月回到京师，吴氏的病情更加严重。方苞为母亲延医问药，皆不见效，于当年底病逝。

在《先母行略》这篇文章里，方苞以无限悲痛之情，追忆了母亲的一生。文字虽极简短，但细节却描写得很是生动，读来颇是感人：

前妻姚氏生的女儿，小时候性格桀骜，母亲视如己出，悉心教诲，终于让她悔悟，知道孝敬长辈。这说的是母亲的慈爱；

家中贫穷，子女又多，缝纫、浆洗、除尘、烧饭，这些事都是母亲自己去做。这说的是母亲的勤劳；

父亲喜欢交游，经常有客人上门。父亲又好面子，饭菜有一点没做好，客人走了以后，都会责怪母亲，母亲则是默默承受。这说的是母亲的宽容……

吴氏一生命途多舛，父母及兄弟客死他乡；两个儿子及一个女儿先后早逝，悲痛难以名状，遂成心疾。方苞入南书房任文学侍从，眼看仕途一片光明。本该好好颐养天年了，可吴氏却是一病而逝。弥留之际，她还担心子女伤心，没有露出戚容悲言。真是可怜天下父母心！

母亲去世之后，方苞悲痛万分。除写下这篇《先母行略》，他还请陈鹏年为母亲写墓志铭。

先母邹孺人灵表（节选）　汪　中[1]

母讳维贞，先世无锡人，明末迁江都。凡七支，其六皆绝，故亡其谱系。父处士[2]君鼒，母张孺人。处士授学于家，母暇日于屏后听之，由是塾中诸书皆成诵。张孺人蚤没，处士衰耗，母尽心奉养，抚二弟有恩，家事以治。

及归于汪，汪故贫。先君子[3]始为赘婿，世父[4]将鬻其宅，先主[5]无所置。母曰："焉有为人妇不事舅姑[6]者？"请于处士君，割别室奉焉。已而世叔父数人皆来同爨，先君子羸病，不治生。母生子、女各二，室无童婢，饮食衣屦，咸取具一身，月中不寝者恒过半。

先君子下世，世叔父益贫，久之散去。母教女弟子数人，且缉屦[7]以为食，犹思与子女相保。直岁大饥，乃荡然无所托命矣。再徙北城，所居止三席地[8]，其左无壁，覆之以苫[9]。日常使姊守舍，携中及妹，倮然[10]丐于亲故，率日不得一食。归则藉藁[11]于地，每冬夜号寒，母子相拥，不自意全济。比见晨光，则欣然有生望焉。迨中入学宫[12]，游艺[13]四方，稍致甘旨[14]之养。母百病交攻，绵历岁年，竟致不起。呜呼痛哉！

母忠质慈祥，生平无妄言，接下以恩，多所顾念。方中幼时，三族[15]无见恤者，母九死流离，抚其遗孤，至于成立。母禀气素强，不近医药。计母生七十有六年，少苦操劳，中苦饥乏，老苦疾疢⑯；重以天属之乖，人事之湮郁，盖终其身，鲜一日之欢焉。论其摧剥，金石可销，况于血气？故吾母虽以中寿⑰告终，不得谓其天年之止于是也。呜呼！生我之恩，送死之戚，人所同也。家获再造，而积苦以陨身，行路伤之，况在人子？呜呼痛哉！

《汪中集》

【注释】

①汪中（1745～1794）：字容甫，江都（今属江苏扬州）人。清朝文学家、史学家。少孤贫好学，工骈文，尤精史学。著有《述学》《广陵通典》《容甫遗诗》等。

②处士：有德行学问而不仕的读书人。

③先君子：指汪中故世的父亲汪一元。汪一元卒于乾隆十四年（1749）。

④世父：大伯父，即汪一元的长兄。

⑤先主：祖先的神祖牌。

⑥舅姑：丈夫的父母，即公婆。

⑦缉屦：编织草鞋。

⑧三席地：三张席子大小的地方。

⑨苫（shān）：用茅草编成的覆盖物。

⑩儽（lěi）然：颓丧的样子。

⑪藉藁（gǎo）：用草铺地代床。藉，垫。藁，干草。

⑫入学宫：考中秀才。

⑬游艺：泛指学艺。此处实指汪中以入幕、卖文谋生。

⑭甘旨：美味的食物。

⑮三族：指父族、母族、妻族，这里泛指同宗和至亲。

⑯疢疾（chèn）：疾病。

⑰中寿：《庄子·盗跖》："人上寿百岁，中寿八十，下寿六十。"邹孺人享年七十六岁，故称中寿。

【赏读】

  一间小屋，狭窄到地面仅可容下三张凉席，左边的墙壁倒了，只能用茅席来遮上。三个嗷嗷待哺的孩子，年纪大点的，就让她看守门户，两个年纪小的，便跟着母亲，到亲戚家去乞讨，常常一整天吃不到一顿饭。入夜，就在地上铺些干草睡觉，冬天经常半夜冷得叫出声来，母子相拥而泣。到了早晨，阳光丝丝缕缕透进这间破蔽的小屋，他们又会开心起来，觉得有了活下去的希望。

  这是汪中在《先母邹孺人灵表》里为我们描述的幼年生活景况。汪中幼年丧父，自己和两个姐妹一起，全靠母亲的一双手艰难度日。这段苦难的经历，对汪中产生了较大的影响。由于他营养失调，加之劳心劳力，以致后来闻更鼓鸡犬声，便心跳加速，夜不成寐。

  古语云："天将降大任于斯人也，必先苦其心志，劳其筋骨。"经历了童年的苦难，汪中终于被选为拔贡生，在仕途与文学上，均有所成就。然而没过几年，饱受苦难而刚刚苦尽甘来的母亲邹孺人，却是一病不起，享年七十六岁。尽管有所谓"上寿百岁，中寿八十，下寿六十"的说法，对古人来说，这已算得上高寿了，毕竟"人生七十古来稀"。可汪中却认为母亲未尽天年。其意也很明显，母亲身体那么好，从来不寻医问药，如果不是遭遇那么多磨难，怎么可能寿止于此呢？

  在汪中笔下，邹孺人的形象亲切而丰满，令人肃然起敬。许是自小家境贫苦的缘故，汪中具有悯人的情怀，他的多篇文章以悲悯人生苦难为主题，流淌着真情实感，催人泪下。

卷二 执子之手,与子偕老

祭亡妻韦氏①文 元　稹②

呜呼！叙官阀③，志德行，具哀词，陈荐奠④，皆生者之事也，于死者何有哉？然而死者为不知也，故圣人以无知之论。呜呼！死而有知，岂夫人而不知予之心乎？尚何言哉！且曰人必有死，死何足悲？死且不悲，则寿夭贵贱，缞麻⑤哭泣，藐尔遗稚⑥，蠢然鳏夫，皆死之末也，又何悲焉？

况夫人之生也，选甘而味，借光而衣⑦，顺耳而声，便心而使。亲戚骄其意，父兄可其求，将二十年矣，非女子之幸耶？逮归于我，始知贱贫，食亦不饱，衣亦不温。然而不悔于色，不戚于言。他人以我为拙，夫人以我为尊。置生涯于濩落⑧，夫人以我为适道⑨；捐⑩昼夜于朋宴，夫人以我为狎贤⑪，隐于幸中之言。呜呼！成我者朋友，恕我者夫人，有夫如此其感也，非夫人之仁耶？呜呼歔欷，恨亦有之。

始予为吏，得禄甚微，愧目前之戚戚，每相缓以前期。纵斯言之可践，奈夫人之已而。况携手于千里，忽分形而独飞。昔惨凄于少别，今永逝与终离。将何以解予怀之万恨？故前此而言曰："死犹不悲。"呜呼哀哉！惟神尚飨。

《元稹集》

【注释】

①韦氏：名韦丛，字茂之，太子少保韦夏卿幼女。贞元十九年

（803）嫁给元稹，元和四年（809）去世，时年二十七岁。

②元稹（779~831）：字微之，洛阳人，唐朝著名诗人。与白居易共同倡导新乐府运动，世称"元白"。有《元氏长庆集》传世。

③官阀：官阶、门第。

④陈荐奠：陈，摆设。荐奠，祭奠，引申作祭品。

⑤縗（cuī）麻：粗麻布丧服。文中指穿着粗麻布丧服。

⑥藐尔遗稚：指丧母的幼子。藐尔，弱小的样子。

⑦借光而衣：意为靠着家境的优裕而穿衣。借光，比喻凭借别人的名声、地位或荣誉而得到好处。

⑧濩（huò）落：沦落失意。

⑨适道：归从道统。

⑩捐：舍弃。

⑪狎贤：亲近贤人。

【赏读】

"曾经沧海难为水，除却巫山不是云。"元稹的这一千古名句，即是为悼念亡妻韦氏而作。

在很多人看来，元稹的品格似乎算不得高尚。别的且不谈，仅他的情史，很是乱七八糟。家喻户晓的《西厢记》，即是王实甫根据元稹写的《莺莺传》改编而成。据称这是元稹依据自我经历写成的。在《莺莺传》这部传奇里，莺莺遭张生始乱终弃，浑然不是《西厢记》里"有情人终成眷属"的翻案文章。元稹和蜀中名妓薛涛之间也有过一段感情，最终亦因元稹薄情而告终。于是有人怀疑，元稹多次移情别恋，他为妻子韦氏所写的祭文以及悼亡诗，是真的出于真心吗？

韦氏嫁给元稹那年刚满二十岁。韦氏共为元稹生了五个孩子，但其中四个先后夭逝。韦氏去世后，元稹写有多篇悼亡诗，表达对妻子的怀念，如《感梦》《六年春遣怀八首》《除夜》《江陵三梦》等，写得情真意切，很是感人。"今夜商山馆中梦，分明同在后堂前""重纩犹存孤枕在，春衫无复旧裁缝""怪来醒后傍人泣，醉里时时错问君"……人间至美至纯的爱情，不过如此。读这些悼亡诗，不难感受到元稹和韦氏之间的深情。纵使元稹对其他女子一次次薄情，但我们据此怀疑他和韦氏之间的感情，却是毫无根据的。

元稹出身寒门，而韦氏是太子少保韦夏卿幼女，出身名门。韦氏嫁给元稹后，生活清贫，但毫无怨言。后来，元稹升官了，俸禄增加了，韦氏却撒手人寰。壮年丧妻，元稹陷入无限悲痛之中。举凡祭文，基调大抵是悲伤而沉郁的，但这篇《祭亡妻韦氏文》却是别具匠心，以"不悲"贯穿始终。"人必有死，死何足悲？"叙官阀，志德行，具哀词，陈荐奠，这都是活着的人的事情，和死者有什么相关呢？

这不禁让人联想到"庄子鼓盆"的故事。当年庄子的妻子去世，朋友来吊唁时，庄子面无凄容，相反却是鼓盆而歌。庄子何以无情至此？其实，庄子并非不悲痛，而是他能以通达的心态，来面对自然界的生生死死。他对生死的态度，远在常人之上。元稹在此文中亦作通达之词，但他内心丧妻的那份痛苦，却是力透纸背，让人"冷水浇背，陡然一惊"。这正是这篇文章的高明之处，所谓"胸中自有透顶解脱，意中却是透骨相思"。

金石录后序①（节选） 李清照②

建炎戊申③秋九月，侯④起复知建康府。己酉春三月罢，具舟上芜湖，入姑孰，将卜居赣水上。夏五月至池阳，被旨知湖州，过阙上殿⑤。遂驻家池阳，独赴召。六月十三日，始负担，舍舟坐岸上，葛衣岸巾，精神如虎，目光烂烂射人，望舟中告别。余意甚恶，呼曰："如传闻城中缓急，奈何？"戟手遥应曰："从众。必不得已，先弃辎重，次衣被，次书册卷轴，次古器，独所谓宗器⑥者，可自负抱，与身俱存亡，勿忘也。"遂驰马去。途中奔驰，冒大暑，感疾。至行在⑦，病痁⑧。七月末，书报卧病。余惊怛，念侯性素急，奈何！病痁或热，必服寒药，疾可忧。遂解舟下，一日夜行三百里。比至，果大服柴胡、黄芩药，疟且痢，病危在膏肓。余悲泣，仓皇不忍问后事。八月十八日，遂不起。取笔作诗，绝笔而终，殊无分香卖履⑨之意。

葬毕，余无所之。朝廷已分遣六宫⑩，又传江当禁渡。时犹有书二万卷，金石刻二千卷，器皿、茵褥，可待百客，他长物称是⑪。余又大病，仅存喘息。事势日迫。念侯有妹婿，任兵部侍郎，从卫在洪州，遂遣二故吏，先部送行李往投之。冬十二月，金人陷洪州，遂尽委弃。所谓连舻渡江之书，又散为云烟矣。独余少轻小卷轴，书帖写本，李、杜、韩、柳集，《世说》《盐铁论》，汉唐石刻副本数十轴，三代鼎鼐十数事，南唐写本书数箧，偶病中把玩，搬在卧内者，岿然独存。

上江既不可往，又虏势叵测，有弟迒，任敕局删定官⑫，遂往依之。到台，台守已遁。之剡，出睦，又弃衣被，走黄岩，雇舟入海，奔行朝。时驻跸⑬章安。从御舟海道之温，又之越。庚戌⑭十二月，放散百官，遂之衢。绍兴辛亥春三月，复赴越，壬子，又赴杭。

先侯疾亟时，有张飞卿学士，携玉壶过视侯，便携去，其实珉⑮也。不知何人传道，遂妄言有"颁金⑯"之语。或传亦有密论列⑰者。余大惶怖，不敢言，亦不敢遂已，尽将家中所有铜器等物，欲赴外廷投进。到越，已移幸四明。不敢留家中，并写本书寄剡。后官军收叛卒，取去，闻尽入故李将军家。所谓岿然独存者，无虑十去五六矣。惟有书画砚墨，可五七簏⑱，更不忍置他所。常在卧榻下，手自开阖。在会稽，卜居土民钟氏舍。忽一夕，穴壁负五簏去。余悲恸不得活，重立赏收赎。后二日，邻人钟复皓出十八轴求赏，故知其盗不远矣。万计求之，其余遂牢不可出。今知尽为吴说⑲运使贱价得之。所谓岿然独存者，乃十去其七八。所有一二残零不成部帙书册三数种，平平书帖，犹复爱惜如护头目，何愚也耶！

今日忽开此书，如见故人。因忆侯在东莱静治堂，装卷初就，芸签缥带⑳，束十卷作一帙。每日晚吏散，辄校勘二卷，跋题一卷。此二千卷，有题跋者五百二卷耳。今手泽如新，而墓木已拱，悲夫！

《金石录》

【注释】

①金石录后序：《金石录》的书后序言。《金石录》著录从上古三代至隋唐五代以来钟鼎彝器的铭文款识和碑铭墓志等石刻文字，是中国最早的金石目录和研究专著之一。由赵明诚撰写大部分，其余部分由其妻李清照完成。赵明诚生前已写了书的序文，列于书首，并请好友清河县刘跂写了后序。一般人们把刘跂的后序叫"刘序"，而李清照再作的这篇"序"，称"后序"。

②李清照（1084~约1151）：号易安居士，齐州章丘（今山东章丘西北）人。宋代著名女作家，婉约派代表词人。与夫赵明诚共同致力于书画金石的搜集整理。今人辑有《李清照集》。

③建炎戊申：即宋高宗建炎二年（1128）。后句"己酉"指次年，即建炎三年（1129）。

④侯：指赵明诚。唐时以州、府长官称侯。赵明诚曾任莱州、淄州、建康府及湖州长官。

⑤过阙上殿：指朝见皇帝。

⑥宗器：宗庙祭祀所用的器物。这里指最为贵重之物。

⑦行在：皇帝出外居留之所。后文"行朝""外廷"意皆同此。

⑧痁（shān）：疟疾。

⑨分香卖履：指就家事留遗嘱。曹操《遗令》："余香可分与诸夫人，不命祭。诸舍中无所为，可学作履组卖也。"

⑩分遣六宫：疏散宫中妃子、宫女人等。

⑪他长物称是：其余用物与此数相当。

⑫敕局删定官：负责编辑皇帝诏令的官员。

⑬驻跸：皇帝外出，途中暂停小住。

⑭庚戌：即建炎四年（1130）。后句"绍兴辛亥"，即宋高宗绍兴元年（1131）；"壬子"即绍兴二年（1132）。"绍兴"是宋高宗

继"建炎"之后使用的年号。

⑮珉（mín）：似玉的石头。

⑯颁金：分取金银财物。

⑰密论列：秘密举报。

⑱簏（lù）：竹箱。

⑲吴说（yuè）：宋代著名书法家。时任福建路转运判官，故称运使。

⑳芸签缥（piǎo）带：芸签，用芸草制成的书签。缥带，用来束扎卷轴的丝带。

【赏读】

李清照的文字，大多透出一股淡淡的忧伤。春愁秋恨，无计消除，才下眉头，却上心头。

春愁是什么？可以是迢迢春水，可以是脉脉斜晖，亦可以是那春雨后的落红无数。可李清照笔下的春愁，却是另一番滋味。"闻说双溪春尚好，也拟泛轻舟。只恐双溪舴艋舟，载不动许多愁。"纵使满目繁花似锦，却已物是人非，欲语泪先流。春愁何事如此多，连小小船儿都载将不去！

南宋建炎二年（1128）的那个春天，对李清照来说，可谓劫后重生。金人南侵，北方大乱，她押送着十五车书册文物，只身南下，去建康寻找丈夫赵明诚。赵明诚和李清照均是清雅之人，特别是对金石颇有研究。此番李清照携带南下的十五车书册文物，乃夫妻凝毕生心血集藏而来。值此兵荒马乱之际，李清照最终保住了书册文物，并在建康找到赵明诚，想来是多么的不易！然而好景不长，次年八月，赵明诚竟病故身亡。"风定落花深，帘外拥红堆雪。长记海棠开后，正伤春时节！"转眼又是一个春天，斯人已去，庭院里大风过处，满地皆是红白花瓣。这正是令人黯然神伤的时节！阴阳两隔再无法相见。面对良辰美景春光无限，又怎能不勾起心头千愁万绪？

这篇《金石录后序》，通篇便氤氲在这样的氛围中。李清照在颠沛流离之间，与赵明诚苦心多年收集的金石等文物，或被叛兵劫掠而去，或遭匪类巧取豪夺。在慨叹文物得之难失之易的同时，李清照更增添了一份对赵明诚的思念之情。如今，当她翻看赵明诚所写的《金石录》一书，往昔的点点滴滴，一一涌上心头。赵明诚的手迹还像新的一样，可他墓前的大树，都能双手合抱了。赵明诚生前已为《金石录》一书作过序，李清照于是写下《金石录后序》，附于原书之后。

李清照与赵明诚不唯伉俪情深，更且志趣相投。此文可谓一篇纪传体散文，李清照以极苍凉之笔调，写出了对赵明诚的无限思念，以及自己无比凄苦郁闷的晚境。诚如明人郎瑛在《七修类稿》一书里所说："赵明诚……其妻李易安，又文妇中杰出者，亦能博古穷奇，文词清婉，有《漱玉集》行世。诸书皆曰与夫同志，故相亲相爱至极。予观其叙《金石录》后，诚然也。"

封孺人庄氏墓志铭 唐顺之①

孺人病逾三年,嘉靖戊申②冬十一月二日而卒,年四十有一。孺人之病也,积于惊,发于悲,蘖于郁。

庚子冬,余以狂谬俟罪者二十七日,孺人寤寝惕惕③,若其夫蹈不测,而已不能以生然者。既蒙恩免归,孺人抱余惊就途,抵家热蒸骨④。如是者数年,热渐解而瘠则不复肉矣。未几,母陈孺人卒,临尸而骤淋⑤,盖医家悲动肺之证也。每淋辄晕死,如是者又二年,淋既止而生气耗矣。自是膹肿瘕泄⑥,百痛间作。既病甚,则念其二女未有所归,又以为女纵得所归,而己且旦暮死,不能终其衾具襦裩⑦之事,以为郁郁。虽其病必不起,而其蘖之也,则若以是然者。丛⑧三不可解之情,以竟成三不可药之疾。呜呼,其可哀也已!

孺人庄氏,河间守鹤溪公之女孙,静思翁之女,永州守有怀翁之妇,其夫余顺之也。年十七而嫁,二十六而夫为编修⑨,以恩例封孺人。孺人始嫁,见于舅姑,舅曰所嘱妇者无他,第闺外不闻妇声足矣。自是舅往来闺外,竟廿余年不识孺人声,舅每叹以为能妇。余癖于书,平生不一开口问米盐耕织事,则以孺人为之综理也。余最迂僻寡合,入门则欢然若得朋,以孺人素能得余心事也。其与余处者则然,而其钟情母子间也特甚。自父母之慕,虽男子或移于妻子,而女子于父母家,记礼者亦外而不内。

孺人虽以与余廿余年之欢，未尝一日辍其母子之恋。其所为父母家计者，黾黾⑩焉悉其乏而排其难。较其家事，未尝少内外之也。其教二女也，爱不废严；其教子也，严过于予。其封十五六年，余未尝为置一翠冠，其所享率如是，孺人固不少谪望我。而余所居官，每不能过慎以速咎⑪，则孺人口不敢止也，而心切苦之。故余尝谓孺人女也而任子之事，母也而兼父之严，未尝过享其夫有官之奉，而蹙于其夫有官之累。然则所谓三不可解于情者，盖不独其致疾时，自其居常则然也。

孺人卒于鸡鸣时，烛入则渐矣。自其夫及其女与妾与女奴皆有嘱。嘱余者曰："吾身后而当为计则然。"又曰："箧中衣以归二女，余衣以与妾。"已而曰："田五亩以遗吾家。"然则其不可解者，又不独其疾时，及瞑犹尚不能解也。孺人有烈性，居常不媚笑，语如庄士⑫。又每闻余死生之说，若有契焉，故其卒也精明若此。

《荆川先生文集》

【注释】

①唐顺之（1507～1560）：字应德，号荆川。武进（今属江苏常州）人。明代散文家、抗倭英雄。系"唐宋派"代表作家，人称"荆川先生"。有《荆川先生文集》等传世。

②嘉靖戊申：即明嘉靖二十七年（1548）。

③瘒寝惕惕：整日惊恐不安。瘒，睡醒。惕惕，惊恐不安、心绪不宁的情状。

④热蒸骨：即骨蒸劳热，指各种慢性消耗性疾病中出现的发热

现象。

⑤淋：形容水、血、汗、泪等连续下滴貌。

⑥瘕（jiǎ）泄：一种病名，常见病因为痢疾。

⑦褵帨（lí shuì）：古代女子出嫁时的佩巾之类饰物。

⑧丛：聚集，许多事物凑在一起。

⑨编修：官名。宋代凡修前朝国史、实录、会要等，均随时置编修官，枢密院也设有编修官，负责编纂记述。明、清属翰林院，与修撰、检讨同称为史官。

⑩黾（mǐn）黾：努力，勉力。

⑪速咎：招致灾祸。

⑫庄士：端正之士，正人君子。

【赏读】

唐顺之既是明代著名的抗倭英雄，亦是"唐宋派"散文大家。这篇《封孺人庄氏墓志铭》，便是出于唐顺之之手的一篇情真意切的好文章。

"积于惊，发于悲，瘗于郁"，起笔这短短九个字，真是道尽了无限说不出的滋味，也是贯穿全文之"文眼"。

虽是才情万丈，但在政治上，唐顺之却很不成熟。在朝为官的他好端端地和友人一起要跑去朝见太子，这下触犯了龙颜。皇帝和太子虽是亲生父子，但个中关系很是微妙。太子抢班夺权之事，屡见不鲜。嘉靖皇帝好好地活着，你想去见太子，是不是有所企图？因为这事，唐顺之被罢了官。这就是他文中所说的"余以狂谬俟罪"之事，也即庄氏"积于惊"之由。

没过多久，母亲陈孺人病卒，庄氏悲痛欲绝，病复"发于悲"。拖延三年，庄氏担心自己"且旦暮死"，丢不下两个尚未出阁的女儿，复"瘗于郁"。正是此"三不可解之情"，让庄氏带着无限的怅恨，离开人世。

在唐顺之笔下，那些日常细微的生活场景，那般鲜活，仿若就在面前。从米盐耕织到饮食起居，从子女教育到孝敬双亲，庄氏倾注了大量心血。唐顺之不谙政治，庄氏口里虽不说，却常常提心吊胆。"所谓三不可解于情者，盖不独其致疾时，自其居常则然也"，此句真乃悲语，想来唐顺之是存着一份愧悔的。

鸡鸣之时，烛火渐灭，庄氏溘然而逝。去世前，她对家人个个都有遗嘱，仍然有着"不解之情"，岂不悲哉！通过细致入微地描写庄氏发病时、平时、病卒时的"不解之情"，全文层层递进，最终强烈的怀念之意喷薄而出，令人动容。

亡妻徐恭人^①状（节选） 李攀龙^②

亡妻恭人，徐公宣之仲女。徐公家本藩国列校③，微也。嘉靖岁庚寅④以适余，衿缡⑤不具。明年，余补郡诸生⑥，有宅一区，太恭人递迁，而剪其余以糊口者三。尽，则杯棬瓬合、细靡锭柎⑦鬻诸市，朝售焉饔⑧，夕售焉餐，无常饱矣。恭人佐太恭人赁缝井臼晏然，箕帚不满隅，荫一壁，炀一灶，历寒暑者数年无躁容。

丁酉，余既廪诸生⑨间，恭人嗛嗛⑩犹若不能适。晦朔所授弟子束脩⑪以上，上太恭人，虽彻必剂以复进。始余与庐州别驾郭君，为诸生同笔研，尝过余，而止之饭⑫。恭人茔帘以馔⑬也，前萧惟谨。郭君察之，假⑭担薪。

余丙辰上绩，得封恭人。寻擢陕西按察司提学副使。戊午，复疾，投劾归济南，则恭人再拥新妇侍太恭人矣。越在田间凡十年。隆庆改元⑮，圣天子覃恩遗佚⑯，谏议之臣交章⑰大荐，海内二十有二人与焉。而余以一执臬吏，自惟不佞，方愿与恭人终俱隐之谊，乃七月二十四日卒于正寝。

呜呼！敢状之长者哉！恭人生五十四年乎，人朴耳。太恭人虽庄临之，然年已七十有二。恭人犹尚踧踖⑱，若失太恭人意，惹惹然自讼⑲，本辟之，而反及之，命邪？性溺爱，必躬视子之饭，必饭子而后食；即食，必祝艾家姑举火乎！盖白首响哺，不恤其子之近苦,屡而益劝,不知其不敢焉餐。乃五十辄自老,虽狎必閤门与余语;妾辈言事,必直致其辞,不敢以讽,然后应;一与之嫌,终身督过,不少假云。呜呼!妻欲惠乎?惠斯惠御之,孰与置人朴于室之相忘也?孟德曜㉑绮缟粉墨,尝试梁鸿,以观其志,七日不答,乃出椎布于怀中,何其惠也!然作使伯鸾,偃蹇已甚,鸿何能相忘于此?即举案莫敢仰视,犹之仪耳。恭人岂独为胜邪?无乃默默低头就之乎?盖德曜有忧患之心矣。

《沧溟先生集》

【注释】

①恭人:用以封赠中散大夫以上至中大夫之妻,高于宜人而低于令人。元代六品之妻封之,明清两代,四品官之妻封之。

②李攀龙(1514~1570):字于鳞,号沧溟,历城(今山东济南)人。明代著名文学家,继"前七子"之后,与谢榛、王世贞等倡导文学复古运动,为"后七子"领袖人物。著有《沧溟先生集》。

③藩国列校:藩国,古称分封及臣服之国。列校,东汉时守卫京师的屯卫兵分作五营,称北军五校,每校首领称校尉,统称列校。

④嘉靖岁庚寅:即明世宗嘉靖九年(1530)。后文"丁酉"即嘉靖十六年(1537),"丙辰"即嘉靖三十五年(1556),"戊午"即嘉靖三十七年(1558)。

⑤衿缡(jīn lí):衿,系衣裳的带子。缡,古代妇女出嫁时所系的佩巾。

⑥诸生:古代经考试录取而进入中央、府、州、县各级学校,包括太学学习的生员。生员有增生、附生、廪生、例生等,统称诸生。

⑦杯棬（quān）瓿（bù）合、细靡铤柎（fū）：指饮器、小瓮、盒子，以及细小分散的有足的器具。

⑧饔（yōng）：指饭食。

⑨廪诸生：即"廪膳生员"，明、清两代称由府、州、县按时发给银子和补助生活的生员。

⑩嗛嗛：谦逊貌。

⑪束脩：十条干肉，古时学生送给教师的报酬。

⑫止之饭：留他吃饭。

⑬莝（cuò）帘以爨（cuàn）：铡碎竹帘来生火做饭。

⑭假：借。

⑮隆庆改元：嘉靖四十五年（1566），明世宗驾崩。穆宗继位，次年改元隆庆。

⑯覃（tán）恩遗佚：覃恩，广施恩泽。旧时多用以称帝王对臣民的封赏、赦免等。遗佚，遗漏，遗失。

⑰交章：谓官员交互向皇帝上书奏事。

⑱踧踖（cù jí）：恭敬而不安的样子。

⑲葸（xǐ）葸然自讼：葸葸然，害怕、畏惧的样子。自讼，自己责备自己。

⑳孟德曜：即东汉孟光，字德曜。孟光嫁给梁鸿，出嫁之日，穿着绮丽的绢绸衣服，涂脂抹粉，以适梁鸿。梁鸿七天都不搭理她。孟光知晓梁鸿之意，就穿上粗布衣服，做着女人的活计到梁鸿的面前来。两人留下"举案齐眉"的佳话。梁鸿，字伯鸾。

【赏读】

俗话说："福无双至，祸不单行。"可隆庆元年（1567），归隐田园的李攀龙却是喜事连连。先是妾卢氏生下一子，接着又闻知朝廷荐举遗贤，自己名列其中。可喜事过后，却是祸不单行。李攀龙先是经历了一次病痛的折磨，接着老妻徐氏又溘然病逝。这篇《亡妻徐恭人状》，即写于徐氏病逝这一年的十月。

这一年，李攀龙五十四岁。老来丧妻，心情之悲痛可想而知，此前的那些喜悦之情，已是荡然无存。李攀龙和徐氏情深意笃，徐氏嫁入李家时，李攀龙尚困于科场，徐氏备尝生活的艰辛。正如此文中所说的，过着衿𫄧不具、食无常饱的日子。但徐氏却是"历寒暑者数年无躁容"。能如此淡泊处世，实属难能可贵。

李攀龙步入官场之后，徐氏常年和婆母生活在一起。她供奉婆母，教育子孙，不敢有丝毫懈怠。在文中，李攀龙以当年梁鸿和孟光的故事，来比自己和徐氏，可见他们伉俪情深。徐氏贤惠，一如孟光。这么多年以来，徐氏虽没有像孟光那样有"举案齐眉"的礼节，难道不是在"默默低头就之"吗？

刚刚葬毕徐氏，朝廷诏令到达，李攀龙被任为浙江按察司副使。对已赋闲在家整整十年、正遭遇丧妻之痛的李攀龙来说，是喜？是悲？如果老妻尚在，李攀龙宁愿辞去一身官职，"与恭人终俱隐之谊"。可惜，从此已是人鬼殊途，天各一方。宦海浮沉，身旁独无老妻！

"抚遗孤而对泣，奈蕴结之云何！"除此文外，李攀龙另撰有《祭恭人文》，寄托心中的绵绵哀思。

亡妻潘墓志铭　　徐　渭①

君姓潘氏，生无名字，死而渭追有之，以其介②似渭也，名似，字介君。

介君彗而朴廉③，不嫉忌。从其父官于阳江时，时拾无所记诘之钱银，以还其继母。渭赘其家④者六年，终不私取其家之付藏者一缕以与渭。父自阳江升赵王府奉祀⑤，还过梅岭，开匣取十金与之，戒勿泄于母。介君怯焉，即以投于兄。与渭正言，必择而后发，恐渭猜，蹈所讳。

生时处继母及继母之弟妹，若宗亲僮仆妇女婢，始终无不欢，死而不怜之者。生子一，名枚。娠时梦月，及产，顽然笑谓渭曰："无异也。"介君始病瘵⑥，产而病益加，逾年而死。死之前数日，有妪入自后户，犬逼之，跃积稻中不见。死后月余，而家之苍头⑦夜网鱼归泊门，忽坠水起，而懵然有神冯焉，声音言笑，悉介君也，道生时事，哭泣悲儿子，责无礼于其所亲某。介君生嘉靖某年月日，某年月日死其家，年才十九，以某年月日归其柩，葬舅姑侧，去可⑧三丈许。铭曰：

生而赘其夫，死而不识其姑，女虽彗，魂怅然其踟躅。生而缀其珮，死而归于其妹，女则廉，魂释然而勿慸⑨。生则短而死则长，女其待我于松柏之阳。

《徐文长三集》

【注释】

①徐渭（1521~1593）：明代著名文学家、艺术家。山阴（今浙江绍兴）人。初字文清，后改字文长，中国"泼墨大写意画派"创始人、"青藤画派"之鼻祖，所著《南词叙录》为中国第一部关于南戏的理论专著，另有杂剧《四声猿》及文集传世。

②介：耿直。

③廉：正直，品行方正。

④赘其家：指徐渭二十一岁时入赘潘家。

⑤奉祀：中国古代文官的官职名，主要负责祭祀事务。

⑥瘵（zhài）：多指痨病。

⑦苍头：奴仆。

⑧可：大约。

⑨憝（duì）：怨恨，憎恶。

【赏读】

"掩映双鬟秀眉新，当时相见各青春。旁人细语亲听得，道是神仙会里人。"这是徐渭为亡妻潘氏所作的《悼亡》诗，描写的是当年两人喜结连理的场景。

徐渭是中国历史上少见的以佯狂而著称的艺术家，有人拿他和荷兰的凡·高相提并论。不过徐渭生活的年代，比凡·高早了约三百年。徐渭的一生很是蹇滞，可谓命途多舛。他的感情生活亦不甚如意，前后共有过几次婚姻，最后一任妻子张氏竟被他在癫狂的状态下失手杀死。徐渭为何杀妻，历来众说纷纭。不管到底是什么原因，徐渭因此而身陷囹圄达七八年之久，不能不说是其人生的一大悲剧。

在前后几任妻子里，徐渭和原配潘氏的感情特别深厚。潘氏家中富裕，父亲曾做阳江典吏，婚后徐渭入赘潘家，两人度过了一段郎情妾意的快乐时光。徐渭在潘家生活，虽说衣食无忧，但也有一些隐痛之处。潘氏自幼丧母，由继母抚养长大，因此在家里处事十分小心，以免不慎授人话柄。徐渭入赘潘家六年，潘氏从来没有将家中私蓄拿出来给徐渭。即使父亲给了她十金，并叮嘱她不要告诉继母，她仍然很担心被人知晓，而将十金交给兄长。

　　潘氏为徐渭产下一子，此后便重病缠身，仅过了一年，就与世长辞了。在这篇《亡妻潘墓志铭》里，徐渭的文字是那般的惝恍迷离。在潘氏病逝前几天，便已隐隐有了异事。潘氏死后月余，家里的仆人夜归时，道遇潘氏，"道生时事，哭泣悲儿子，责无礼于其所亲某"。这些灵异之事可信吗？不管别人信不信，或许徐渭真的信了。"生则短而死则长，女其待我于松柏之阳。"这是徐渭对潘氏的承诺：生则同衾，死则同穴。

　　潘氏生前没有名字，病逝之后，徐渭认为她耿直的个性和自己一样，遂为她取名似，字介君。入赘潘家的几年间，徐渭多次参加科举，却是屡屡未中。潘氏病逝后，徐渭也离开潘家，生活从此陷入困顿。此后徐渭几次感情生活的不如意，究其原委，难以摆脱潘氏的影子，或许是一大原因吧。

马姬①传（节选） 王稚登②

姬与余有吴门烟月之期，几三十载未偿。去岁甲辰秋日，值余七十初度③，姬买楼船，载婵娟，十十五五，客余飞絮园，置酒为寿。绝缨投辖④，履舄⑤缤纷满四座，丙夜歌舞达旦，残脂剩粉，香溢锦帆。泾水弥，月氤氲。盖自夫差以来，龙舟水殿，弦管绮罗，埋没斜阳荒草间，不图千载而后，仿佛苎萝仙子之精灵，鸾笙凤吹，从云中下来游故都，笑倚东窗白玉床也。吴儿啧啧夸美，盛事倾动一时。

未几，复游西湖。梅雨淹旬，暑气郁勃，柔肌腻骨不胜侵灼，遂决西归之策，曰："明年枫落吴江，再过君家三宿，邀君同刺蜻蛉舟⑥，遍穷两高三竺之胜，不似今年久客流连，令主人厨中荔枝鹿脯都尽也！"余方小极⑦，扶病登舟送之。射渎分袂之顷，姬握手悲号，左右皆泣，余亦双泪龙钟，无干袖矣。比苍头送姬自金陵返，述姬所以悲号者，怜余病骨尫⑧然，不能俟河清也。呜呼，孰意姬忽先朝露哉！

余别姬十六寒暑，姬年五十七矣，容华虽小减于昔，而风情意气如故，唇膏面药，香泽不去手，鬓发如云，犹然委地。余戏调："卿鸡皮三少如夏姬⑨，惜余不能为申公巫臣耳！"归未几，病暍⑩已。病瘵⑪下，皆不在死法中，医师妄投药，绝口不能进粥糜水食者几半月。先是，姬家素佞佛，龛事黄金像满楼中，夜灯朝磬，奉斋已七年。将逝之前数日，召比丘礼梁武忏，焚旃檀龙脑，设桑门伊蒲之馔，令小娟掖而行，绕猊座胡跪膜拜，连数昼夜不止。趣使治木狸首，具矣，然后就汤沐，袷服中裙，悉用布。坐良久，暝然而化。此高僧道者功行积岁所不能致，姬一旦脱然超悟，视四大为粉妆骷髅，华囊盛秽，弃之不啻敝屣，非赖金绳宝筏之力，畴令莲花生于火宅乎？彼洛妃乘雾，巫娥化云，未离四天欲界，恶得与姬并论哉！

姬稍工笔札，通文辞，擘笺题素，裁答如流，书若游丝弱柳，婀娜媚人，诗如花影点衣，烟霏著树，非无非有而已。然画兰最善，得赵吴兴[12]、文待诏[13]三昧，姬亡后，广陵散[14]绝矣！

姬姿容虽非绝代，而神情开朗，明乔艳异，方之古名妓，何忝[15]苏小、薛涛、李娃、关盼[16]诸人之亚匹与！胡不择名流事之，纵未能贵齐汧国[17]，燕子楼[18]中不堪老乎？欲作王家桃叶、桃根[19]！余强学吾宗处仲[20]解事，事遂不谐。以此负姬，惜哉！侠骨虽香，不逮蝉蜕污泥耳。

《亘史钞》

【注释】

①马姬：指秦淮名妓马湘兰（1548～1604）。其人有文才，善画兰。

②王稚登（1535～1612）：字伯谷，号玉遮山人，长洲（今江苏苏州）人。明代文学家，万历时曾召修国史。有《王百谷集》等传世。

③初度：指生日。

④绝缨投辖：绝缨，扯断结冠的带，指男女聚会，不拘形迹。投辖，为留住客人，把客人车上的辖取下投到井里，指主人好客，殷勤留宾。

⑤履舄（xì）：鞋子。

⑥蜻蛉舟：一种小船。

⑦小极：困倦，小病。

⑧尪（wāng）：孱弱。

⑨夏姬：春秋时郑穆公之女，因嫁陈国司马夏御叔，故称"夏姬"。夏姬妖淫成性，御叔早死，她多次另嫁，最终归楚国大臣申公巫臣。巫臣为夏姬放弃整个家族，私奔晋国。

⑩暍（yē）：中暑。

⑪瘝（guān）：痛苦。

⑫赵吴兴：指元代书画家赵孟頫（1254~1322）。因赵孟頫系吴兴人，故称。

⑬文待诏：指明代书画家文徵明。因文徵明曾官翰林待诏，故称。

⑭广陵散：古曲名。名士嵇康以善弹此曲著称。嵇康因忤逆权贵被杀，临刑前他从容不迫，索琴弹奏此曲，并叹道："《广陵散》于今绝矣！"

⑮忝（tiǎn）：有愧于。

⑯苏小、薛涛、李娃、关盼：皆是一代名伎。

⑰汧（qiān）国：典出唐白行简《李娃传》。李娃乃长安之娼女，结识常州刺史荥阳公之子，两人历经曲折，结为夫妇。荥阳生后为数郡之守，李娃遂封汧国夫人。

⑱燕子楼：唐贞元年间，武宁节度使张愔为其爱妾关盼盼建燕子楼。张愔去世后，盼盼独居小楼，矢志不嫁。

⑲桃叶、桃根：均为东晋大书法家王献之宠姬。

⑳处仲：指东晋权臣王敦（266~324）。王敦字处仲，与王稚登同宗，故云"吾宗处仲"。王敦曾到石崇家赴宴，石崇令美女劝酒，并称客人如不喝，即将美女杀死。王敦坚决不喝，劝酒的三名美女因此被杀，他仍不为所动。这里所云"处仲解事"，或即指此事。

【赏读】

既然心心相印，既然两情相悦，为何只能守着一份痴痴的等待，直至容颜不再，直至芳华已逝，心底究竟是怨恨还是惆怅？

这段情，早已尘封，不堪回首。多年以后，当垂垂老矣的王稚登惊闻马湘兰与世长辞的噩耗，不禁老泪纵横。除了写下这篇《马姬传》，他还另写有多首挽诗。"歌舞当年第一流，姓名赢得满青楼。多情未了身先死，化作芙蓉也并头。"卿卿如此多情，却被我所误，愿我们化作并蒂莲，以了夙缘吧！能写下这四句挽诗，说明王稚登分明懂得马湘兰的这份情思。既然懂得，却为何误卿终身？

秦淮河畔，风月无边。当年若不是偶然相遇，又怎会有这样一段痴念？彼时的王稚登乃一落魄文人，郁郁不得志。在湘兰所居的幽兰馆，他觅得了一份知音相酬的快意。湘兰谈吐高雅，才情卓然，特别是工诗词，善画兰。煮酒品茗，堪称佳偶。

湘兰是多情而敏感的。她绘了一幅兰花图，送给王稚登，隐约已有以身相许之意。对于湘兰的意思，王稚登岂不明白，可仕途蹭蹬，前途杳杳，自己又如何能给湘兰一段幸福？他只是收下画，客气地表示了感谢，再也没有提及其他。后来，湘兰遭一群无赖勒索，百般纠缠。王稚登出面解了围。湘兰感念之余，再也顾不得面子，直白地告诉王稚登，自己愿意以身相许。"脱人之厄而因以为利，这不是我应该做的。"王稚登的回答貌似光明磊落，实则多么冷酷无情！从此以后，湘兰将这份情放在心底，再未相提。

王稚登才情万丈，但却仕途坎坷。与湘兰分别北上京师后，原本他想一遂鸿鹄之志，未料却是壮志难伸。不如归去也！心灰意冷的王稚登收拾行囊，重返江南，定居姑苏。此后二十余年，金陵、姑苏两地，湘兰与王稚登鱼雁传书，聊寄相思。二十年呵，人生又有多少个二十年？为何这样放纵岁月蹉跎？这样放纵年华老逝？

湘兰终身未嫁，痴守一生，令人动容。不求名分，只要能成为情郎的红颜知己，她已感快乐而满足。可王稚登呢？如果在乎湘兰，为何不给她一个归宿？如果不在乎湘兰，为何又是如此情意绵绵？人心似海，对与错，是与非，谁能说清？

万历三十二年（1604），王稚登七十寿诞。已五十六岁的湘兰，邀约秦淮名伎十多人，乘楼船赶至姑苏，为他祝寿。此时两人已整整十六年未曾见面。歌舞长达两个多月，轰动姑苏。从姑苏返回金陵不久，湘兰在痴痴等待中走完了自己的一生，礼佛而逝。王稚登闻此消息，悲痛万分。前尘旧事，历历在目。今生无缘，难道惟有期许来生？

数百年后的我们，再读这篇《马姬传》，不免慨叹：如果一切还能重来，所有的故事，会不会是另一个结局？

妇王氏传 陈 确①

某妻王氏，海盐②故文学③王槐心公长女。槐心公，吾祖姑之自出，与先府君表兄弟也。槐心公久择婿，愆期④而不嫁，故适某之年而二十二矣，隐二岁而曰二十岁。

两家皆极贫，自王来，无盈尺之帛，适陈⑤无半岁之食。吾昏时，吾父母已老。再岁即分爨⑥，止受米六石。上供父母酒馔，下养仆婢，外给吾读书，薪油笔纸之费，皆取诸此，吾弗与知也。妇能昼夜力作，以供其乏困。每冬春之月，则以布易米而食，非蚕事旁午，所谓六石者弗动也。故米虽至少而恒给，即不给，宁缩口待之，不肯称贷。每吾出外，吾父母食于诸兄，则与婢窃啖糠粥、豆糟饭，或并日食，即如是以为常，不足异也。

其事吾父母，不可谓孝；然未尝私作食，有美食，尽以奉吾父母，酒酸而后食之，旨者必以奉吾父母，可谓忠实者。渐以丝布之余买田，积至数十余亩，吾亦弗与知也。性安朴陋，不好饰，亦不暇饰，不慕势而矜贫老。吾季父无子而贫，妇常善事之；吾三兄早死，诸孤侄皆厚抚之。此吾妻之善也。然恒多言而善怒。多言，故常有口怨；善怒，故多病。吾德薄，弗能变化也，竟致鼓疾⑦以死。

《陈确集》

【注释】

①陈确（1604~1677）：初名道永，字非玄，后改名确，字乾初，浙江海宁人。明末清初思想家，明末大儒刘宗周弟子。著有《大学辨》《葬书》等。

②海盐：今属浙江嘉兴。

③文学：指精通儒家经典的人。

④愆（qiān）期：误期。愆，耽误。

⑤适陈：嫁到陈家。

⑥分㸑（cuàn）：分火做饭，分家度日。

⑦鼓疾：今言肝腹水。

【赏读】

妻子病故十三天，陈确早早起床，焚烧香烛，作《祭妇文》一篇，哭祭灵前。在这篇祭文里，他写道："人亦有言'糟糠之妻'，糟耶糠耶？何尝梦见？徒虚语耳。子于糟于糠，日用饮食，谁能知之？"陈确巧妙地将"糟糠"二字一语双关，定格了自己和糟糠之妻王氏同患难的那些日子。

《妇王氏传》是陈确为王氏所写的传记。相较于感情充沛的《祭妇文》，这篇传记基本采用的是白描手法，记录了王氏和自己同甘共苦的那些生活场景。家中极贫，王氏既要上供父母酒馔、下养仆婢，又要供陈确读书，生活压力之大可想而知。王氏只能昼夜劳作，以供家庭开销。每值陈确外出，父母都会到几个兄长那儿过活，王氏就和仆婢偷偷吃糠粥、豆糟饭，甚至两三天才能得一天的粮食，不能天天得食。

王氏不慕繁饰，怜贫敬老，这些都是很可贵的品质。在这篇传记里，陈确并没有掩盖王氏的缺点。一句"其事吾父母，不可谓孝"，着实令人有点摸不着头脑。读至下文，方才明白。原来王氏"恒多言而善怒。多言，故常有口怨；善怒，故多病"。其实又怎么能责怪王氏呢？所谓"贫贱夫妻百事哀"，在这样艰苦困顿的环境里，王氏既要孝敬公婆，又要侍奉丈夫、照顾孩子，多几句怨言，岂非很正常的事情吗？

一双儿女刚刚完婚，王氏苦心持家多年，略略积得几亩薄田，那些吃糠粥、豆糟饭的日子，终于可以挥手作别了。可就在此时，王氏却撒手而去，怎不令陈确格外伤感？天下不如意事十之八九，此恨绵绵，何处才是尽头？

陈确另为王氏写有《悼亡诗》。在诗里，陈确这样回忆往日的点点滴滴："二十为君妻，终朝事蚕织。蚕织不得休，恒以病继日。家贫无灯火，暗中声唧唧。……思我五十中，曾获一日娱？昼夜勤织作，不得间须臾。虽则五十年，而有百岁劬。君乎可我命，辛苦付后人。为我语后人：'嫁作贫士妇，安能辞辛苦！'"这首诗，陈确纯然以王氏口吻，娓娓道来。据其自注，诗末一句，是王氏病中所语。"嫁作贫士妇，安能辞辛苦！"王氏说这句话时，心中定然无怨无悔。但陈确将此语记于诗中，分明怀着一份内疚和惭愧。妻子跟着自己没有过上好日子，她的早逝，难道不是操劳过度的缘故吗？

过锦树林玉京道人①墓 吴伟业②

玉京道人,莫详所自出。或曰秦淮人。姓卞氏。知书,工小楷,能画兰,能琴。年十八,侨虎丘之山塘。所居湘帘棐几③,严净无纤尘,双眸泓然,日与佳墨良纸相映彻。见客,初亦不甚酬对。少焉,谐谑间作,一坐倾靡。与之久者,时见有怨恨色。问之,辄乱以它语。其警慧,虽文士莫及也。与鹿樵生④一见,遂欲以身许。酒酣,拊几而顾曰:"亦有意乎?"生固为若弗解者,长叹凝睇,后亦竟弗复言。寻遇乱别去,归秦淮者五六年矣。

久之,有闻其复东下者,主于海虞⑤一故人。生偶过焉,尚书某公者⑥,张具请为生必致之。众客皆停杯不御。已报曰:"至矣。"有顷,回车入内宅,屡呼之,终不肯出。生悒怏自失,殆不能为情。归赋四诗以告绝,已而叹曰:"吾自负之,可奈何!"

逾数月,玉京忽至,有婢曰柔柔者随之。尝著黄衣,作道人装,呼柔柔取所携琴来,为生鼓一再行,泫然曰:"吾在秦淮,见中山故第,有女绝世,名在南内选择中⑦。未入宫而乱作,军府以一鞭驱之去。吾侪沦落,分也,又复谁怨乎?"坐客皆为出涕。柔柔庄且慧。道人画兰,好作风枝婀娜,一落笔尽十余纸。柔柔承侍砚席间,如弟子然,终日未尝少休。客或导之以言,弗应；与之酒，弗肯饮。

逾两年，渡浙江，归于东中⑧一诸侯。不得意。进柔柔奉之，乞身下发⑨，依良医保御氏于吴中。保御者，年七十余，侯之宗人。筑别宫，资给之良厚。侯死，柔柔生一子而嫁，所嫁家遇祸，莫知所终。道人持课诵戒律甚严。生于保御，中表⑩也，得以方外⑪礼见。道人用三年力，刺舌血为保御书《法华经》。既成，自为文序之。缁素⑫咸捧手赞叹。凡十余年而卒。墓在惠山祇陀庵锦树林之原。后有过者，为诗吊之。

《吴梅村集》

【注释】

①玉京道人：即秦淮名妓卞玉京。在此文后面，原有长诗一首。这里收录的仅为诗前之序文。

②吴伟业（1609～1672）：字骏公，号梅村，太仓（今属江苏）人。明末清初著名诗人，长于七言歌行，后人称之为"梅村体"。有《吴梅村集》传世。

③湘帘棐（fěi）几：用湘妃竹做的垂帘，用棐木做的几桌。泛指垂帘和几桌。

④鹿樵生：即吴伟业。吴伟业别署鹿樵生。

⑤海虞：地名，在今江苏常熟北。

⑥尚书某公者：指钱谦益。钱氏曾在南明弘光朝任礼部尚书。

⑦名在南内选择中：指皇帝选妃。此处当指南明弘光朝选妃一事。

⑧东中：晋室南渡后对浙江会稽一带的泛称，亦专指会稽。

⑨乞身下发：意指卞玉京自乞离开诸侯，削发为尼。乞身，古

代以做官为委身事君,故称请求辞职为乞身。下发,指落发,剃发。

⑩中表:古代称父系血统的亲戚为"内",称父系血统之外的亲戚为"外"。外为表,内为中,合而称之"中表"。

⑪方外:世俗礼法之外。僧人、道士追求"跳出三界外,不在红尘中"的境界,自称是方外人士。

⑫缁素:指僧俗。僧徒衣缁,俗众服素,故称。

【赏读】

有一种爱,叫刻骨铭心;有一份悔,叫不堪回首。秦淮名妓卞玉京和江南才子吴梅村的这段乱世情缘,令人唏嘘。

将爱藏在心底,往往注定擦肩而过。较之青楼姊妹柳如是、董小宛,卞玉京爱得不够大胆,不够泼辣。柳如是易男装,半野堂拜访钱谦益,何等英姿飒爽,何等豪气冲天;董小宛面对冒辟疆的冷眼相对、犹豫不决,勇于丢下面子、大胆追求——她们最终收获了属于自己的来之不易的爱情。卞玉京呢?于绸缪之际,她只是试探性地问了一句:"亦有意乎?"吴梅村一时不知道如何接受这份感情,装作没听懂,而卞玉京一声长叹,不再相提。何苦如此矜持?很多错过就是这般可惜,再勇敢地迈出一小步,也许幸福就在前头。

时逢乱世,人如飞絮,无所依从。一转眼,卞玉京和吴梅村分别已有五六年,再没相见。偶然间,吴梅村拜访钱谦益,意外得知卞玉京居于此地。钱谦益有意促成这段姻缘,便将卞玉京接来。孰料卞玉京进了内宅,再不肯与吴梅村堂前相见。我负卿卿,更有何说?当时对这段爱情不够大胆,如今时过境迁,又怎怪得佳人!

数月之后,卞玉京终于来了,但已是女道士装束,浑然不是当年秦淮丽人模样。卞玉京抚琴,吴梅村不由潸然落泪。他曾写下长诗《听女道士卞玉京弹琴歌》,记述此事。当年的千种风情,万般恩爱,一时间,已是无从说起。时间好像光影魔术手,曾经的爱恨情仇,随着时光的流逝,终成平静的湖面,水波不兴。

卞玉京的余生可用"坎坷"二字来形容,在无情的岁月中蹉跎,终至湮灭。康熙七年(1668)九月,吴梅村怀着难以名状的心情,来到无锡惠山祇陀庵锦树林,来到卞玉京的墓前凭吊。此时卞玉京已病逝多年。在这篇文字后面,吴梅村赋有长诗一首。"油壁香车此地游,谁知即是西陵墓。"当年我和卿卿同游此地,何等欢乐,不曾想这里却成了佳人的埋骨之所。"莫唱当时渡江曲,桃根桃叶向谁攀?"佳人已逝,再有万般追悔,千种相思,又有何益?此时此地,此情此景,年已老迈的吴梅村感受到的是锥心之痛。

才子与佳人的故事,未必都有美好结局。有时候残缺美,反而会更加震撼人心。

影梅庵忆语① (节选)　　冒　襄②

秦溪蒙难③之后,仅以俯仰八口免。维时仆婢杀掠者几二十口。生平所蓄玩物及衣贝,靡孑遗④矣。乱稍定,匍匐⑤入城,告急于诸友,即襆被⑥不办。夜假荫⑦于方坦庵年伯。方亦窜迹⑧初回,仅得一毡,与三兄共襄卧耳房。时当残秋,窗风四射。翌日,各乞斗米束薪于诸家,始暂迎二亲及家累返旧寓。余则感寒,痢疟沓作矣。横白板扉为榻,去地尺许。积数破絮为卫,炉煨桑节,药缺攻补。且乱阻吴门⑨,又传闻家难剧起,自重九后溃乱沉迷,迄冬至前僵死。一夜复苏,始得间关破舟,从骨林肉莽中,冒险渡江。犹不敢竟归家园,暂栖海陵。阅冬春百五十日,病方稍痊。

此百五十日,姬仅卷一破席,横陈榻旁,寒则拥抱,热则披拂⑩,痛则抚摩。或枕其身,或卫其足,或欠伸起伏,为之左右翼。凡病骨之所适,皆以身就之。鹿鹿⑪永夜,无形无声,皆存视听。汤药手口交进,下至粪秽,皆接以目鼻,细察色味,以为忧喜。日食粗粝一餐,与吁天稽首外,惟跪立我前,温慰曲说,以求我之破颜。余病失常性,时发暴怒,诟谇三至,色不少忤,越五月如一日。

每见姬星靥如蜡,弱骨如柴,吾母太恭人及荆妻怜之感之,愿代假一息。姬曰:"竭我心力,以殉夫子。夫子生而余死犹生也。脱⑫夫子不测,余留此身于兵燹间,将安寄托?"更忆病剧时,长夜不寐,莽风飘瓦。盐官城中,日杀数十百人。夜半鬼声啾啸,来我破窗前,如蛩如箭。举室饥寒之人皆辛苦齁睡⑬。余背贴姬心而坐,姬以手固握余手,倾耳静听。凄激荒惨,欷歔流涕。姬谓余曰:"我入君门整四岁,早夜见君所为,慷慨多风义,豪发几微,不邻薄恶⑭。凡君受过之处,惟余知之亮之。敬君之心,实逾于爱君之身。鬼神赞叹畏避之身也,冥漠有知,定加默祐。但人生身当此境,奇惨异险,动静备历。苟非金石,鲜不销亡。异日幸生还,当与君敝屣万有,逍遥物外。慎毋忘此际此语。"噫吁嘻,余何以报姬于此生哉!姬断断非人世凡女子也。

丁亥⑮谗口铄金⑯,太行千盘,横起人面⑰。余胸坟五岳,长夏郁蟠⑱。惟早夜焚二纸告关帝君。久抱奇疾,血下数斗。肠胃中积如石之块,以千计。骤寒骤热,片时数千语,皆首尾无端,或数昼夜不知醒。医者妄投以补,病益笃。勺水不入口者,二十余日。此番莫不谓其必死,余心则炯炯然。盖余之病不从境入也。姬当大火铄金时,不挥汗,不驱蚊,昼夜坐药炉傍,密伺余于枕边足畔六十昼夜。凡我意之所及与意之所未及,咸先后之。己丑秋,疽发于背,复如是百日。余五年危疾者三,而所逢者皆死疾,惟余以不死待之,微⑲姬力,恐未必能坚以不死也!今姬先我死。而永诀时惟虑以伊死增余病,又虑余病无伊以相待也。姬之生死为余缠绵如此!痛哉痛哉!

《冒辟疆全集》

【注释】

①影梅庵忆语：冒襄所撰的一部散文小品，追忆自己和妾室秦淮名姝董小宛的爱情故事，共四卷。《影梅庵忆语》是我国忆语体文字的鼻祖。

②冒襄（1611～1693）：字辟疆，号巢民，一号朴庵，又号朴巢，如皋人。明末清初文学家，与方以智、陈贞慧、侯方域齐名，并称明季"四公子"。一生著述颇丰，传世的有《水绘园诗文集》《影梅庵忆语》等。后人辑为《冒辟疆全集》。

③秦溪蒙难：顺治二年（1645），冒襄在如皋城参加抗清斗争，失败后于六月率领全家去浙江避难。历经凶险，全家仅八口幸免于难。

④靡孑遗：没有残存者。靡，没有。孑遗，残存者。

⑤匍匐：劳顿，颠沛。

⑥襆（fú）被：用包袱把衣服、被子等包起来。

⑦假荫：借住。假，借。荫，指地窖或暗室。

⑧窜迹：隐迹奔逃。

⑨乱阻吴门：祸乱四起，吴门阻隔。

⑩披拂：摆动，吹动，犹言扇风。

⑪鹿鹿：忙碌。

⑫脱：同"倘"，倘若。

⑬齁（hōu）睡：酣睡。齁，鼻息声。

⑭不邻薄恶：不与薄恶为邻，指待人淳厚，不欺凌乡里。薄恶，风俗等浇薄，不淳厚。

⑮丁亥：指顺治四年（1647）。后文"己丑"指顺治六年（1649）。

⑯谗口铄金：谗言足以熔化金石。极言谗言毁贤害能之厉害。

⑰太行千盘,横起人面:意指众叛亲离。
⑱胸坟五岳,长夏郁蟠:意指心情沉重烦闷,郁结不得释怀。
⑲微:如果没有。

【赏读】

如皋水绘园景致颇佳,漫步水绘园,南北东西皆有水会于其中,林峦葩卉块圠掩映。这座名园见证了江南才子冒辟疆、秦淮名妓董小宛的一段情缘。读这篇《影梅庵忆语》,冒辟疆与董小宛相识相知的那些过往点滴,如慢镜头般,一一浮现。

很是佩服小宛的胆识,当年若不是她抱定非冒公子不嫁,这段缘分注定要与她擦肩而过。小宛的幸福是自己争取的,于是有人说,她用情之深,远远超过了冒辟疆。或许正由于此,嫁入冒家之后,小宛几乎燃尽了自己的全部青春,孝敬公婆,服侍丈夫。冒辟疆能体味到小宛的这份深情吗?或是能够体味到多少?我们无从得知。但在《影梅庵忆语》里,追忆往昔和小宛在一起的快乐时光,冒辟疆的笔触是那样的流连而沉郁。小宛之死,对他的打击很大,他和小宛之间的亲情,至此或许已超过了爱情。

时逢乱世,何谈往昔吟诗作赋、锦衣玉食的日子?逃难归来,五年之内冒辟疆三次染病卧床。小宛朝夕在床边服侍,几乎目不交睫。冒辟疆动辄耍耍脾气,小宛从来未见埋怨之色。夜半时分,冒辟疆在饥寒交迫中醒来,只见小宛环抱着自己,她的手从背后握着自己的手。两人一起侧耳静听萧萧风声,感其凄怆悲凉,不由泪流满面。这样的画面,有着怎样令人动容的凄美?冒辟疆病好了,小宛却又染病,不久即撒手而去,年仅二十七岁。

"江城细雨碧桃村,寒食东风杜宇魂。"小宛病逝后,时人颇多吊唁之作。其中尤以吴梅村"十绝句"为佳。小宛嫁入冒家整整九年,想着小宛的种种好处,冒辟疆并非铁石心肠,又怎能不痛彻心扉？我相信，写这篇《影梅庵忆语》时，冒辟疆倾注了十二分的真心。

冒辟疆另有一篇《亡妾秦淮董氏小宛哀辞》。在起首的序文里，他写道："子非仅余之静友，实余之鲍叔、钟期也。天下有一人知己死而不憾者，故与子至情可忘，至性不可忘，衾枕可捐，金石不可捐。然终已矣！"可见，他已将小宛引为像鲍叔牙、钟子期一样的知己。小宛才貌兼具，对大才子冒辟疆来说，能有这样志趣相投的伴侣，岂非三生修来的因果？

冒辟疆的这篇《影梅庵忆语》，乃"忆语体"的开山之作。继此之后，出现了像《浮生六记》《香畹楼忆语》《秋灯琐忆》等众多"忆语体"散文。

李姬传 侯方域①

李姬者，名香，母曰贞丽②。贞丽有侠气，尝一夜博输千金立尽。所交接皆当世豪杰，尤与阳羡陈贞慧善也。姬为其养女，亦侠而慧，略知书，能辨别士大夫贤否，张学士溥③、夏吏部允彝④急称之。少，风调皎爽不群。十三岁，从吴人周如松⑤受歌《玉茗堂四传奇》⑥，皆能尽其音节。尤工《琵琶词》⑦，然不轻发也。

雪苑侯生⑧，己卯⑨来金陵，与相识。姬尝邀侯生为诗，而自歌以偿之。初，皖人阮大铖⑩者，以阿附魏忠贤，论城旦⑪，屏居金陵，为清议所斥⑫。阳羡陈贞慧、贵池吴应箕实首其事，持之力。大铖不得已，欲侯生为解之，乃假所善王将军，日载酒食与侯生游。姬曰："王将军贫，非结客者，公子盍叩之？"侯生三问，将军乃屏人述大铖意。姬私语侯生曰："妾少从假母识阳羡君，其人有高义，闻吴君尤铮铮，今皆与公子善，奈何以阮公负至交乎！且以公子之世望，安事阮公！公子读万卷书，所见岂后于贱妾耶？"侯生大呼称善，醉而卧。王将军者殊怏怏，因辞去，不复通。

未几，侯生下第。姬置酒桃叶渡⑬，歌《琵琶词》以送之，曰："公子才名文藻，雅不减中郎⑭。中郎学不补行⑮，今《琵琶》所传词固妄，然尝昵董卓，不可掩也。公子豪迈不羁，又失意,此去相见未可期,愿终自爱,无忘妾所歌《琵琶词》也!妾亦不复歌矣!"

侯生去后,而故开府田仰⑯者,以金三百锾⑰,邀姬一见。姬固却之。开府惭且怒,且有以中伤姬。姬叹曰:"田公岂异于阮公乎?吾向之所赞于侯公子者谓何?今乃利其金而赴之,是妾卖公子矣!"卒不往。

《壮悔堂文集》

【注释】

①侯方域(1618~1655):字朝宗,河南商丘人。明户部尚书侯恂之子,祖父及父辈均是东林党人,皆因反对宦官专权而被黜。明亡之后,侯方域参加清廷科举,为时人所讥。著有《壮悔堂文集》。

②贞丽:姓李,字淡如,秦淮名妓,李香假母。

③张学士溥:即张溥,字天如,江苏太仓人。

④夏吏部允彝:即夏允彝,华亭(今属上海)人,南明弘光朝,官吏部主事。清兵渡江,于家乡起兵抵抗,兵败投水死。著有《幸存录》。

⑤周如松:著名昆曲教习苏昆生原名。明亡后,周如松流落苏州。

⑥《玉茗堂四传奇》:即汤显祖所著传奇《紫钗记》《牡丹亭》《邯郸记》《南柯记》。又称"临川四梦"。

⑦《琵琶词》:即高明《琵琶记》。

⑧雪苑侯生:侯方域自称。雪苑,汉梁孝王林苑,初名兔园,司马相如等名士曾为座上客,也称梁苑。南朝谢惠连作《雪赋》,描绘梁苑雪景,传诵极广,故梁苑亦称雪苑。故址在今河南商丘东

南。侯方域为商丘人,故称雪苑侯生。

⑨己卯:明崇祯十二年(1639),时侯方域二十二岁。

⑩阮大铖(约1587~1646):字集之,号圆海,怀宁(今安徽安庆)人。明天启朝为京官,依附权阉魏忠贤。崇祯初,削职为民,流寓南京,作戏曲,蓄声伎,结纳文士、游侠。南明弘光朝,依附马士英,官至兵部尚书。清兵渡江,出降,从清兵南侵,死于仙霞关。有《春灯谜》《燕子笺》等传奇。

⑪论城旦:被定罪判刑。城旦,古代刑罚名,后指徒刑或流放。阮大铖被判处"赎徒为民",故云。

⑫为清议所斥:指复社陈贞慧、吴应箕等人在南京联合发布《留都防乱公揭》,揭发阮大铖为阉党余孽,蓄意再起。清议,在野士人对时政之评议。

⑬桃叶渡:南京秦淮河上的渡口。

⑭中郎:指蔡邕。《琵琶记》演蔡伯喈与赵五娘故事,系据宋元民间传说而作成,附会为东汉蔡邕之事。蔡邕,字伯喈,官左中郎将,以职称名中郎。

⑮学不补行:谓学问虽富,而品行有缺陷。补,修补,引申为掩盖。汉献帝时董卓擅政,拜蔡邕为中郎将,封高阳乡侯。王允诛董卓,独蔡邕哭之,坐董卓党,下狱死。

⑯开府田仰:开府,古代高级官员设立官署,自选僚属,称"开府"。明清两代用以指称总督、巡抚等大员。田仰,字百源,贵州人,与马士英有亲,弘光朝官淮扬巡抚。

⑰锾(huán):货币量词。三百锾即三百金。

【赏读】

"商女不知亡国恨,隔江犹唱后庭花。"唐代大诗人杜牧的这首《泊秦淮》,道尽了秦淮的无边风月,也写尽了歌女的逐欢生涯。而当时光倏忽到了晚明,在南京秦淮河畔,却出现了几位奇女子:马湘兰、陈圆圆、柳如是、董小宛、李香君、顾横波、卞玉京、寇白门,人称"秦淮八艳"。她们的命运,和那个时代紧密相连;她们的遭遇,令无数文人雅士掬一把同情之泪。她们用自己的情与泪、爱与恨,书就了秦淮河畔的风流云散。

清初孔尚任写了部传奇《桃花扇》,轰动一时,京城演出,竟至"岁无虚日"。这部传奇就是以侯方域、李香君的爱情故事为基础创作的,所谓"借离合之情,写兴亡之感"。传奇虽多虚构,但细细探究,里面的不少情节,在这篇侯方域所写的《李姬传》中,都能找到影子。

侯方域赴南京参加江南乡试,是在崇祯十二年(1639),时年二十二岁,风华正茂。正是在此期间,他得以结识李香君。香君不仅才艺惊人,更难能可贵的是具有一副侠骨柔肠。面对清军铁蹄,大明王朝已是摇摇欲坠,作为留都,南京仍是歌舞升平,纸醉金迷。虽身处风月场,香君却常怀忧国之思。阉党余孽阮大铖意图拉拢侯方域,香君知晓后,出面力阻。"且以公子之世望,安事阮公!公子读万卷书,所见岂后于贱妾耶?"香君此语,岂非羞煞男儿!孔尚任《桃花扇》传奇里李香君退还阮大铖所赠钗环、衣饰之事,显然就是以此为基础演绎的。

与侯方域分别之后,田开府以三百金,邀香君一见。在田开府眼中,这简直是对风月场中女子的极大宠幸。但是他错了,他慕名欲见的岂是一般的风尘浊物!"姬固却之。"香君的态度是多么的坚决。她鄙薄权势,不慕繁华,又岂会为三百金而背负与侯公子的盟誓!《桃花扇》中更是增出"抢婚"一节,坚决不从的香君倒地撞破头额,额血溅红宫扇。后经杨文骢妙手点染,遂成"桃花扇"。

自从桃叶渡边,置酒送别侯方域,香君的心已跟着侯公子而去了。"此去相见未可期,愿终自爱,无忘妾所歌《琵琶词》也!妾亦不复歌矣!"我们什么时候才能再见面呢?公子宜自珍重,不要忘掉我为您所歌的《琵琶词》,今后我不会再唱此曲了。由此可见香君对侯方域用情之深。《琵琶记》所写蔡邕之事固假,然而蔡邕曾事董卓,却是实实在在的污点。香君送行之时歌《琵琶记》,无疑在劝箴侯方域切勿失节,铸成千古大错。这样的奇女子,怎不令人敬煞爱煞!

侯方域与李香君的爱情无疾而终,令人欷歔。身逢乱世,他们无力主宰自己的命运。相较李香君的敢作敢为,敢爱敢恨,侯方域的性格中存在着懦弱、患得患失的缺陷。数年以后,当他回忆起自己和香君交往的这段经历,不免心绪难宁,故此写下这篇《李姬传》,以作追思。

侯方域在谈及为文之道时曾说:"行文之旨,全在裁制,无论细大,皆可驱遣。当其闲漫纤碎处,反宜动色而陈,凿凿娓娓,使读者见其关系,寻绎不倦。至大议论人人能解者,不过数语发挥,便须控驭,归于含蓄。"这篇《李姬传》,正反映了侯方域的这一创作思想。

亡妻俞淑人①事略 沈德潜②

亡妻俞淑人,文学虞扬公季女也,年二十五来归。时两家贫窭,通行媒者八载,始为妇。

既归,不服纨縠,不亲芳泽③,凡缝纫、浣濯、井臼、烹饪,俱操作。冬月,两手皲瘃④,血缕缕,略不露困瘁形也。事先大夫尽诚敬,得甘脆果饵,谨庋藏之;先大夫馆中归,怡颜上陈。先大夫素方严,有不可于中,见辞气。吾妻退立屏息,俟温且和乃安。不及事先淑人。予尝述母氏孝德,处极困,年命不永,抱终身憾,吾妻详识之。当岁时腊腊⑤祀事,哭泣尽哀,以未致一日养也。

予不善治生,授徒于外,得脩脯⑥。累先大夫经理内外,无毫毛私蓄。友人以缓急告,苦无应;吾妻出一笄,质库应之。后无金可归,四十余,只留一笄也。幼未尝读书,独与语事理,辄分晓,不惑祸福。为述古今君子小人,兴坏得失,剖决辄中。辨义利,介极明,时以相勖⑦。予虽贫,不受非义污,吾妻助也。

年三十一,断荤膻,山蔬草食,亦茹其恶者。然性不喜老佛,曰:"彼非圣人徒也。"以故女尼巫媪之类,无由登门。初工刺绣,后目渐眵昏,专辟纑⑧,竟以此终其身。予丙子入闱,后攻制义,兼古歌诗、杂文。午夜,灯荧荧不辍,吾妻夜作相对。遇省试,必亲理行装,侪⑨糗糒⑩无缺乏。及每报罢,予怅悒不自得，吾妻曰："穷达命也，且君尝言鼎中雉、太庙犧⑪，不如沙鸥自适，何忽忘斯语耶？"初意勉强慰藉，后予己未⑫成进士，入辞馆，假归，吾妻恬憺如常时。辛酉，补官京师，主恩优渥，晋秩宫尹。或为吾妻庆谢，曰："昔何减？今何增？我故老书生妇也。"亲故自南来者，为予述，以是知向之慰藉，实中怀素定云。

先是，先大夫病笃，予馆朱方⑬，吾妻谨视汤药。予归浃旬⑭，遭大故，荒瞀无节⑮，吾妻赞予丧葬，诚信勿悔。后予从葑溪⑯徙渎上⑰，择善里，偕吾妻往来相度。他如男女婚嫁，不愆礼，宜亦惟欸助⑱。今吾妻没，谁与共商榷耶？

予之复来京师也，邀家人俱往，吾妻曰："我年七十，不耐北方苦寒。有寡女在，善视我君，偕松儿往，代琐屑务。老年人慎自爱也。"时阃门含涕，未竟欲语，讵意遂成死别耶！闻其卒也，以衰老，形神相离，无外感疾痛，差云善逝。然夫与子俱不及见，一女子视含殓，可悲也！

《归愚文钞》

【注释】

①淑人：妇女封号。明、清用以封赠三品官之妻，清并用以封赠宗室奉国将军之妻。

②沈德潜（1673～1769）：字确士，号归愚，长洲（今江苏苏州）人，清代诗人。所著有《归愚诗文全集》。另选有《古诗源》《唐诗别裁集》《明诗别裁集》《清诗别裁集》等，流传颇广。

③芗泽：香泽，香气。

④皲瘃（cūn zhú）：皮肤开裂，生冻疮。

⑤膢（lóu）腊：古代的两种祭名。其祭多在岁终，故常并称。

⑥脩脯（xiū fǔ）：干肉。

⑦相勖（xù）：互相勉励。

⑧辟纑（pì lú）：绩麻和练麻。谓治麻之事。

⑨偫（zhì）：积储，储备。

⑩糗糒（qiǔ bèi）：干粮。

⑪犠（xī）：供品。

⑫己未：即乾隆四年（1739），这一年沈德潜进士及第。后文"辛酉"，即乾隆六年（1741）。

⑬朱方：治所在今江苏镇江市内。

⑭浃旬：一旬，十天。

⑮荒瞀（mào）无节：荒瞀，心绪紊乱。无节，不通礼节。

⑯荇溪：位于今江苏苏州荇门。

⑰溧上：位于今江苏宜兴。

⑱佽（cì）助：帮助。

【赏读】

沈德潜的人生极具传奇色彩。他从二十多岁开始参加科举考试，却是屡试不第。直至乾隆四年（1739）中进士，沈德潜已是六十七岁的皤然老者。但他晚年却备受乾隆宠幸，极尽荣华，在七十七岁时辞官荣归故里。岂料沈德潜去世后，却牵涉进了徐述夔"一柱楼诗案"，官衔、谥号尽被追夺。荣华富贵，转眼成空。

这篇《亡妻俞淑人事略》，是沈德潜为悼念妻子俞氏所作。在这篇文章里，沈德潜以沉郁的笔触，回忆了往昔尚未发达时的那些困苦的日子，写出了俞氏孝敬长辈、善于持家、明晓事理等性格特征。特别可贵的是，沈德潜屡试不第，俞氏不仅没有埋怨，反而多加劝慰。沈德潜发达之后,俞氏亦平淡如常。看来,俞氏真正做到了"不以物喜,不以己悲"。

沈德潜赴京时,邀俞氏同往,被俞氏拒绝了。俞氏一句"我年七十,不耐北方苦寒",说明她实实是耐得清苦、不慕繁华之人。乾隆十一年(1746)三月,沈德潜在京城得到家书,知悉俞氏去世,享年七十六岁。沈德潜原本打算请假回家办理丧事,偏偏这一天乾隆荣升他为内阁学士。皇恩浩荡,怎么能前脚刚任命,后脚就回家呢?他只能让儿子先回去奔丧,自己再想办法请假。

这年七月,沈德潜终于想出了办法。和乾隆在一起唱和吟诗时,沈德潜装作疏忽,将悼念妻子的七绝《梦亡室俞淑人,醒哭以诗》夹在诗稿中,送到了乾隆面前。其诗这样写道:"南北幽明两不堪,梦中恍惚月沉潭。三年我未看瓜苦,四纪惟君餍荠甘。抱病但闻辞药石,盖棺始得易衣簪。忏亡岂仗瞿昙法,一卷儒书谅已谙。"乾隆这才知道沈德潜刚刚遭遇丧妻之痛,赶紧批假,让他回家治丧。

这篇文章是写于俞氏刚刚去世不久,还是沈德潜回家治丧之后,已是无从详考。俞氏嫁入沈家前后五十二年,沈德潜视她为"闺中老友"。可俞氏去世,沈德潜却以刚刚受封为由,未及时回家治丧,这是无论如何也说不过去的。说沈德潜迷恋权势,一点也不为过。虽说这篇《亡妻俞淑人事略》写得亦很感人,但知晓这一故实后,此文读来不免更加令人唏嘘。

张孺人神诰① 全祖望②

孺人世居鄞江③城北。曾祖某，祖某，父某，世以儒业其家。孺人之姑氏与吾太孺人家有连，故孺人归于我。

孺人及笄④多病，尤不善饭，太孺人闻而忧之。其于归也，予以衣食奔走，一岁中在里门不及数旬，孺人力疾为堂上视菽水。家君子性严重，虽子弟不轻假词色，独见孺人辄一霁颜。孺人尝以予性地伉直，恐不容于时，多因事相规切。

戊申⑤之夏，予患齿痛甚剧，孺人笑曰："是非雌黄⑥人物之报耶？"予赋长句一章解嘲，孺人和之，今其诗附载予集中。予自山左还，孺人为予钞《纪游诗》二卷。

壬子之春，孺人卧病床笫⑦间，而家君子以闱期近，促予北行。孺人愀然⑧曰："吾不幸病甚，然君舍朝夕之养以游京师，将以有得为亲荣，讵可以儿女子婴⑨情也。行矣，无多言。"已而孺人病少瘳⑩，予遂束装北上，孺人送予及屏而返，其所属⑪者则秋间吾外舅六十寿言也。予应曰："诺。"呜呼！讵知吾外舅称寿后数日，即孺人属纩⑫之辰也，哀哉！当是时，家君子以予方及春试，家书秘其事，隔岁而始知之。而太孺人视妇如所生，抚棺一恸，绝而复苏者再。呜呼！予之负疚者，何如哉！

孺人自以年已三十，予又独子，累举息而不育，心为忧之。身后止一女，未几亦殇。嗟乎，予何罪而至斯也。孺人之殁十年矣,每逢齿痛,追忆畴曩⑬之言,不禁肠断。

《鲒埼亭集外编》

【注释】

①神诰:诰指帝王的封赠命令,明清五品以上授诰命。因张氏时已去世,故称神诰。

②全祖望(1705~1755):字绍衣,号谢山,自署鲒埼亭长,人称谢山先生。鄞县(今浙江宁波)人。清代史学家、文学家,浙东学派重要代表。著有《鲒埼亭集》。

③鄞江:位于今浙江宁波鄞州。

④及笄(jī):古代女子满十五岁结发,用笄贯之,因称女子满十五岁为及笄,也指已到了结婚的年龄。

⑤戊申:即雍正六年(1728)。后文"壬子"指雍正十年(1732)。

⑥雌黄:矿物名。古人用黄纸写字,写错了,用雌黄涂抹后改写,故称改易文字为"雌黄",后指不顾事实,随口乱说或妄作评论。

⑦床笫(zǐ):指床和垫在床上的竹席。

⑧愀(qiǎo)然:形容神色变得严肃。

⑨婴:触,缠绕。

⑩瘳(chōu):病愈。

⑪属:同"嘱",嘱咐。

⑫属纩(zhǔ kuàng):古代汉族丧礼仪式之一。即病人临终之前,要用新的丝絮放在其口鼻上,试看是否还有气息。因而属纩也用为"临终"的代称。

⑬畴曩(nǎng):往日,旧时。

【赏读】

"生不能临别话几句,死不能扶一扶七尺棺!"这是越剧《红楼梦》"哭灵"一幕里贾宝玉的两句唱词。生离死别,人生怅恨无穷。还有什么怅恨,比未能话别,未能扶棺,来得更强烈呢?

张氏卧病之时,北闱之期迫近。父亲一再催促全祖望北行,张氏亦劝丈夫勿以儿女私情为念,放心北上。全祖望临行时,张氏一路相送。分手之际,一再叮嘱的唯有秋间父亲六十大寿之事。未料岳父六十大寿后仅几天,张氏即一病而逝。此时,家人考虑全祖望正在京师准备参加来年春试,于是没有告诉他这件事。待到全祖望惊悉此噩耗,已是第二年春闱之后。"予之负疚者,何如哉!"从今阴阳两隔,又该怎样表达自己的负疚之情?

全祖望写这篇《张孺人神诰》时,张氏病逝已经十年。回想往昔的点点滴滴,恍若昨天。陈寅恪先生曾经说过:"吾国文学,自来以礼法顾忌之故,不敢多言男女间关系,而于正式男女关系如夫妇者,尤少涉及。盖闺房燕昵之情景,家庭米盐之琐屑,大抵不列于篇章,惟以笼统之词,概括言之而已。"在中国传统文学中,的确甚少自述夫妻情感的文字,而具体的描摹刻画,更是难得一见。但在这篇文章里,全祖望却通过细节的刻画,生动地写出了"闺房燕昵之情景,家庭米盐之琐屑"。

文中最为生动的细节,莫若一段关于"齿痛"的描写。全祖望齿痛甚剧,张氏笑着说:"这难道不是你平时胡乱评论别人的报应吗?"张氏病逝多年,每逢齿痛之时,全祖望总能想起当初的这一幕,不禁肝肠寸断。

亡妻陈孺人权厝志① 恽 敬②

孺人武进陈氏，名云，父士宁，母镇氏。孺人年十九归同县恽敬，日纑高昌棉十两，织日得布一匹，自先大人、太孺人与敬悉衣之。二十六，敬赴试礼部，遂留京师，太孺人以孺人多病，禁勿织，孺人撚杂线，蹙之为菊、牡丹、凤子、鸒鸡数十类，俱创意不袭旧式，或缀杂绫绢为之，率三日可得白金一两，助甘旨。暇则读《论语》《孝经》，盖如是者十年。敬终不成进士，就知县，始从官于富阳。二年，调江山，旋闻先大人之丧，孺人以疾归，遂不起，年三十九。时嘉庆二年③闰月丙辰也。生子以道，女玉婴，皆不育。乌乎，可哀也已！

先是，敬官富阳时，大吏非意侵辱，敬以礼拒之。适湖南苗扰辰沅间④，因急檄，使护银十五万两饷军，道出贼中。孺人闻檄至，惊得胸膈疾。而代者日求敬公事缺陷⑤，欲挤之以快大吏，不得，则以小事恼敬家口。孺人畏愤，疾益笃，及敬饷军役返，上事江山，常小差，后卒以是疾死。

乌乎，人孰不愿其夫之仕者？然未仕不过勤苦而已，既仕乃至如此，此岂可尽委之于命邪？敬盖自尤之不暇⑥，而暇他尤邪！以是年十一月辛未权厝牛车之西阡。敬丧先大人始祥⑦，礼不宜有所撰著，然事旨有非他人所可言者，没之又不忍，礼亦宜许自言，遂为之铭曰：

名乎有诡⑧成者矣,而⑨愿之乎,而不愿之乎?宦乎有巧达者矣,而善之乎,而不善之乎?遇乎有日丰者矣,而独歉乎,抑吾之歉而歉而乎?其若是俭乎?噫!

《大云山房文稿》

【注释】

①权厝志:临时置棺待葬时为死者写的纪念性文字。权,暂且。厝,停柩。

②恽敬(1757~1817):字子居,号简堂。阳湖(今江苏常州)人,"阳湖文派"创始人之一。曾任咸安宫宫学教习、浙江富阳、江西瑞金等县知县,官南昌同知、吴城同知,后被劾罢官。有《大云山房文稿》。

③嘉庆二年:即公元1797年。

④湖南苗扰辰沅间:指乾隆六十年(1795)十二月湘、黔、川苗民起义。

⑤缺陷:短处。

⑥尤之不暇:尤,怨恨,归咎。不暇,没有空闲,来不及。

⑦祥:古丧祭名,有小祥、大祥之分。周年祭为小祥,两周年祭为大祥。

⑧诡:欺诈,奸猾。

⑨而:你。

【赏读】

夫人陈氏病逝时,恰是父亲葬礼刚过之际,按照礼法,此时不能有所撰著。但恽敬认为,夫人的事迹"非他人所可言者",不忍心使这些事迹湮没,于是写下了这篇"权厝志",以寄托对夫人的哀思。

　　自从十九岁嫁给恽敬，陈氏并没有过上什么好日子。恽敬未入仕途之前，家境清贫，陈氏每日织棉纺布，一家人所穿衣物，皆出其手。恽敬中举之后，逗留京师，陈氏在家侍候老人。因身体多病，婆婆担心她操劳过度，让她不要再织棉纺布。聪明的陈氏将各色线撚合起来，制成菊花、牡丹等各种图案，拿到市场上出售，三日可得白金一两，以助家用。闲来无事，读读《论语》《孝经》，这样的日子，一晃便是十年。

　　这些过往的日子，虽是勤苦，却透着闲适自得。人生的得与失，常常在一瞬之间错位。恽敬前后做了近二十年知县，宦海沉浮，往昔那些闲适自得的日子，一下子便支离破碎。恽敬因事得罪顶头上司，被派去运送军饷。陈氏闻此消息，忧惧成疾。恰在此时，又传来父亲病故的噩耗，陈氏拖着病体，和恽敬回家奔丧，不久病逝，年三十九岁。

　　谁人不希望自己的丈夫步入仕途呢？可未入仕时，生活不过勤苦而已；一旦入仕，日子虽然改善了，但又怎会料到这样的结局？这一切，岂能都归咎于命运？恽敬说，现在埋怨自己都来不及，岂能怨及其他？忽见陌头杨柳色，悔教夫婿觅封侯。

　　陈氏的人生悲剧，其实未尝不是恽敬的人生悲剧。一部《官场现形记》，写尽官场的种种黑暗与不堪。尚保留着几分清醒、不愿同流合污者，又岂能见容于那个时代？

苍霞精舍后轩^①记 林　纾^②

建溪^③之水，直趋南港，始分二支，其一下洪山，而中洲适当水冲，洲上下联二桥，水穿桥抱洲而过，始汇于马江。苍霞洲在江南桥右偏，江水之所经也。

洲上居民百家，咸面江而门。余家洲之北，湫隘苦水，乃谋适爽垲^④，即今所请苍霞精舍者。屋五楹，前轩种竹数十竿，微飔^⑤略振，秋气满于窗户，母宜人生时之所常过也；后轩则余与宜人联楹而居，其下为治庖之所。宜人病，常思珍味，得则余自治之。亡妻纳薪于灶，满则苦烈，抽之又莫适于火候，亡妻笑。母宜人谓曰："尔夫妇呶呶^⑥何为也？我食能几，何事求精，尔烹饪岂亦有古法耶？"一家相传以为笑。

宜人既逝，余始通二轩为一。每从夜归，妻疲不能起。余即灯下教女雪诵杜诗，尽七八首始寝。亡妻病革，屋适易主，乃命舆至轩下，藉鞲舆中^⑦，扶掖以去。至新居，十日卒。

孙幼榖太守、力香雨孝廉即余旧居为苍霞精舍，聚生徒课西学，延余讲《毛诗》《史记》，授诸生古文，间五日一至。栏楯楼轩，一一如旧，斜阳满窗，帘幔四垂，乌雀下集，庭墀阒^⑧无人声。余微步廊庑，犹谓太宜人昼寝于轩中也。轩后严密之处，双扉阖焉。残针一，已锈矣，和线犹注扉上，则亡妻之所遗也。

呜呼！前后二年，此轩景物已再变矣。余非木石人，宁能不悲！归而作后轩记。

《畏庐文集》

【注释】

①苍霞精舍后轩：这里原是林纾旧居，林家迁走后，改建为新式学堂——苍霞精舍，林纾受聘于此讲授《毛诗》和《史记》。

②林纾（1852~1924）：字琴南，号畏庐，别署冷红生。福建闽县（今福州）人。清末民初文学家、翻译家，译有《巴黎茶花女遗事》等一百多部小说。传世诗文集有《畏庐诗存》《畏庐文集》等。

③建溪：系闽江上游支流。

④谋适爽垲（kǎi）：搬到地势高、干燥的地方去。适，到，去。

⑤飔（sī）：凉风。

⑥呶（náo）呶：形容说起话来没完没了，令人厌烦。

⑦藉鞯（jiān）舆中：在车上垫上垫子。鞯，垫马鞍之物。舆，车。

⑧阒（qù）：寂静。

【赏读】

漫步后轩，景物如旧。四周是那样的寂静，林纾就这样静静地、静静地漫步在轩中。是不是母亲仍在轩中睡觉，不忍惊扰了她老人家的好梦？轩后的两扇门已经关上，上面插着一根锈蚀的残针，线头还留在针上。这不是妻子插在门上的吗？是不是她一时忘了取下？

此时此刻，此情此景，林纾的心情沉重而复杂。短短两年光景，曾经那么熟悉的一切，变得这般陌生而遥远。亲人留在轩里的欢声笑语，不曾走远，但却早已物是人非。人非草木，孰能无情？林纾遂以这篇《苍霞精舍后轩记》，寄托绵绵哀思。

苍霞精舍位于闽江北岸苍霞洲。光绪八年（1882），林纾携家人搬到这里，一住就是十五年。这是林纾生命中最快乐的一段时光。在这里，留下了太多值得永远珍藏的回忆。在文中，林纾随手撷取的几个生活场景那般鲜活，弥散着烟火气息。为母亲烧佳肴，夫妻俩却是拙手拙脚，引来老母亲的嗔怪。这嗔怪之中，却又饱含着多少爱意！夜深时分，操劳了一天的妻子困倦不堪，早早睡去，林纾在灯下教女儿林雪背诵杜诗，背完七八首，方才就寝。这寻常之中，却又寄寓着多少的深情！

林纾举家从老屋迁走时，妻子已身染重病，仅十日，即撒手人寰。母亲病重，林雪竟效古人，焚香告天，以刀割臂，和药以进。这份孝心足可感天动地，但却未能挽回母亲的生命！林纾与妻子感情很深，一时之间悲痛难抑。他在另一篇《亡室刘孺人哀辞》里写道，自己常年卧病，妻子身怀六甲，仍不辞劳苦，在身边悉心照料。"残月向尽，雁声自远而近，余戏孺人：'鬼啸乎？去尔无多日矣！'孺人悽然莫应。更七日，余幸能步。孺人夜四鼓即起，作糜食余。久之，余乃应时而饥，孺人已秉烛举案候床下，不差晷刻。"这样的深情，林纾岂能忘怀？两年之后，当他重返老屋，睹物思人，不免更添思念之情。

这篇文章文字极其平淡，但平淡之中，却饱含着无限深情。对母亲、对妻子的思念，浓浓地寄寓在文字之中。林纾曾说："凡情之深者，流韵始远，然必沉吟往复久之，始发为文。"此言道出的，正是这篇文章的成功之处。

卷三

凡今之人,莫如兄弟

祭程氏妹文 陶渊明①

维晋义熙三年五月甲辰②,程氏妹服制再周③。渊明以少牢④之奠,俯而酹之。呜呼哀哉!

寒往暑来,日月寖疏⑤,梁尘委积,庭草荒芜。寥寥空室,哀哀遗孤。肴觞虚奠,人逝焉如⑥!

谁无兄弟,人亦同生。嗟我与尔,特百常情。慈妣早世,时尚孺婴。我年二六⑦,尔才九龄。爰从靡识⑧,抚髫相成。咨尔令妹⑨,有德有操。靖恭鲜言⑩,闻善则乐。能正能和,惟友惟孝。行止中闺⑪,可象可效⑫。我闻为善,庆自己蹈⑬。彼苍何偏,而不斯报!昔在江陵,重罹天罚。兄弟索居,乖隔楚越⑭。伊⑮我与尔,百哀是⑯切。黯黯高云,萧萧冬月。白雪掩晨,长风悲节。感惟崩号,兴言泣血。

寻念平昔,触事未远,书疏⑰犹存,遗孤满眼。如何一往,终天不返!寂寂高堂,何时复践?藐藐孤女,曷依曷恃?茕茕游魂,谁主谁祀?奈何程妹,于此永已!死如有知,相见蒿里⑱。呜呼哀哉!

《陶渊明集》

【注释】

①陶渊明(365或372或376~427):一名潜,字元亮,号五柳

先生，私谥靖节。浔阳柴桑（今江西九江）人。东晋著名文学家。曾任江州祭酒、镇军参军、彭泽令等职，因不满现实，辞官归隐。有《陶渊明集》。

②维晋义熙三年五月甲辰：维，句首助词，无意义。晋义熙三年，即公元407年。义熙是晋安帝的年号。甲辰，古人用干支纪日，甲辰是该年五月初六。

③服制再周：服制，服丧的礼制。再周，两个周期。已嫁姊妹，按服制应为九个月。义熙三年五月距程氏妹之死约十八个月，所以说"服制再周"。

④少牢：古代称祭祀用的豕和羊。

⑤寖（jìn）疏：渐远。寖，同"浸"，逐渐。

⑥焉如：何往，哪儿去了。

⑦二六：十二岁。

⑧爰从靡识：爰，乃。靡识，无知，指尚未懂事。

⑨咨尔令妹：咨，叹息声。令，美，善。

⑩靖恭鲜言：靖，安静。恭，谦逊有礼。鲜，少。

⑪行止中闺：谓言行举止都符合女性的规范。

⑫可象可效：值得学习和效法。

⑬庆自己蹈：言幸福应是由自己努力而取得。庆，幸福。自，由于。蹈，实行。

⑭乖隔楚越：谓分居异地。乖，相离。楚越，楚地与越地，借以表示分居异地。

⑮伊：句首助词。

⑯是：语助词，用以确指"百哀"。

⑰书疏：指互通的书信。

⑱蒿里：山名，在泰山之南，为死人之葬地，古人认为是死者魂魄所归之处。古乐府有挽歌《蒿里行》。

【赏读】

说起怀念小妹之作，人们首先想到的无疑是袁枚的《祭妹文》。其实，古代以《祭妹文》为题的悼亡之作很多，较著名的还有陈亮《祭妹文》、唐寅《祭妹文》等。不过，论起此类文章的发端，当属陶渊明的这篇《祭程氏妹文》。

程氏妹是陶渊明同父异母的妹妹，比陶渊明小三岁。因嫁与程家，故称程氏妹。陶渊明在《归去来兮辞序》中说："寻程氏妹丧于武昌，情在骏奔，自免去职。"可知程氏妹病逝于东晋义熙元年（405）十一月，陶渊明随即辞去彭泽令，前往奔丧。一年多之后，陶渊明又写下这篇祭文，表达胸中的无限缅怀之情。

虽为骈文，但此文却写得情真意切，未以辞害意。文章起笔即悲意无穷。冬去夏来，一转眼程氏妹离开人世已一年多，尘土积满屋梁，庭院满目荒草，屋中空无一人，只剩下哀哀遗孤。程氏妹啊，你这是到哪儿去了呀？接下来，陶渊明回忆起往昔兄妹间的情谊，并赞扬程氏妹的言行品德。"彼苍何偏，而不斯报！"这是陶渊明向命运发出的呐喊：苍天啊，你为什么如此不公，不让我善良的妹妹得到善报！

往事并不曾走远，那些往来的书信仍置于案头，年幼的孩子在眼前跑来跑去，可程氏妹此去，却再也无法回来。文章结尾，陶渊明的悲痛之情几乎达到极点，他一连发出几个悲问：空寂的高堂，你什么时候再回来看上一眼？幼小的孩子，到哪里去寻找倚靠？孤独的游魂，谁来为你主持祭祀？程氏妹啊，你若有灵，让我们相会于九泉之下吧！

此文读来，着实催人泪下。四字句式，是六朝时期哀祭文的特点。陶渊明不愧一代大家，将此句式运用得煞是熟稔，使全文情感充沛，一气呵成，毫无骈文佶屈聱牙之感，读来凄怆感人。后来的多篇《祭妹文》，或多或少都受到此文的影响。

祭浮梁大兄①文 白居易②

维元和十二年③岁次丁酉闰五月己亥，居易等谨以清酌庶羞④之奠，再拜跪奠大哥于座前。

伏惟哥孝友慈惠，和易谦恭，发自修身，施于为政。行成门内，信及朋僚。廉干露于官方，温重形于酒德。冀资福履，保受康宁。不谓才及中年，始登下位；辞家未逾数月，寝疾未及两旬。皇天无知，降此凶酷。交游行路，尚为兴叹；骨肉亲爱，岂可胜哀！举声一号，心骨俱碎。今属日时叶吉⑤，窆穸⑥有期，下邽⑦南原，永附松槚⑧。居易负忧系职，身不自由。伏枕⑨之初，既阙在左右；执绋⑩之际，又不获躬亲。痛恨所钟，倍百常理。

呜呼！追思曩昔，同气四人⑪：泉壤九重，刚奴早逝；巴蜀万里，行简未归；茕然一身，漂弃在此。自哥至止，形影相依。死灰之心，重有生意。岂料避弓之日，毛羽摧颓；垂白之年，手足断落。谁无兄弟？孰不死生？酌痛量悲，莫如今日。宅相⑫痴小，居易无男，抚视之间，过于犹子⑬。其余情礼，非此能申。伏冀兹灵，俯鉴悲恳⑭；哀缠痛结，言不成文。呜呼哀哉！伏惟尚飨。

《白氏长庆集》

【注释】

①浮梁大兄：浮梁，今江西景德镇。大兄，长兄。白居易的长兄为白幼文，他于贞元十五年（799）任浮梁县主簿，故称"浮梁大兄"。

②白居易（772～846）：字乐天，号香山居士。祖籍太原，生于河南新郑。唐代诗人，与元稹共同倡导新乐府运动，世称"元白"。晚年与刘禹锡唱和甚多，并称"刘白"。有《白氏长庆集》传世。

③元和十二年：即公元817年。元和系唐宪宗年号。

④清酌庶羞：清醇美酒，多样佳肴。指祭奠用品。

⑤日时叶吉：意谓日子的时辰正合吉日良辰。叶，"协"的古文。

⑥窀穸（zhūn xī）：墓穴。这里指埋葬。

⑦下邽（guī）：今属陕西渭南。白居易祖、父皆葬于此。

⑧松槚（jiǎ）：两种树木，常栽于墓地，故以松槚代指墓地。

⑨伏枕：指伏卧在枕上。后多指因病弱、年老而长久卧床。

⑩执绋：意为送葬。绋，牵引灵车的绳索。

⑪同气四人：兄弟四人。同气，指兄弟。白居易兄弟四人，为白幼文、白居易、白行简、白幼美。幼美小字金刚奴，即下文所谓"刚奴"。

⑫宅相：外甥的代称。此处指从子景受。

⑬过于犹子：犹子，侄子。意谓如同儿子。白居易终生无子，以从子景受为嗣。

⑭俯鉴悲恳：意谓请下察我的悲伤诚恳之心。

【赏读】

"座中泣下谁最多？江州司马青衫湿。"同是天涯沦落之人，相逢何必曾相识？白居易被贬为江州（今江西九江）司马后，郁郁不得志，这首脍炙人口的长诗《琵琶行》，便是他一吐胸臆之作。

对白居易来说，谪居僻地，亦有值得欣慰之事。那就是与浮梁相隔仅百余公里，任浮梁主簿的兄长白幼文得以来到江州，兄弟相会。那段时间，兄弟之间形影相依，白居易官场蹉跎心如死灰，至此才又燃起一丝生意。未料不多久，却传来兄长病逝的消息。一时间，白居易"举声一号，心骨俱碎"。更令他无比歉疚的是，因公务羁绊，兄长卧病之时，自己未能服侍左右；兄长出殡之日，自己又不能亲自送行。此恨何及！

白幼文与白居易是同父异母兄弟，比白居易年长不少。主簿为主管文书的小官吏，白幼文任此职，薪水极其微薄。白居易在《伤远行赋》中说："贞元十五年（799）春，吾兄吏于浮梁，分微禄以归养，命余负米而还乡。"可见，白幼文以微薄的俸禄供养着家人。对于兄长，白居易怀着深厚的敬重之情。惊闻兄长去世的噩耗，他强忍悲痛，写成这篇《祭浮梁大兄文》，只觉"哀缠痛结，言不成文"。

白居易兄弟共四人。幼弟金刚奴早年夭逝，三弟白行简远在千里之外，兄弟离散。原指望与兄长长相聚守，怎奈天不遂人愿，"垂白之年，手足断落"。白居易唯一能告慰兄长在天之灵的，只是将他葬入祖茔，抚视兄长之子犹如己出。

白居易曾在《与元九书》一文中说："感人心者，莫先乎情，莫始乎言，莫切乎声，莫深乎义。"这虽说是针对诗歌而言，但却适合所有文学作品。这篇《祭浮梁大兄文》可谓将感人之情、优美之言、合谐之声、深切之义完美结合，是一篇不可多得的怀念亲人的佳作。

志从父弟宗直①殡 柳宗元②

从父弟宗直,生刚健好气,自字曰正夫。闻人善,立以为己师。闻恶若己雠③,见佞色谄笑者,不忍与坐语。善操觚牍④,得师法⑤甚备。融液⑥屈折,奇峭博丽,知之者以为工。作文辞淡泊尚古,谨声律,切事类。撰汉书文章为四十卷,歌谣言议,纤悉备具,连累⑦贯统,好文者以为工。读书不废,蚤夜以专,故得上气病⑧。肺胀奔逆,每作,害寝食,难俯仰。时少闲,又执业以兴,呻痛咏言,杂莫能知。

兄宗元得谤于朝⑨,力能累兄弟为进士,凡业成十一年,年三十三不举。艺益工,病益牢。元和十年,宗元始得召为柳州刺史,七月,南来从余。道加疟寒,数日良已。又从谒雨雷塘神所,还戏灵泉上,洋洋而归。卧至旦,呼之无闻。就视,形神离矣。

呜呼!天实析余之形,残余之生,使是子也能无成。是月二十四日,出殡城西北若干尺。死七日矣。俟吾归,与之俱,志其殡。

《柳河东集》

【注释】
①宗直:字正夫,柳宗元从父弟。从父弟,即堂弟。

②柳宗元（773~819）：字子厚，河东解（今山西运城）人。唐代文学家、哲学家，世称"柳河东"。因官终柳州刺史，又称"柳柳州"。与韩愈共同倡导古文运动，并称"韩柳"。有《柳河东集》。

③雠：同"仇"，仇敌。

④觚（gū）牍：古代用以书写的竹简木札，也指书翰。此处当指书法。

⑤师法：老师传授的学问和技术。

⑥融液：融为一体。

⑦连累：接连不断。

⑧上气病：指气逆上壅的症候。

⑨得谤于朝：永贞元年（805）顺宗即位，重用王伾、王叔文等人。柳宗元与王叔文等政见相同，也被提拔。后顺宗被迫禅让帝位给太子李纯，李纯即宪宗。宪宗即位后打击以王叔文和王伾为首的政治集团，柳宗元被贬为邵州刺史。赴任途中，加贬为永州司马。

【赏读】

"零落残魂倍黯然，双垂别泪越江边。一身去国六千里，万死投荒十二年。"这是子厚在柳州柳江河畔送别堂弟宗一所题诗中的四句。

子厚因得罪奸臣，被一贬再贬，元和十年（815）被贬为柳州刺史。唐时柳州乃僻远、荒蛮之地，子厚前去赴任时，堂弟宗直、宗一相随南下。未料不多久，宗直因病离世。住了一段时间后，宗一动身离开柳州。柳江边送别之时，子厚想到兄弟三人同来柳州，如今却只剩下两人；想到自己在这僻远之乡，前路杳杳，吉凶未料，怎不黯然神伤？"桂岭瘴来云似墨，洞庭春尽水如天。欲知此后相思梦，长在荆门郢树烟。"子厚诗中满是悲凉。

这篇《志从父弟宗直殡》，便是子厚在堂弟宗直去世七日，出殡归来之后所写的一篇祭文。透过简短的文字，一位才华横溢、嫉恶如仇的青年才俊形象，跃然纸上。对于宗直的早逝，子厚怀着一份深深的愧意。他认为自己"得谤于朝"，而拖累了兄弟。此番宗直南来，途中已染疟寒。到柳州后，又至雷塘庙祈雨，同游林泉寺。大家开开心心地回去，没想到天明之时，宗直已是魂归天国。可以想见，对远在荒蛮之地的子厚来说，这是怎样沉重的打击！

子厚是唐代中期古文运动的旗手，他主张文章要质直朴实，以达意为主，不要有冗词赘句。这篇《志从父弟宗直殡》，便充分体现了子厚的文学主张。

早在子厚贬官永州时，宗直即随同前往，两人共同生活了十多年，情谊之深厚，毋庸多言。子厚名篇《小石潭记》曾提到"余弟宗玄"，有学者认为，这里的"宗玄"乃"宗直"之误。理由是"宗玄"在子厚的文章里仅出现此一处，而且子厚和友人游小石潭，宗直没有理由不同游。这是颇有道理的，故附记于此。

平甫①墓志 王安石②

君临川王氏，讳安国，字平甫，赠太师、中书令讳明之曾孙，赠太师、中书令兼尚书令讳用之之孙，赠太师、中书令兼尚书令康国公讳益之子。自卯③角未尝从人受学，操笔为戏，文皆成理。成十二，出其所为铭、诗、赋、论数十篇，观者惊焉。自是遂以文学为一时贤士大夫誉叹。盖于书无所不该，于词无所不工，然数举进士不售④，举茂才⑤异等，有司考其所献《序言》为第一，又以母丧不试。

君孝友，养母尽力。丧三年，尝在墓侧，出血和墨，书佛经甚众，州上其行义，不报⑥。今上⑦即位，近臣共荐君才行卓越，宜特见招选，为缮写其《序言》以献，大臣亦多称之。手诏褒异召试，赐进士及第，除⑧武昌⑨军节度推官，教授西京⑩国子监。未几，校书崇文院，特改著作佐郎、秘阁校理。士皆以谓君且显矣，然卒不偶⑪，官止于大理寺丞，年止于四十七。以熙宁七年⑫八月十七日不起，越元丰三年四月二十七日，葬江宁府钟山⑬母楚国太夫人墓左百有十六步。有文集六十卷。妻曾氏，子旂、斿，女婿叶涛⑭，处者四女。涛有学行，知名，旂、斿亦皆嶷嶷⑮有立，君祉⑯所施，庶⑰在于此。

《临川先生文集》

【注释】

①平甫：王安石之弟王安国，字平甫。以安石赐进士及第，官至大理寺丞。

②王安石（1021~1086）：字介甫，号半山，抚州临川（今江西抚州）人。北宋思想家、政治家、文学家。主张改革政治，曾推行新法。封荆国公，世称荆公。有《临川先生文集》等存世。

③丱（guàn）：旧时儿童束发如两角状。

④售：考试得中。

⑤茂才：本是汉代举用人才的一种科目，即秀才。因避汉光武帝刘秀讳，改茂才。后代以作秀才别称。

⑥报：回复。

⑦今上：指宋神宗赵顼，在位十九年（1067~1085）。

⑧除：授予官职。

⑨武昌：今属湖北。

⑩西京：宋以洛阳为西京。

⑪不偶：犹言时运不济。这里指朝廷准备起用王安国，安国偏偏在这时去世了。

⑫熙宁七年：即公元1074年。熙宁是宋神宗年号。下文"元丰三年"为公元1080年。元丰是宋神宗的另一个年号。

⑬江宁府钟山：江宁府，治在今江苏南京西南。钟山，即紫金山，在今江苏南京。

⑭叶涛：宋处州龙泉人，字致远。曾从王安石学为文词，长于文学。

⑮巍巍：指品德高尚。

⑯祉：福祉。

⑰庶：大概。

【赏读】

这篇《平甫墓志》，是王安石为亡弟王安国所写。可文中却不见"兄弟"二字，只是称弟为"君"。在王安石为兄长王安仁所写的《兄王常甫墓志铭》里，同样也只是称兄为"先生"。

王安石悼念亲人的文章，笔触似乎过于冷静。对此，历来论者的观点大相径庭。清代王士禛认为："王介甫狠戾之性，见于其诗文，可望而知。……其作《平甫墓志》通首无兄弟字，亦无一天性之语，叙述漏略，仅四百余字。虽曰文体谨严，而人品心术可知。《唐宋八家文》选取之，可笑。"亦有论者以为，这是王安石为文高明之处，文简而意深。

唐宋时人写墓志铭，常常笔触过于冷静，哀而不伤，失之于情。即使如苏辙为兄长苏轼所写之墓志铭，也不免有此缺憾。王安石为亡弟王安国、亡兄王安仁所写之墓志铭，无疑深受时风影响。加之后世对王安石颇多诋毁，遂借此文，将一顶"冷酷无情"的帽子，扣在了他头上。

这篇墓志的确十分简短，而且通篇没有明言自己对平甫的怀念，但字里行间，岂非弥散着王安石的哀思？所谓"言甚简而痛弥深"。王安石着重回忆了平甫的文才以及孝亲。虽着墨无多，人物形象却刻画得很是生动。一篇文章是否成功，并不在于字数之多少。就此论之，王士禛以"叙述漏略，仅四百余字"来说事，是无论如何也站不住脚的。

平甫不仅文才出众，而且侍母至孝，广结善友，贤名闻于当世。对于王安石变法，平甫并不理解。王安石曾劝他不要沉溺于吹笛，他则要兄长远小人。平甫因反对新法，后来被削职放归乡里。不久，朝廷决定再起用他，他却因病亡故，时年四十七岁。虽然政见不一，但这并没有影响到平甫与兄长王安石的感情，这一点极其难得。

祭亡兄端明①文　苏　辙②

维建中靖国元年③岁次辛巳九月己未朔初五日癸亥，弟具官④辙，谨遣男远，以家馔酒果之奠，致祭于亡兄端明子瞻之灵：

呜呼！手足之爱，平生一人。幼学无师，受业先君。兄敏我愚，赖以有闻。寒暑相从，逮壮而分⑤。涉世多艰，竟奚所为？如鸿风飞，流落四维。渡岭涉海⑥，前后七期。瘴气所烝⑦，飓风所吹。有来中原，人鲜克还。义气外强，道心内全。百折不摧，如有待然。真人龙翔，雷雨浃天。自儋而廉，自廉而永⑧。道路数千，亦未出岭。终止毗陵⑨，有田数顷。逝将归休，筑室凿井。

呜呼！天之难忱，命不可期。秋暑涉江，宿瘴乘之。上燥下寒，气不能支。启手无言，时惟我思。念我伯仲，我处其季。零落尽矣，形影无继。嗟乎不淑，不见而逝！号呼不闻，泣血至地。兄之文章，今世第一。忠言嘉谟，古之遗直。名冠多士，义动蛮貊⑩。流窜虽久，此声不没。遗文粲然，四海所传。《易》《书》之秘，古所未闻。时无孔子，孰知其贤？以俟圣人，后则当然。丧来自东，病不克迎。卜葬嵩阳，既有治命。三子孝敬，罔留于行。陟冈望之，涕泗雨零。

尚飨！

《栾城后集》

【注释】

①端明：指苏轼，苏轼曾官居端明殿学士。端明，古宫殿名。后唐庄宗同光二年（924）改解卸殿为端明殿，设端明殿学士。宋仁宗明道二年（1033）改承明殿为端明殿，复设端明殿学士。因用作端明殿学士的代称。

②苏辙（1039~1112）：字子由，号颍滨遗老，眉山（今属四川）人。苏辙为文以策论见长，自成一家。与父苏洵、兄苏轼合称"三苏"，均在"唐宋八大家"之列。著有《栾城集》。

③建中靖国元年：即公元1101年，建中靖国是宋徽宗的年号。

④具官：唐宋以后，在公文函牍或其他应酬文字上，常指应写明的官爵品级简写为"具官"。

⑤逮壮而分：熙宁二年（1069），苏辙因反对青苗法的施行，被贬出外。熙宁四年（1071），苏轼上书谈论新法的弊病，王安石很愤怒，苏轼自请出京任职。兄弟二人此后聚少离多。逮，及，等到。

⑥渡岭涉海：绍圣元年（1094），苏轼被贬为远宁军节度副使，惠州（今广东惠阳）安置。绍圣四年（1097），又被贬至儋州（今海南省儋州市）。

⑦烝（zhēng）：火气上升。

⑧自儋而廉，自廉而永：指宋徽宗即位后，苏轼被调廉州安置、舒州团练副使、永州安置。

⑨毗陵：今江苏常州。苏轼选择常州作为自己的终老之地。元符三年（1100）四月大赦，苏轼复任朝奉郎。于建中靖国元年（1101）七月二十八日卒于常州。

⑩义动蛮貊（mò）：蛮貊亦作"蛮貉"，古代称南方和北方落后部族。亦泛指四方落后部族。苏轼来到儋州后，办学堂，介学风，

被视作儋州文化的开拓者。

【赏读】

北宋大文豪苏轼和弟弟苏辙情谊之深厚,羡煞多少后人。"但愿人长久,千里共婵娟!"这样无限美好的词句,苏轼竟是因思念弟弟所写。中秋之夜,金山寺妙高台上,苏轼对酒赏月,伴着歌者的歌声,翩然起舞,心中油然而生的,皆是对天各一方的弟弟苏辙的无限牵挂。这样的牵绊之情,恐怕比唐代大诗人王维的那句"遥知兄弟登高处,遍插茱萸少一人"来得更沉郁、更炽烈吧。

才情万丈的苏轼、苏辙同科进士,同样宦海沉浮。在著名的文字狱"乌台诗案"中,苏轼险遭杀身之祸。苏辙欲学汉代缇萦救父,愿免一身官职为兄长赎罪。苏轼自度遭此诗案,生还无望,遂写下两首绝命诗,寄与苏辙,中有"是处青山可埋骨,他时夜雨独伤神。与君世世为兄弟,更结来世未了因"之句。真是得子如斯,夫复何求!"岂是吾兄弟,更是贤友生",这是苏轼对苏辙的评价。这样的兄弟情深,怎能不令人感佩千载!

宋哲宗绍圣四年(1097),苏轼被贬儋州,苏辙被贬雷州。途中,两人相约于滕州相会。此次相会,乃是兄弟俩的最后一次见面,从此两人天各一方。苏轼在海南度过了三年贬谪生涯,奉召北还,为了躲避政治漩涡,决定定居离京城较远的常州。苏辙此时正定居颍昌(今河南许昌东),他多次给兄长写信,希望大家晚年能够居住在一起。苏轼又何尝不想与苏辙"同归林下,夜雨对床"呢?但他却实在厌倦了政治风波,而选择留在了常州。

到达常州短短一个多月,苏轼就染疾而病卒,年六十六岁。一代巨星就此陨落,令人痛惜。病重之时,苏轼强撑病体,驰书苏辙,叮嘱后事:"即死,葬我嵩山下,子为我铭。"临终之时,苏轼以苏辙不在身边而感到难过:"惟吾子由,自再贬及归,不复一见而诀,此痛难堪。"闻知兄长凶讯，苏辙哀痛昏倒，停食泣咽三日。除了遵兄所嘱写下《亡兄子瞻端明墓志铭》，苏辙还连写《祭亡兄端明文》《再祭亡兄端明文》，表达心中的哀哀之情。

这篇《祭亡兄端明文》，读来很是真挚感人。"手足之爱，平生一人"，文章起笔，即如此哀凄。我平生所得到的手足之爱，就只有兄长您一人啊。回忆幼年攻读之往事，回忆兄长仕途之坎坷，苏辙发出了"天之难忱，命不可期"的感叹。对于兄长的才情，苏辙用"兄之文章，今世第一"来评价。放在今天看，也并不为过。"时无孔子，孰知其贤？以俟圣人，后则当然。"苏辙坚信，即便当世没有像孔子一样的圣贤之人，兄长之声名也不会被历史长河所埋没，后世一定会名垂不朽。

凶讯传来时，苏辙有病在身，未能前往迎丧。他遵从兄长遗命，将其葬于嵩山之南。苏辙让三个儿子前往祭奠迎丧。自己登上高冈，纵目远望，不禁泪雨滂沱，不胜其悲。文章以此作结，哀痛之切，令人感同身受。

一年之后，苏辙作《再祭亡兄端明文》，再次一抒胸臆。但千言万语，又怎能道尽苏辙内心之痛？又怎能写尽子瞻、子由的手足情深？

宗汝贤①墓志铭 宗 泽②

先大夫四子，峄、灏二弟皆少亡，惟兄与某自幼历艰辛。某既忝一命，惟兄服勤力穑，肯播肯获，以克干裕③厥家。某尝愧弗获朝夕相从事，意谓投老当奉几杖，于东皋西畴④，优游以凭化迁⑤。及方丐宫祠⑥，浸图为休致计，不幸以罪斥。继而睦寇窃发⑦，横肆焚劫，衣冠良善尤被害。兄逼凶焰，遑遽挈妻孥奔避山林间，昏夜迷误，因溺死，实宣和辛丑二月二十四日也。是时路尚梗，迨闰五月始闻讣。

嗟乎！兄之积行，乃罹斯祸耶？某失怙恃，繄兄是赖，闻问痛弗自胜。即寄书谕稷⑧曰："汝父存，某既不能相倚以生。今亡，又不得抚棺号恸以尽哀。所可报友爱者，惟襄奉耳。汝举葬，宜俟某躬与执绋，庶酬夙志。"稷卜地协吉，泣血来告。某启缄梗塞，且自言曰："吾尚忍铭吾兄耶？"然义不当辞。

兄天姿夷旷，拨置边幅，直情径行，靡所阿徇。事亲孝，于饮食起居际，时作谐语，慈颜每为鞭然一笑。平居怡怡，无惨沮意，甘疏淡，气不下人。未尝以圭撮⑨干亲旧，亦未尝以点墨扰州县。喜宾客，曾不顾供具有无。朋游中有倚豪富作气势，陵轹⑩贫下，或掩其不善而见其善者，兄于广坐中直以理折之。彼虽暴戾，心自愧服。乡人欲作一不义事，必先畏缩曰："宗汝贤知之，定众辱我矣。"以是俗多敬慕。

《宗泽集》

【注释】

①宗汝贤：宗泽之兄，名沃，字汝贤。

②宗泽（1060～1128）：字汝霖，婺州义乌（今属浙江）人，宋朝名将。宗泽在任东京留守期间，曾二十多次上书宋高宗，力主还都东京，并制定了收复中原的方略，均未被采纳。他因壮志难酬，忧愤成疾而逝。著有《宗忠简公集》传世。

③干裕：干练多能。

④东皋西畴：语出东晋陶渊明《归去来兮辞》"农人告余以春及，将有事于西畴"，"登东皋以舒啸，临清流而赋诗"，表达了对大自然和田园生活的向往和热爱。

⑤凭化迁：化迁，指时运自然。凭化迁，任凭时运自然的变化，即与时推移的意思。东晋陶渊明在《始作镇军参军经曲阿作》这首诗里写道："聊且凭化迁，终返班生庐。"后便辞职隐居。宗泽化用诗句，亦是辞官归田之意。

⑥宫祠：官名，宫观使。

⑦睦寇窃发：指北宋末年方腊起义。因方腊乃睦州人氏，故此处称为"睦寇"。

⑧稷：指宗沃之子宗稷。

⑨圭撮：古代两种很小的容量单位。圭，一升的十万分之一。撮，一升的千分之一。圭撮用来比喻微量或微小。

⑩陵轹（lì）：欺压，欺蔑。

【赏读】

宋徽宗宣和三年（1121），对宗泽来说，是极其哀伤的一年。

这年二月，家乡义乌传来噩耗，兄长宗沃不幸离世。宗泽兄弟共四人，两个幼弟皆少亡，宗泽和兄长宗沃自幼感情很深。宗泽惊闻噩耗，一时间悲痛不已。

宗泽是著名的抗金将领。靖康之变后，年逾花甲的宗泽驻守开封，连上二十四道奏章，请求宋高宗还都开封，主持北伐大业。但奏章发出，却是石沉大海。年岁已高，加之心力交瘁，忧愤成疾，宗泽疽发于背，走到了生命的尽头。据《宋史》记载，宗泽临终前一天，叹曰："出师未捷身先死，长使英雄泪满襟。"临终时无一语及家事，却连呼三声"过河"，时为建炎二年（1128）七月初一，终年六十九岁。

就是这样一位铮铮铁汉，也有柔情似水的一面。黯然销魂者，唯别而已矣，更何况这是生离死别。读《宗汝贤墓志铭》，其中充溢着的哀婉之情，怎不令人黯然神伤？宗泽出仕为官，幸有长兄在家操持家业。宗泽也曾想着有一天，能够致仕归田，和兄长优游林泉，以终余生。然而造化弄人，为了躲避方腊起义，宗沃携家小逃入山林之间，夜深看不清路途，而跌入河中溺亡。闻此凶信，宗泽不胜悲痛。他恨兄长在世之日，自己无暇相伴左右；更恨兄长去世之后，自己不能抚棺号恸！

此时的宗泽正在镇江府接受"编管"。所谓"编管"，就是官员犯罪被谪放后，编入当地的户籍，由地方官加以拘管，实际上失去了人身自由。在"编管"之前，宗泽已乞请告老还乡，并得到朝廷同意。宗泽挂了个"主管南京（即应天府，今河南商丘）鸿庆宫"的虚衔，携夫人陈氏，返回家乡义乌，"结庐山谷间，有终焉之志"，和兄长宗沃优游于林泉的夙愿，就在眼前。然而，事态却陡起波澜。因为在任登州通判期间惩治了为非作歹的道士高延昭，宗泽遭到诬告，而被发配至镇江府。已非自由之身，此时接到兄长的讣报，宗泽除了为兄长写下这篇墓志铭外，还能做些什么呢？

祭妹文 唐寅①

呜呼!生死人之常理,必非有赖而能免者;惟黄耇令终②,则亦归责于天,而不为之冤隐;然疾痛之心,久亦为之渐释也。

吾生无他伯叔,惟一妹一弟。先君丑寅之昏③,且弟尤稚,以妹幼慧而溺焉。迨于移床④,怀为不置,此寅没齿之疚也!

尔来多故,营丧办棺,备历艰难,扶携窘厄,既而戎疾稍舒⑤,遂归所天⑥。未几而内艰⑦作,吊赴继来,无所归咎。吾于其死,少且不俶⑧,支臂之痛,何时释也?

今秋尔家袭作蓍龟⑨,以有此兆宅;来朝驾车,幽明殊途,永为隔绝。有是庶物,用为祖饯⑩,尔其有灵,必歆⑪吾物而悲吾辞也。於乎⑫尚飨!

《唐伯虎全集》

【注释】

①唐寅(1470~1523):字伯虎,后改字子畏,号六如居士、桃花庵主,吴县(今江苏苏州)人。明代诗人、书画家。诗文上,与祝允明、文徵明、徐祯卿并称"吴中四才子"。绘画上,与沈周、文徵明、仇英并称"明四家"。有《六如居士全集》。

②黄耇(gǒu)令终:长寿者得到善终。黄耇,年老高寿的人。

③丑寅之昏:因为我糊涂愚昧而不喜欢我。昏,糊涂愚昧。

④移床:指妹妹去世。

⑤戎疾稍舒：大病稍微有所好转。戎，大。
⑥所天：旧称所依靠的人，此指丈夫。
⑦内艰：指母丧。
⑧俶（chù）：善，美好。
⑨蓍（shī）龟：用于占卜的蓍草和龟甲。
⑩祖饯：犹祖奠。出殡前夕设奠以告亡灵。
⑪歆：指祭祀时神灵享受供物。
⑫於（wū）乎：犹乌乎、呜呼。

【赏读】

  风流才子唐伯虎的故事，在江南一带广为流传。故事里的唐伯虎才高八斗，风流倜傥；可现实生活里的唐寅却远没有这样光鲜。他一生仕途坎坷，穷困潦倒，故只得寄情山水，放浪形骸。

  幼时的唐寅，生活无忧无虑，家中有一份产业，虽不算大富大贵，亦是衣食无忧。然而弘治七年（1494）突如其来的一系列变故，让唐寅的人生轨迹发生了巨大转变。这一年，先是父亲广德公离世，继之居丧的寡母和爱妻相继而逝。噩运到此并没有结束，已出嫁的妹妹不久又亡故。亲人纷纷离丧，只剩下了唐寅和弟弟两人孤苦无依，家道逐渐中落。"清朝揽明镜，元首有华丝。怆然百感兴，雨泣忽成悲。"悄然之间，华丝已爬上发梢。在《白发诗》里，唐寅流露出无比哀伤之情。此后的唐寅整日借酒浇愁，排遣内心的痛苦。

  这篇《祭妹文》，文字虽然较为简短，但却饱含着唐寅对妹妹的无限深情。如果是长寿者得以善终，固然悲痛，但悲痛之情久之便会渐渐平复。可妹妹正值青春年华，中道而逝，这份悲痛之情，怎么能够忘怀呢？近年多故，身染重病的妹妹频频回娘家奔丧，亲人亡故的打击，无疑使她的病情雪上加霜。经过一段时间调理，病情好转,妹妹住回婆家。可不久母亲病逝,妹妹又回娘家奔丧。一恸之下,病情加重,终至不治。妹妹离世带给自己的这份痛苦,何时才能释怀?

"有声当彻天,有泪当彻泉。"用这两句话形容这篇《祭妹文》,很是恰如其分。

亡兄双湖①府君墓志铭（节选） 文徵明②

府君讳奎，字徵静。后以字行，别字静伯。有田在阳城、沙湖之间，因号双湖居士。

府君读书善笔札，聪明强解，达于事理。平生气义自胜，不为贵势诎折。虽素所狎嬺③，一不当其意，辄面加诋诃，至人不能堪不为止。然不藏怒畜怨，或时忤人，人方以为憝④，而府君则既忘之矣。人知其易直，亦乐亲附之，然卒不能胜夫不知者之众也。居常严于事先，旦起，必衣冠谒先祠，非有故及疾病，未尝一日废。岁时祭享，必精必慎；遇时物必荐⑤，或未荐，虽仓卒燕会⑥，不辄入口。待里党姻族有情，缓急有求，必为尽力，虽宿有嫌衅，悉置不问。

某少则同业，长同游学官，依恋翕协，白首益亲。癸未之岁，随计北上，府君追送至吕城，执手欷歔，意极惨阻。比归，相见甚欢。自是数年，无时日不见。疾且革，顾谓某曰："吾生无善状。即死，慎无为铭誉我，取人讥笑，无益也。"其明达如此。虽然，不可以不志也。

《甫田集》

【注释】

①双湖：即文徵明之兄文徵静（1469～1536）。

②文徵明（1470~1559）：原名壁（或作璧），字徵明。因先世衡山人，故号"衡山居士"。长洲（今江苏苏州）人。明代著名书画家、文学家。有《甫田集》。

③狎嫟（nì）：即"狎昵"，指过于亲近而态度不庄重。

④怼（duì）：怨恨。

⑤荐：进献，祭献。

⑥燕会：宴饮会聚。

【赏读】

台北故宫藏有文徵明所绘《松下听泉图轴》，书"在雅歌堂看雨，画此就题"，可知此画作于雅歌堂。雅歌堂乃文徵明之兄文徵静的书斋。徵静亦对书画颇有研修，与徵明感情甚好。

在徵明笔下，徵静个性如此鲜明，甚至有时实在令人难以接受。哪怕是再好的朋友，只要不甚合意，徵静当面便会呵斥别人，搞得人家很下不了台。不过，徵静胸无城府，别人或许还将这事放在心里，而他早已抛却九霄云外了。知道他个性的人，都乐意去亲近他。

小时候同修学业，长大了同游学官，徵明和兄长的关系，自非寻常。即便到了老年，仍然格外亲爱。徵明无法忘怀，嘉靖二年（1523）春北上赴京时，兄长一直将自己送至吕城，方才依依而别。"执手欷歔，意极惨阻"这八个字，写尽了多少兄弟情深。徵静长徵明一岁，此时两人均已五十开外。对于徵明赴京，徵静肯定怀着一份至切的担忧。徵明从京城归来后，兄弟相见甚欢。此后数年，两人无一日不见。

徵静乃豁达之人。病重时，他叮嘱徵明，自己死后不要写墓志铭，因为没有什么值得说的，写了，只会徒给别人笑话。但徵明怎么忍心让兄长的事迹埋没于红尘呢？他于是怀着极大的悲痛，写下这篇文章。

祭伯兄少溪公①文 茅 坤②

予父南溪府君、母李孺人，产予兄弟三人。从孩携间稍稍露头角，府君辄色喜，谓予兄弟"无论儒与农，当俱有成立"。已而予举进士，宦游于时；而予伯兄少溪公暨季弟艮，亦遂抗③府君遗业起家，累数百千。府君病且没，一切僮仆、田宅不及分授也；然府君没，予父事少溪公，公亦推府君所爱而友而拊之，繇儿时束发以迄衰白，无间言，无怒色，断断如也。僮仆、田宅，府君不及分；而少溪公奔丧来归，得府君所口授季弟艮者，首以赡族属之贫，又次及异母弟，然后按所遗，互为瓜分之。予与季，听公口画甲乙而授，绝不知丝发④而刀锥其间也。

予仕四方者十有七年，坐忤执政⑤，夺官来归；而公始携季入赀，由国子生为郎，出参军粤州，再判南宁，而季亦寻入汴。当是时，予兄弟之游仕，尊卑不同秩，后先不同时；而公所奋，廉白抗职，翕然⑥有声，以材吏闻，盖非予与季所敢望也。十余年来，予既衰，无复翱翔四方之志；而公与季，亦并致其仕以归且，共郡之诸缙绅长老为社游。当其春而芳草，秋而白雁，未尝不从角巾竹麈，欣然佳山水间，可谓乐矣。而天何以遽遗之疾，而奄然以逝也？

嗟乎！公年七十有九，予后公六岁，季复后予三岁。杜甫云："酒债寻常行处有，人生七十古来稀。"予兄弟出游井里间，公飘须渥⁷颜于前,予与季亦稍稍伛偻于后,众未始不啧啧羡也。今且鼎折其足,能不悲哉!谓公之算,亦邻耋⁸矣。物无不尽,生为逆旅⁹,所痛者,予之子与季之子,并已稍列仕途;而公之诸子及孙,彬彬⁽¹⁰⁾齐鲁矣,于今犹未及由明经⁽¹¹⁾掇一第。语所谓"岁不我与,时不能待",公得无或有饮恨,泫然累欷者乎!虽然,天地有缺陷,日月有盈亏,予倘未即就沟壑,当为督促诸子孙辈,以偿且慰公于九原也。公其颔之否邪?

《茅鹿门先生文集》

【注释】

①少溪公:即茅坤之兄茅乾。

②茅坤(1512~1601):字顺甫,号鹿门,归安(今浙江湖州)人。明代散文家,提倡学习唐宋古文,反对"文必秦汉"的观点,编选《唐宋八大家文钞》。与王慎中、唐顺之、归有光等,同被称为"唐宋派"。有《茅鹿门集》。

③抗:举起。

④丝发:犹丝毫。形容细微。下文"刀锥",比喻微小之利。

⑤坐忤执政:因触犯了执政者,嘉靖三十四年(1555),茅坤解职还乡。

⑥翕然:一致称颂。

⑦渥:渥然,色泽红润的样子。

⑧耋(dié):年老,七八十岁的年纪。

⑨逆旅:指客舍、旅店。

⑩彬彬:形容文质兼备,后往往用以形容人的行为文雅有礼。

⑪明经:始于汉武帝时期,系选举官员的科目,被推举者须明

习经学,故以"明经"为名。唐代科举,以诗赋取士谓之进士,以经义取士谓之明经。至宋神宗时废除。明清两代,明经用作贡生的别称。

【赏读】

这是多么唯美的画面:春天,芳草萋萋;秋天,北雁南飞。青山碧水之间,三位皤然老叟角巾竹麈,游历其间,优哉游哉。无丝竹之乱耳,无案牍之劳形。真是快活似神仙的日子。

杜甫诗云:"人生七十古来稀。"茅坤兄弟三人,却都寿过七旬,茅坤更是享年九十,古来要算罕有。厌倦了官场的诡谲险诈,不复有当年凌云之志,茅氏三兄弟先后归隐田舍,享受久违的天伦之乐。他们彼此间的这份手足情深,令人啧啧称羡。然而天有不测风云,万历十二年(1584),兄茅乾、弟茅㫤先后亡故。昔日兄弟三人欢聚一堂,何等热闹,如今只剩下茅坤孤零零一人,何等凄凉!这篇《祭伯兄少溪公文》,便是茅坤为悼念兄长茅乾而作。

在文章里,茅坤追忆了从童年至青年时期的点滴往事。特别是通过分析家产,写出了茅乾的无私、爱亲。都说长兄如父,自从父亲逝世之后,茅坤便将长兄视作父亲一般,茅乾亦如父亲般照顾幼弟。这份深情厚谊,从未改变。茅坤宦海生涯十七年,茅乾、茅㫤亦为仕途而奔波。待到晚年,兄弟们终于抛却了红尘俗念,再次聚首,享受这难得的桑榆之景。漫步乡间,兄长美髯飘飘、神采奕奕走在前面,茅坤和弟弟有点伛偻着背,跟在后面。此时此刻,还有什么比这更感幸福的呢?乡里人称他们是"三茅君"。

这样的日子一晃已整整二十年,一切只恨匆匆,太匆匆。这年九月,兄茅乾病卒,年七十九。未料两个月后,弟茅㫤又亡故,年七十。茅坤在悼念茅㫤的《祭亡弟参军文》里写道:"呜呼!天胡割我如是之惨且遽哉?吾之始哭伯兄也,谓鼎折其足;今弟复继之,语所谓'独木乎尔,奚以之林;独鸟乎尔,奚以之群'哉?……形与影相吊,神与形相嘲,能不悲哉!能不悲哉!"后来,茅坤又连写《祭亡兄少溪暨两嫂文》《又祭亡弟参军文》,并亲自为茅乾、茅艮撰写墓志铭。"我归兮中林,白发兮焉老!"我已年老体弱,九泉之下,定有与兄、弟相会的一天。茅坤以满腔哀情,翻作哀文,至情感人,至性动人。

告伯修①文（节选） 袁中道②

万历庚子③十一月初一日，弟中道谨修治斋茗，抚膺大叫，告于亡兄伯修先生之灵曰：

伯修，伯修！兄如何便长逝耶！自失母之后，兄弟姊妹四人，伶仃孤苦。我时年最小，视兄如父也。里舍书房中，三人相聚讲业，夜窗风雨，未常一日不共也。门户凋零，幸而兄致身青云，数十年以内，家门昌炽，无一发一毛非兄赐也。蕞尔④之邑，不知有所谓圣学禅学，自兄从事于官，有志于生死之道，而后我兄弟始仰青天而见白日矣。

嗟乎！自兄少年取科第，人皆为兄荣，不知兄心之独苦也。十二而入乡校，人皆为兄荣，然不数年而慈母亡矣。十九而荐乡书，人皆为兄荣，然不数年而身婴大病，万死一生；连年床蓐，一鬼不化；稍得平复，嫂氏捐弃；两儿一女，茕茕⑤然若黄口之雏，啾唧于危巢矣。二十七而中会试第一人，入读中秘书，人皆为兄荣，然不数年而曾侄、登侄相继而亡；以至情笃厚之父，抚如兰如玉之子，一旦化为异物矣。三十六而致位宫坊，夷犹⑥银榜⑦之间，人皆为兄荣，然嗣续窅如，仅有一女，复婴惨毒，至于蚤世，自此身畔无一脉矣。外之所谓荣者，浮名也；兄之所自受者，实忧也。浮名显而实忧暗，故人皆谓兄之处亨，而不知其不尽然也。功德天，黑暗女，半步肯相离哉！然兄虽有独苦，而犹幸有弟兄聚首,同气同心。故前年二兄与弟至京师,朝夕晤言,商榷学问,泯解修行。兄亦欲断世缘,归田自适。而官累相迫,踟蹰未定。遭皇长子⑧忧危之际,讲官乏人,鸡唱而起,风霜严厉。外劳其形,内劳其心。即二兄与我,亦窃为兄忧之,然未常遽忧及性命也。不意我与二兄归未二月,而闻兄病矣。又未数日,而闻兄病不起矣。

哀哉!痛哉!吾兄之贤,而竟客死三千里外耶!眚无嗣续耶!寡妇三人,孤灯吊影,流寓京华耶!哀哉!痛哉!严亲在堂,大姑在室,何以死也?著书未成,何以死也?学道未了,何以死也?虽然,兄之为人,清白好修,砥砺名行。事可与天知,语可对人言,无一念不真实,无一行不稳当。小心翼翼,周详缜密,自入仕途十五年,未见以一字干人。不欺暗室⑨,不愧⑩衾枕。身死之日,一贫如洗,栖身一室,尚未能具。守官守道,有如处女。少年清心远性,风晨月夕,兴致轩举。儿女态少,烟霞趣多。自公之暇,玩弄水石,所之栽花种竹。兄之品,仙品也。学道已入信位,已穷解路。虽不能如张无尽⑪、杨大年⑫之彻底干净,而比之白乐天⑬、苏子瞻⑭,决不出其下,明矣。何虞沉坠哉!

今弟以腊月初三日往迎灵柩。哭死悲存,剜心之愁万种;踏霜割雪,断肠之路三千。途中愿我兄保佑扶助,无逢灾患。更愿示异梦灵迹,以坚信心。弟无任抚心痛哭,悲泪翘诚之至!

《珂雪斋集》

【注释】

①伯修：即袁宗道，袁中道长兄。

②袁中道（1570~1626）：字小修，公安（今属湖北）人，明代著名文学家，"公安派"领军人物之一。为文提倡真率，抒写性情。著有《珂雪斋集》《游居柿录》等。

③万历庚子：即万历二十八年（1600），袁宗道卒于此年秋。

④蕞（zuì）尔：很小的样子。

⑤茕（qióng）茕：孤苦无依的样子。

⑥夷犹：犹豫，迟疑不前。

⑦银榜：指宫殿或庙宇门端所悬的辉煌华丽的匾额。

⑧皇长子：即朱常洛，明神宗长子，当时东宫未立，袁宗道充作讲官。

⑨不欺暗室：指在没有人看见的地方，也不做见不得人的事情。语出唐骆宾王《萤火赋》。

⑩愧：羞惭。

⑪张无尽：北宋宰相张商英，字天觉，号无尽居士。张商英一生深信佛道，归信佛法。

⑫杨大年：北宋文学家杨亿，字大年。杨亿奉佛，参禅而有所得。

⑬白乐天：唐代文学家白居易，字乐天。从年轻时起，白居易即崇信佛教。

⑭苏子瞻：北宋文学家苏轼，字子瞻。苏轼和弟弟苏辙，都称得上是佛教徒。

【赏读】

这篇《告伯修文》，与其说是祭文，不如说是家书。过往的一桩桩，一幕幕，小修在文中娓娓道来，字字血泪，句句成悲。伯修如能听之，宁无感乎！

作为明末"公安派"领军人物，"三袁"兄弟意气相投，情好甚笃，令人感佩千载。长兄袁宗道，字伯修；次兄袁宏道，字中郎；小弟袁中道，字小修。"三袁"兄弟之名姓，常易被人混淆。故后人多以伯修、中郎、小修来称呼他们。

"岂是吾兄弟，更是贤友生"，这是北宋大文豪苏轼对弟弟苏辙的评价。这话用在伯修和小修身上，也是一点儿不错。伯修少年发达，人皆以为荣。而小修却独具慧眼，以为一切繁华皆如烟云，于无限荣耀之间，能感受到伯修心中之苦，岂非贤友？岂非知音？

伯修少年立志"此生当以文章名世"，但却遭遇一连串打击。先是慈母离世，后来又是自己生了一场大病，几乎不起。病后，伯修崇信道法，开始修习神仙之术，功名之心已是十分淡薄。小修另有一篇《石浦先生传》，乃为伯修所撰之传记。在这篇传记里小修写到，伯修后来迫于父命，入京会试，走至半途而返，归家妻子邹氏即离世。伯修二十七岁那年，在父亲的催促下再次入京会试，高中会元，由此踏入仕途。然而不数年，曾、登二子皆先后亡故。伯修膝下仅余一女，后又早逝，"自此身畔无一脉矣"，不亦痛乎！

外表的荣光与内心的苦楚，始终与伯修如影随形。这份苦，也许外人无法体味，而小修却是感同身受。正由于此，在《告伯修文》中，方能写尽伯修无限痛处苦处。遭遇一连串变故之后，伯修开始信佛。幸有中郎、小修"弟兄聚首，同气同心"，稍解伯修心中无限凄楚。而伯修对佛法的研修，也深深影响到中郎、小修。

伯修之死，与万历朝"国本之争"有点关系。明神宗万历皇帝宠信郑贵妃，欲立郑贵妃之子朱常洵为太子。朝中大臣纷纷上书，认为废长立幼，有违祖制，请求立皇长子朱常洛为太子。皇储未定，伯修充作皇长子朱常洛之侍讲。前后三年多时间，伯修"外劳其形，内劳其心"，原本并不强健的身体日渐虚弱。终至积劳成疾，遽然弃世。

伯修之死，对小修的打击是巨大的。在《告伯修文》里，小修发出一连串的悲问：严亲在堂，大姑在室，何以死也？著书未成，何以死也？学道未了，何以死也？追忆伯修之音容笑貌，处世风度，追忆与伯修在一起时的点点滴滴，小修不禁抚心悲泪，剜心之愁万种，断肠之路三千！

在"三袁"兄弟中，小修功名最不显达。伯修二十七岁举会试第一，中郎二十五岁登进士第，而小修迟至四十六岁，方考取进士。此时小修已感功名无望，故中年以后的诗文，多显沉郁。诚如中郎在《叙小修诗》中所说的："愁极则吟，故尝以贫病无聊之苦，发之于诗，每每若哭若骂，不胜其哀生失路之感。"这样的评价用在小修的文章上，同样一点不差。这股沉郁之风，便浓浓地寄寓在这篇《告伯修文》里。

石崖先生①传略（节选） 王夫之②

张献忠③陷衡州，索绅士补伪吏。吾兄弟以父母衰，不能越疆，望门无依，赖舅氏玉卿谭翁引匿南岳莲花峰下。贼购索益急。匍伏草舍中，兄忽亟向野人问黑沙潭之胜，欲往游。夫之不解兄意，曰："此岂游山时耶？"兄笑曰："今不游，更何待？子岂能不从我游乎？"已而私语夫之曰："更何处得一泓清净水，为我两人葬地邪？"当是时，夫之回眄，见兄目光出睫外如电，须发皆怒张。

会日暮，家奴遽报先君子为逻者所得。兄闻之，欲出脱先子，而沉湘以死。夫之知兄耿介严厉，出且与先子俱碎。夫之所旧与为文字交者黄冈奚鼎铉陷贼中，知吾兄弟必不可辱，曲意相脱。夫之乃劙面④刺腕，伪伤以出，而匿兄以死告，先君子乃免。夫之亦随宵遁。当夫之出时，兄藏绳衣内，待夫之信，即自尽。夫之既免先子而自免，乃不果死。

然则栖迟茬苒，年逾八袠⑤，而死于林峦之下，非兄志也，岂曰未尝受禄，而遂可生哉！故其题座右曰："到老六经犹未了，及归一点不成灰。"自此以后迄于今，则所谓不能言、不忍言、不欲言也。

不欲言者，天地之生人均也，我兄弟亦仅与人而为人也。贤且智，疏通而刚劲，倍蓰⑥什百于我兄弟多矣。我兄弟所以自问者，非有殊绝不可及之事，而奈何沾沾以自言，且恐人之无或听也，则欲言而汗浃于背矣。

不忍言者，使我兄弟前此而死，即幸而为士，又幸而食禄，亦与耕凿屠贩之人不相为异。天之不吊，乃使我兄弟若有可言者，是幸天之异以自异也，而忍乎哉！

不能言者，我兄弟之苟延视息，哽塞如溯风⑦，而终老死于荒草寒烟之下。不知者以为窭且贫，而不释热中之憾；即邀惠⑧于知者，亦以为如是生，如是归，愚者之事毕矣。夫孰知我兄弟之戴眉含齿⑨，抱余疚于泉台⑩也。故置吾兄于箕山吹瓢⑪、桐江垂钓⑫之间，而兄不受；置吾兄于神武挂冠⑬、华顶高眠⑭之间，而兄亦不受。悠悠苍天，荡荡黄垆⑮，抱愚忱以埋幽壤，吾兄弟之志存焉。

《姜斋文集》

【注释】

①石崖先生：即王介之（1606~1686），字石子，一字石崖，王夫之长兄。入清不仕，隐居衡阳县长乐大云山麓，闭门著书授徒。

②王夫之（1619~1692）：字而农，号姜斋，衡阳（今属湖南）人。晚年隐居于石船山，著书立传，人称船山先生。与顾炎武、黄宗羲并称明清之际三大思想家。著作经后人编为《船山遗书》。

③张献忠（1606~1647）：明末农民军领袖。崇祯十六年（1643），张献忠攻陷衡州。衡州，衡阳的古称。

④剺（lí）面：以刀划面。

⑤八帙：以十年为帙，八十岁。

⑥倍蓰（xǐ）：数倍。倍，一倍。蓰，五倍。

⑦溯（sù）风：对着风。

⑧邀惠：谓受到恩惠。

⑨戴眉含齿：长着眉毛和牙齿。指人。

⑩泉台：阴间。

⑪箕山吹瓢：相传许由隐居箕山之下，颍水之阳，躬耕自食，以手掬饮。人遗一瓢，挂于树，风吹历历作声，以为烦，弃之。

⑫桐江垂钓：东汉建国后，严光不肯入朝，躲到富春江去钓鱼隐居，刘秀多次请他也不出来做官。

⑬神武挂冠：南朝梁陶弘景家贫，求宰县不遂。永明十年（492），脱朝服挂神武门，上表辞禄。

⑭华顶高眠：相传北宋处士陈抟于华山顶高眠。箕山吹瓢、桐江垂钓、神武挂冠、华顶高眠，皆用为隐居不仕之典。

⑮黄垆：犹黄泉。

【赏读】

一身铮铮傲骨，王夫之和兄长王介之的个性何其相似！明清易鼎之后，两人誓不仕清，介之隐居长乐大云山麓，夫之则隐居于石船山麓，两人发愤著述，终老于斯。介之卒于康熙二十五年（1686），年八十岁。闻知兄长病逝，夫之扶病赴长乐奔丧。这篇《石崖先生传略》，便是夫之追忆兄长而作。

往事件件，不可胜记，况且遗忘之事甚多。在文中，夫之重点回忆了当年农民义军张献忠攻陷衡州，自己和兄长逃难之事。义军素闻夫之兄弟之名，前来相邀充任"伪吏"。夫之兄弟岂能相从，夫之和介之遂逃入深山。这虽是四十多年前的旧事，可夫之的记忆，依然那么深刻。介之寻黑沙潭，谈笑自若间，早已存了舍生取义之念，这是怎样的淡定，怎样的坚贞！闻知父亲被抓，介之急欲挺身救父,这是怎样的至情,怎样的至孝!经夫之朋友周旋,最终父亲获救,兄弟脱祸。夫之寻得兄长时,介之已做好了随时自尽的准备。这是怎样的果敢,怎样的坚毅!仅此寥寥数笔,介之其人,已是须眉欲活,栩栩如生。

当年侥幸未死,如今兄弟俩终老于林泉。王夫之发出了一番感慨,也是这篇文章的精华所在。这么多年以来,为什么我们不能言?不忍言?不欲言?我们兄弟试问,又有什么非要说的事情,沾沾以自言呢?即使说了,会有人听吗?故不欲言也。当年如果我们兄弟未能脱祸,侥幸成烈士,又怎么会像今天这样,无异于市井之徒呢?我们何忍言之?故不忍言也。我们兄弟俩苟延残喘,终老于此,又有多少人能够知道我们的志向呢?我们又能说些什么呢?故不能言也。

夫之写此文时,清廷坐稳了江山,反清复明已然无望。但夫之心怀故国,故将满腔的激愤之情,喷薄而出。此文虽是为怀念兄长而写,但流淌其间的,却是深深的黍离之悲。

弟椒涂①墓志铭　方 苞

吾弟既殁且十年，吾与兄奔走四方，尚不能为得一丘之土，而兄亦以忧劳致疾，卒于辛巳②之冬。逾年春，始卜葬于泉井之西原，而以弟祔焉。

自乙卯③以前，吾父④寓居棠村，弟始孩，依母及群姊，而余依兄。戊午⑤后，兄侍王父于芜湖，而弟复依余。自迁金陵，弟与兄并女兄弟数人皆疮痏⑥，数岁不瘳，而贫无衣。有坏木委西阶下，每冬月，候曦光过檐下，辄大喜，相呼列坐木上，渐移就暄⑦，至东墙下。日西夕，牵连入室，意常惨然。

兄赴芜湖之后，家益困，旬月中屡不再食。或得果饵，弟托言不嗜，必使余啖之。时家无僮仆，特室在竹圃西偏，远于内，余与弟读书其中，每薄暮，风声肃然，则顾影自恐。按时，弟必来视余；或弟坐此，余治他事，间忘之矣。

弟性警敏，鸡鸣入市购米薪，日中治家事。客至，佐吾母供酒浆。日入诵书，夜参半不寐。体素羸，吾与兄数戒之不得，窃恨焉，果用⑧此致疾。方弟之存，家虽贫，父母起居寝食，毫发以上，弟皆在视，得其节。弟殁，吾与兄勤志之，辄复遗忘。吾父喜交游，与诸公夜饮，或漏尽乃归，旬月中，间者仅三数日耳。弟恒令家人就寝，而己独候门。及余继之，则困不支矣。

弟疾起于丁卯⑨之冬。时余与兄避难吴中，弟偕行，喀血，隐而不言，血气遂大耗。其卒也，以齿牙之疾，盖体羸不能服药也。先卒之数日，余心气悸动，父命避居野寺，弟弥留及梦中呼余不已。呜呼！昔之人常致死以勤礼⑩，余未有大疾而废焉，悔与痛有终极邪！

弟初名棠君，后更名林，字椒涂。卒于康熙庚午⑪三月初四日，年二十有一。铭曰：

天之于吾弟吾兄酷⑫矣！使弟与兄死而余独生，于余更酷矣！死而无知则已，其有知，弟与兄痛余之无依，毋视余之自痛而更酷邪！

《方苞集》

【注释】

①椒涂：方苞的弟弟方林，字椒涂。

②辛巳：即康熙四十年（1701）。

③乙卯：即康熙十四年（1675）。

④吾父：方苞的父亲方仲舒（1638～1707），字南董，号逸巢，为国子监生。

⑤戊午：即康熙十七年（1678）。

⑥痏（wěi）：疮。

⑦就暄：就，靠近。暄，阳光的温暖。

⑧用：因为。

⑨丁卯：即康熙二十六年（1687）。

⑩勤礼：勤，通"尽"。竭尽礼节。

⑪康熙庚午：即康熙二十九年（1690）。

⑫酷：残忍到极点。

【赏读】

有很多回忆，刻骨铭心，不会随着岁月的流逝而湮然磨灭。方苞写此文时，弟弟方林已病逝整整十年。但十年的时光，没能销蚀往昔的印记，这些点滴的回忆，历久弥新，挥之不去。

方苞弟兄三人，幼弟及长兄均先后去世。"天之于吾弟吾兄酷矣！使弟与兄死而余独生，于余更酷矣！"这是方苞发出的悲叹。除了这篇为弟弟方林所写的墓志铭，方苞还为兄长方舟写下《兄百川墓志铭》，读来同样至情感人。作为"桐城派"领军人物，方苞素来注重古文义法。"义"，讲究的是对事物的论断、见解；"法"，讲求的是为文的章法。从方苞的文章来看，很多回忆亲人的散文，都写得很是感人。其成功之处在于，能够撷取家庭琐事片断，于平淡之中写出别样滋味。有人认为，方苞的此类文章颇有归有光散文的意味，或即渊源于归文。

方苞在为弟弟方林书稿所撰之序文中说，写这篇墓志铭的用意，在于"志余兄弟三人少小相依之艰，中道别离之痛，而余独一身无以奉二亲之欢，所以计处身心者，独难也"。由此可见，此文虽是为思念弟弟所作，但却写出了弟兄三人往昔之手足深情，以及弟、兄离世之后，自己的孤苦之情。

文章于细节处，最见功力。方苞在此文中，为我们定格了很多感人的细节。冬日暖阳下，相呼坐于枯木之上；竹圃特室内，薄暮之时风声肃然；鸡鸣时分，入市购米薪；夜半不寐，挑灯夜读书……父亲喜欢交游，常常与诸公夜饮，漏尽而归。弟弟定会让大家去安寝，自己守夜，为父亲开门。弟弟去世之后，方苞代替弟弟，为父亲守门。每到半夜，必是困倦不堪。此时想来，弟弟当初次次守门，多么不易！

方林身体羸弱，加之忙于家庭琐务，勤于攻书，故青春年少即染疾，喀血不止。方林病卒前几天，方苞似乎已有所感，身体也出现了状况。父亲很是担心，便令方苞离家，避居野寺。方林弥留之际，梦中都在呼唤二哥的名字。他是多么希望能再看二哥一眼！这成了方苞心中永远无法弥补的伤痛。他后悔不该迫于父命，离家外出，而未能与弟弟见上最后一面。方苞曾遗令子侄，自己入殓时要"袒右臂"，以此表示对弟弟的歉疚。

弟弟去世十年之后，方苞之兄方舟病逝。病逝之前，方舟对方苞说："我们弟兄三人，当共一丘，不得以妻祔。"方苞遵兄之言，迁弟柩与兄并葬于泉井村之北原。乾隆十四年（1749）八月，方苞以八十二岁高龄去世。子侄遵其嘱，袒右臂入殓，将其棺与兄、弟同穴。

祭妹文 袁 枚①

乾隆丁亥②冬，葬三妹素文③于上元之羊山，而奠以文曰：

呜呼！汝生于浙，而葬于斯，离吾乡七百里矣；当时虽觭梦④幻想，宁知此为归骨所耶？

汝以一念之贞，遇人仳离，致孤危托落。虽命之所存，天实为之；然而累汝至此者，未尝非予之过也。予幼从先生授经，汝差肩而坐，爱听古人节义事；一旦长成，遽躬蹈之。呜呼！使汝不识诗书，或未必坚贞若是。

余捉蟋蟀，汝奋臂出其间；岁寒虫僵，同临其穴。今予殓汝葬汝，而当日之情形，憬然赴目。予九岁，憩书斋，汝梳双髻，披单缣来，温《缁衣》一章。适先生奓户⑤入，闻两童子音琅琅然，不觉莞尔，连呼则则，此七月望日事也。汝在九原，当分明记之。予弱冠粤行，汝掎裳悲恸。逾三年，予披宫锦⑥还家，汝从东厢扶案出，一家瞠视而笑，不记语从何起，大概说长安登科、函使报信迟早云尔。凡此琐琐，虽为陈迹，然我一日未死，则一日不能忘。旧事填膺，思之凄梗，如影历历，逼取便逝。悔当时不将婹婗⑦情状，罗缕纪存；然而汝已不在人间，则虽年光倒流，儿时可再，而亦无与为证印者矣。

汝之义绝⑧高氏而归也，堂上阿奶⑨，仗汝扶持；家中文墨，眣汝办治。尝谓女流中最少明经义、谙雅故者。汝嫂非不婉嫕⑩，而于此微缺然。故自汝归后，虽为汝悲，实为予喜。予又长汝四岁，或人间长者先亡，可将身后托汝；而不谓汝之先予以去也！

前年予病，汝终宵刺探，减一分则喜，增一分则忧。后虽小差⑪，犹尚殗殜⑫，无所娱遣；汝来床前，为说稗官野史可喜可愕之事，聊资一欢。呜呼！今而后，吾将再病，教从何处呼汝耶？

汝之疾也，予信医言无害，远吊扬州。汝又虑戚吾心，阻人走报。及至绵惙⑬已极，阿奶问："望兄归否？"强应曰："诺。"已予先一日梦汝来诀，心知不祥，飞舟渡江，果予以未时还家，而汝以辰时气绝；四支犹温，一目未瞑，盖犹忍死待予也。呜呼痛哉！早知诀汝，则予岂肯远游？即游，亦尚有几许心中言要汝知闻、共汝筹画也。而今已矣！除吾死外，当无见期。吾又不知何日死，可以见汝；而死后之有知无知，与得见不得见，又卒难明也。然则抱此无涯之憾，天乎人乎！而竟已乎！

汝之诗，吾已付梓；汝之女，吾已代嫁；汝之生平，吾已作传；惟汝之窀穸，尚未谋耳。先茔在杭，江广河深，势难归葬，故请母命而宁汝于斯，便祭扫也。其旁葬汝女阿印；其下两冢：一为阿爷⑭侍者朱氏，一为阿兄侍者陶氏。羊山旷渺，南望原隰，西望栖霞⑮，风雨晨昏，羁魂有伴，当不孤寂。所怜者，吾自戊寅年读汝哭侄诗后，至今无男⑯；两女牙牙，生汝死后，才周晬耳。予虽亲在未敢言老，而齿危发秃，暗里自知，知在人间，尚复几日？阿品⑰远官河南，亦无子女，九族无可继者。汝死我葬，我死谁埋？汝倘有灵，可能告我？

呜呼！身前既不可想，身后又不可知；哭汝既不闻汝言，奠汝又不见汝食。纸灰飞扬，朔风野大，阿兄归矣，犹屡屡回头望汝也。呜呼哀哉！呜呼哀哉！

《小仓山房诗文集》

【注释】

①袁枚（1716~1798）：字子才，号简斋，自号随园老人，钱塘（今浙江杭州）人。清代文学家，与纪晓岚素有"南袁北纪"之称。曾任江宁等地知县，辞官后侨居江宁，筑园林于小仓山，号随园。倡导"性灵说"，有《小仓山房诗文集》《随园诗话》等传世。

②乾隆丁亥：即乾隆三十二年（1767）。

③素文（1719~1759）：名机，字素文，别号青琳居士。葬于上元羊山，位于今南京东。

④觭（jī）梦：怪异的梦。

⑤妸（zhà）户：开门。妸，开。

⑥披宫锦：指袁枚于乾隆年间考中进士，选授翰林院庶吉士，请假南归省亲之事。

⑦婴嫛（yī ní）：婴儿。这里引申为儿时。

⑧义绝：断绝情谊。这里指离婚。

⑨阿奶：指袁枚的母亲章氏。

⑩婉嫕（yì）：温柔、和顺。

⑪小差（chài）：病情稍有好转。差，同"瘥"。

⑫奄殗（yè dié）：病不甚重，半起半卧。

⑬绵惙（chuò）：病势危险。

⑭阿爷：指袁枚的父亲袁滨。

⑮西望栖霞：栖霞，山名，在今江苏南京东。此山位于羊山之

西,故云"西望栖霞"。

⑯男:儿子。袁枚于乾隆二十三年(1758)丧子。袁枚写这篇祭文之后两年,至六十三岁,其妾钟氏才又生了一个儿子,名阿迟。

⑰阿品:袁枚的堂弟袁树,小名阿品,由进士任河南正阳县县令。据袁枚《先妣行状》,阿品有个儿子叫阿通。但那是袁枚写《祭妹文》以后的事了。

【赏读】

《清文评注读本》对这篇《祭妹文》的评价是:"韩昌黎《祭十二郎文》、欧阳修《泷冈阡表》皆古今有数文字,得此乃鼎足而立。"可见,这篇出于袁枚之手的怀念三妹的文章,有着怎样的艺术感染力!

三妹素文的不幸遭遇,令人扼腕。她曾与如皋高氏指腹为婚。高氏子品行恶劣,高家主动提出解除婚约。不想素文为封建诗书所误,心慕节义,不愿毁弃婚约。嫁入高家之后,高氏子游荡如昔,毫无收敛,素文备受虐待,苦不堪言。素文将自己的遭遇告知父亲,最终父亲告于官府,才解除了双方的婚姻。素文此后居于娘家,四十岁时去世。袁枚曾写《女弟素文传》,追忆妹妹蹇促的一生。

素文是位才女,和袁枚感情很深。袁枚用文字悼念亡妹,怎不牵动愁肠,催涌泪泉?追忆往昔,如影历历。袁枚从幼年写起,当年一起捉蟋蟀的情景,仿佛就在昨日;书斋里的琅琅书声,犹在耳边;当年兄妹分离的悲恸、妹迎兄归的喜悦,还藏在心里,但是妹妹你啊,却已经不在人世。随后,袁枚又写素文从高家归来之后的那些日子。虽讲述的都是一些生活琐事,但写来却件件饱含着真情。

此文最感人的文字,是描写素文病逝的段落。素文于奄奄一息之际,仍在盼望着哥哥能在身边。当袁枚惊悉噩耗匆匆赶回家时,素文已气绝,但"四支犹温,一目未瞑"。素文啊素文,你是在忍死以待兄长吗？身前既不可想，身后又不可知。荒郊野外，寒风朔朔，纸灰飘飘。素文啊素文，兄长要回去了，但我多么舍不得分别啊，不禁要频频回首看你。行文至此，袁枚想来已是悲不能禁，将对妹妹的怀念和挚爱之情，表达得淋漓尽致。

这是一篇凄恻动人的好文章，以其高超的文字魅力，打动了无数读者。袁枚为文素来讲求"性灵"。他在《随园诗话》里说："凡作诗，写景易，言情难。何也？景从外来，目之所触，留心便得；情从心出，非有一种芬芳悱恻之怀，便不能哀感顽艳。"说的便是这个道理。这也是《祭妹文》写得如此成功的壸奥所在。

季弟①事恒墓志铭（节选）　曾国藩②

同治元年③十一月十八日丙寅，我季弟殁于金陵军中。逾月，丧过安庆，国藩设次哭奠如礼，遣之反葬。弟名国葆，字季洪，后更名贞干，字事恒。少则落落，自将脱去町畦④，视人世毁誉，及书史褒讥媺恶⑤，不甚屑意；不随众为疑信，时或诘难参伍，大破群惑。尝应县试及学政试，再冠其曹⑥。已而厌薄举业，不肯竟学。

咸丰三年⑦，国藩奉诏讨贼⑧，召募水陆诸军。季弟挈六百人以从，提督杨载福⑨、侍郎彭玉麟⑩，始皆客季弟所，为僚佐。季亟荐此二人为英毅非常器，已愿下之。四年三月，岳州兵败。季又亟白诸将无罪，已愿独坐之。其后杨、彭二人果以水师雄视东南，而诸将亦次第登用，掇取高官大名。独季弟黭黮⑪归去，筑室紫田山中，闭门绝人事，身与世若两不相收。

八年十月，母弟国华⑫战殁三河。季则大恸，誓出杀贼，以报兄仇而雪前耻。鄂帅胡文忠公⑬方广求将材，命季分领千人，自黄州建旆而东。十年正月，连克太湖、潜山。三月，始与叔弟国荃⑭，会师以围安庆。十一年八月，克之。明年，为今皇帝元年⑮。弟以正月师次三山。三山者，宣池群贼四萃之区。军入援绝，寇十倍我，乃以计招降三县义民之陷贼者，噢咻⑯而厉使之。得四千人，编伍约法，用破鲁港，克繁昌，下南陵、芜湖。

而国荃亦以是时克东西梁山,徇和州、当途、夺采石。兄弟复会师,进薄金陵之雨花台。江东久虐于兵,疹疫⑰繁兴,将士物故相属。弟病亦屡濒于危,定议假归养疾。适以援贼大至,强起战守四十六日,贼退而疾甚,不可复治矣。

季弟初以功叙儒学训导,加国子监学正衔。克复安庆,晋秩⑱同知,赏戴花翎。厥后,连克繁昌三县,天子虽以国藩前有辞赏之奏,犹特赐迅勇巴图鲁⑲名号。至大破援贼,晋阶知府。命下而弟不及见矣!事闻,遂追赠按察使,照军营病故例议恤。诏书谓朝廷早欲擢用,特以国藩恳辞,留以有待。呜呼!圣主之于臣家,恩宠不訾。独惜国家欲大用吾弟,与吾弟欲得当以报国,两相须于微莫之中,而卒不克少待以竟厥志。呜呼!兹所谓命焉者非耶!

《曾文正公全集》

【注释】

①季弟:最小的弟弟。此文是曾国藩悼念小弟曾国葆(1828~1863)而作。

②曾国藩(1811~1872):字伯涵,号涤生。湖南湘乡白杨坪(今属双峰)人。晚清政治家、文学家,与李鸿章、左宗棠、张之洞并称"晚清四大名臣"。官至两江总督、直隶总督、武英殿大学士,封一等毅勇侯,谥曰文正。有《曾文正公全集》。

③同治元年:即公元1862年。

④町畦:田界,比喻规矩、约束。

⑤媺(měi)恶:好坏。媺,同"美",好。

⑥再冠其曹：再次在同辈中摘得桂冠。

⑦咸丰三年：即公元1853年。

⑧贼：这里指的是太平军。

⑨杨载福（1822~1890）：字厚庵，善化（今湖南长沙）人，官至陕甘总督，故称"提督杨载福"。

⑩彭玉麟（1816~1890）：字雪琴，衡阳（今属湖南）人，官至兵部尚书。彭玉麟曾官兵部右侍郎，故称"侍郎彭玉麟"。

⑪黮黮（dǎn）：不明的样子。

⑫母弟国华：母弟，同母之弟。国华，即曾国华（1822~1858），字温甫，曾国藩三弟，卒于三河镇之役。

⑬胡文忠公：即胡林翼（1812~1861），字贶生，号润之，谥文忠，益阳（今属湖南）人。著有《胡文忠公遗书》。

⑭国荃：即曾国荃（1824~1890），字沅甫，号叔纯，系曾国藩弟。历任巡抚、总督、礼部尚书等职。

⑮皇帝元年：指同治元年（1862）。

⑯噢咻（xiū）：抚慰病痛者的声音。

⑰沴（lì）疫：瘟疫。

⑱晋秩：晋升职位。

⑲巴图鲁：满语，即勇士的意思。

【赏读】

惊天动地鼙鼓来。太平天国战火燃遍华夏大地，清政府一时恐慌无比。这场轰轰烈烈的农民起义最终能被镇压下去，曾国藩组建的"湘军"居功至伟。在这场残酷的战争中，曾国藩先后失去了两个弟弟。这篇《季弟事恒墓志铭》，就是曾国藩为病逝于军中的小弟曾国葆而写。

咸丰八年（1858）十月，曾国藩之弟、曾国葆之兄曾国华在

"三河之役"中战死沙场,骸骨都没有找到。曾国藩作《母弟温甫哀辞》,锥心之痛,手足之情,溢于言辞。国华殉国后,国葆亦是无比悲痛,改名曾贞干,发誓剿灭太平军,为兄报仇。谁知五年之后,在围攻天京(今南京)关键一战中,曾国葆染上疫病,英年早逝。

连丧二弟,曾国藩悲痛欲绝。当时他在安徽。曾国葆灵柩运到时,他抚棺痛哭,涕泗横流。曾国藩为小弟亲书挽联。上联"英名百战总成空,泪眼看河山,怜予季保此人民,拓此疆土",下联"慧业几生磨不尽,痴心说因果,望来世再为哲弟,并为勋臣"。希望来世我们再做兄弟,为国家再建勋业!两天之后,曾国藩拟为小弟写墓志铭,竟因悲痛难抑,书之不成。他又撰一挽联,云:"大地干戈十二年,举室效愚忠,自称家国报恩子;诸兄离散三千里,音书寄涕泪,同哭天涯急难人。"曾国藩兄弟五人,除曾国潢外,皆戎马倥偬。咫尺天涯,尺素难传!

这篇墓志铭,是曾国藩返回家乡安葬完幼弟后所写。文中记述曾国葆一生事迹,尤以与太平军作战为详。曾国葆能力荐贤士,独领罪责,实属难能可贵。一位淡泊名利、志向远大、有勇有谋的青年才俊形象,令人钦赏。因杀敌建功,朝廷任曾国葆为知府。诏令已到,国葆却不在人世,怎不令人肝肠寸断!

对于这篇墓志铭,曾国藩自己并不满意。他曾在一篇日记中叹道:久不作文,机轴极生,句法亦多不合。其实岂是文章写得不好,实在是纵有千言万语,也抒写不尽对小弟的无限思念啊!

祭子厚①八弟文 莫友芝②

呜呼！吾与汝从先君于遵义校官③十有八年，非有行役④，未尝不见汝。逮先君既殁，又同客于兹土十年，非有行役，又尝一月间得三四见汝，而岂意汝遂至于此也。

先君之子八人，惟仲兄才，惟汝敏悟。仲兄之殁，年才二十七，汝年才三十，岂才且敏者顾不当寿邪？仲兄之殁，岁在辛巳；今尔之殁，岁在辛亥；先君见背，岁在辛丑。余生四十一年，岁干直四辛，而其三丧先君及兄弟，岂星家⑤身宫之劫之果有验邪？而星家又谓汝身宫最旺，当健且寿，抑又何不验邪？自汝己酉乡比归，畏寒恶闹，怯怯不敢出门户，余心已忧之。然三年以来，健饭强饮，亦何敢谓汝之遂当至此也。

自吾理家，终岁藜藿⑥，独汝意思间若有歉然⑦不得饱者。犹谓不能骤安淡泊，少年之常，亦不复留意汝，而岂知隐疾已兆于此邪！使早知其如此，则胡不早纵汝之饮啖⑧也。汝之自视甚高，视天下事甚易。吾喜汝意气，又惜汝更历⑨浅，常常欲裁厉汝，汝每郁郁不自得。及汝久病，汝之所见乃时时胜于昔，方谓待汝之起得以大成就汝，而孰谓汝之遽止于此也。

吾赁宅为主者所卖，卜居于碧云峰之麓，独汝以土木未就，静摄⑩暂寄妇家，乃忽欣然移归，了⑪不畏闹。吾独犹谓汝疾之将差，窃窃以喜，而岂知居才十日，而遂去我邪？汝岂亦知汝之将死，不肯借他人之居以死，乃急亟归我而死，使我与汝不致益无穷之戚邪？胡汝妇送侄东去百里，汝不泥其行，并汝小女亦不得面诀，则汝固亦未知汝之将死邪？呜呼！汝之疾，吾不知其由。人谓中斯疾者，毕生不能脱，又常在聪明人。然而他人之疾者，亦但似痿废⑫，未见遽死，岂汝又别有促之者邪？

汝近年既不欲常见我，亦谓汝既成人，岂不自饬厉⑬，而用朝夕相守，遂不复细检，汝乃以致斯疾也。假汝而不自恃聪敏，循循法度，我时得点勘，汝亦或不至于此。老客异乡，内无族党，外鲜葭莩⑭，惟我群季，相依白头，而竟使汝至此，天邪人邪、父邪母邪？虽痛怨我，虽痛怨汝，又何可及邪？呜呼！死而有知，汝其悔邪？汝其不悔邪？虽悔与不悔，又何可及邪？

敛汝以先君与我表里之服，盛汝以蔡丈防老之棺，兆汝于慈母之侧，我兄弟子侄亦复常常视汝。养汝嫠妇，待其天年；字汝孤女，为之择对；存没之情⑮，如是而已矣！事有尽而意无穷，言有终而哀何极，汝其犹有恨邪？汝其遂无恨邪？尚飨！

《郘亭遗文》

【注释】

①子厚：莫友芝的八弟莫生芝，字子厚。

②莫友芝（1811~1871）：字子偲，自号郘亭，贵州独山人。晚清金石学家、目录版本学家、书法家，宋诗派重要成员。传世诗文集有《郘亭诗钞》《郘亭遗文》等。

③校官：掌管学校的官员。莫友芝之父莫与俦曾任贵州遵义府学教授。

④行役：因公务而出外跋涉。

⑤星家：星相家。古代汉族相术家认为身宫代表后天运势，由后天的努力，往往可以改造命运。

⑥藜藿（huò）：指粗劣的饭菜。

⑦歉然：不满足貌。

⑧饮啖（dàn）：吃喝。

⑨更历：经历，阅历。

⑩静摄：静养。

⑪了：全，完全。

⑫但似痿废：只会萎缩残废。

⑬饬厉：告诫勉励。

⑭葭莩：芦苇秆内壁的薄膜。比喻关系疏远的亲戚。

⑮存没之情：生死之情。存没，即"存殁"，生存与死亡，生死之意。

【赏读】

"世上无限丹青手，一片伤心画不成。"莫友芝的这篇《祭子厚八弟文》，读来令人心碎。

八弟生芝病逝后，友芝夜来一梦。梦中，生芝病体痊愈，健步如飞。他说自己并非真的死了，而是悄悄到九泉之下探望老父，希望兄长能够暂时替自己照料妻女，待自己返来，自会料理。兄弟俩正在絮话之间，突然晨钟敲响。友芝猛被惊醒，却是南柯一梦。梦中生芝话语犹在耳边，不禁令友芝潸然泪下。在《青田山庐梦亡弟子厚》一诗中，友芝记述了此梦。此生再无相聚之日，欲待相逢，恐怕只能是在魂梦之中！

在诸弟之中，生芝最为聪慧，也最得父亲的疼爱。生芝性强体弱，命途多舛，乡试落第，终致郁郁而亡。在《祭子厚八弟文》

里，友芝回忆了兄弟间昔年相处的一幕幕情景，读来很是感人。特别是生芝临终前的一段，最为至情。当时友芝卜居于碧云峰下，生芝暂住妻家。未料生芝十余日后便跑到友芝这儿来寄居，不久即溘然离世。"汝岂亦知汝之将死，不肯借他人之居以死，乃急亟归我而死，使我与汝不致益无穷之戚邪？"难道冥冥之中，一切皆是天意？不然，又如何解释这生离死别的巧合？

"事有尽而意无穷，言有终而哀何极"？纵有千言万语，怎么能道尽友芝的满腹哀思？除了这篇祭文外，友芝还写下多首诗，以怀念八弟。如《哭八弟生芝》诗，友芝共写有八首，其中像"茫茫生死途，千古同泪涟""悲风动地来，飒飒满蓬庐"等句，满是凄怆之情。

有人将此文与韩愈名篇《祭十二郎文》作比，认为此文颇得韩文神韵。此文叙事委婉，情真意切，的确是一篇怀人佳作。

卷四 鸤鸠在桑,其子在棘

金瓠哀辞① 曹 植②

金瓠,余之首女③。虽未能言,固以④授色知心⑤矣。生十九旬而夭折,乃作此辞。辞曰:

在襁褓而抚育,尚孩笑而未言。不终年⑥而夭绝,何见罚于皇天?信吾罪之所招,悲弱子之无愆⑦。去父母之怀抱,灭微骸于粪土。天长地久,人生几时?先后无觉,从尔有期!

《曹子建集》

【注释】

①金瓠(hù)哀辞:金瓠,曹植之女,一百九十日而卒。哀辞,专门哀悼"童弱夭折,不以寿终者"的祭文。

②曹植(192~232):字子建,沛国谯县(今安徽亳州)人。曹操之子。封陈王,谥思,世称陈思王。有文才,原有集,已散佚。宋人辑有《曹子建集》。

③首女:即长女。

④以:通"已",已经。

⑤授色知心:指识人脸色,知人喜怒。

⑥终年:满一年。

⑦愆:罪过的意思。

【赏读】

南朝大诗人谢灵运才情横溢,目下无人。他曾说:"天下才共一石，曹子建独得八斗，我得一斗，自古及今共用一斗。"意思是说，如果天下之才共一石的话，曹子建独得其中八斗，我得一斗，从古及今的其他人，只能分得剩余的一斗。这就是成语"才高八斗"的来历。谢灵运如此大才，却这般折服于曹子建，子建之才也就可想而知了。

子建虽是才高八斗，但一生却颇为坎坷。自幼受父亲曹操宠爱的他，原本极有机会被立为世子，可最终曹操还是立了嫡长子曹丕。就在曹丕被立为世子的这一年，子建的长女金瓠夭逝；过了一年多时间，次女行女又夭亡。连丧爱女，加之与世子之位擦肩而过，子建内心之苦，自可想见。

读这篇《金瓠哀辞》，我们能感受到一位普通父亲痛失爱女之后的锥心之痛。金瓠仅仅活了一百九十天，虽然还不能说话，却已能识人喜怒哀乐。金瓠之殇，是皇天在惩罚我吗？是由于我的罪过，而为金瓠招来这样的灾祸吗？天长地久，人生几何？我和你相逢九泉之下，定会有期。

子建写有多篇祭文，抑扬怨哀，悲离之作，尤极于古，对后世影响很大。这篇《金瓠哀辞》，在两方面具有独创性。一是以责己之罪而达情，将金瓠夭亡的责任，归于自己的罪过，招来皇天的惩罚。一是以黄泉相会而述情，希望将来能与逝者相会于九泉之下。后世祭文，继承余绪，使这两大表现手法屡见不鲜。如韩愈《祭十二郎文》"吾行负神明，而使汝夭"；袁枚《祭妹文》"累汝至此者，未尝非余之过也"；又如陶渊明《祭程氏妹文》"奈何程妹，于此永已！死如有知，相见蒿里"；白居易《祭元微之文》"既有今别，宁无后期？公虽不归，我应继往"，都运用了这样的表现手法，从而使情感更显充沛。

金鹿①哀辞 潘 岳②

嗟我金鹿，天资特挺。鬒③发凝肤，蛾眉蛴领④。柔情和泰，朗心聪警。呜呼上天，胡忍我门！良嫔⑤短世，令子⑥夭昏。既披我干，又翦我根。块如瘣木⑦，枯荄⑧独存。捐子中野，遵我归路。将反如疑，回首长顾。

《全晋文》

【注释】

①金鹿：潘岳之女，幼年夭折。

②潘岳（247～300）：字安仁，荥阳中牟（今属河南）人，西晋著名文学家。美姿仪，少以才名闻世。代表作有《悼亡诗》《秋兴赋》《闲居赋》等。

③鬒（zhěn）：形容头发又黑又密。

④蛴（qí）领：颈项洁白如蟪蛴。蟪蛴，天牛的幼虫。

⑤良嫔：指潘岳之妻杨氏。杨氏卒于晋惠帝元康八年（298）。古代将过世的妻子称为嫔。

⑥令子：爱子。元康二年（292），潘岳出生不满三个月的儿子夭折。

⑦瘣（huì）木：因内伤而致病的树木。

⑧枯荄（gāi）：干枯的根。荄，指草根。

【赏读】

上天似乎对潘岳特别眷顾，并非使他徒具俊美的外表，更是给了他万丈才情。

潘岳之貌,从"掷果盈车"这个词里就能体味到。潘岳乘车行走在大街上,竟然引来众多女子围观,纷纷向他车里掷水果,不一会儿,车上就装满了水果。后人常以"貌比潘安"形容美男子,这里的潘安,指的即是潘岳。

潘岳之才情,更是令无数后人仰慕。想当日,金谷园中,他和陆云、陆机、左思、刘琨等名士唱酬风月,何等逍遥。潘岳留下的《秋兴赋》《闲居赋》等作品,传诵至今。

然而,潘岳一生却是如此寒滞。他三十二岁那年,因仕途坎坷,曾在《秋兴赋》中悲叹华发早生。南唐后主李煜《破阵子》词中"沈腰潘鬓消磨"的"潘鬓",即典出于此。但对潘岳来说,这还不是最大的打击。他四十六岁那年,出生不满三个月的儿子夭逝;六年之后,爱妻杨氏又离他而去。一连串的打击,令他心力交瘁。他将这份悲痛,这份对亲人的怀念,寄托在了《伤弱子辞》《悼亡诗》中。谁知不久之后,爱女金鹿又猝然离世。从此潘岳孑然一身,形单影只。

这篇《金鹿哀辞》,字字句句之间,流淌着深深的痛苦。那么美貌、乖巧的女儿,竟先自己而去,上天啊,你为什么要对我如此残忍!亲人们一个个倏然而去,自己犹如树木被摧毁了树干、剪断了树根,岂非只剩下一段朽木,还能在天壤之间独存几时?

潘岳将金鹿安葬在了田野之中。纵是不忍离去,也是该到离开的时候了。在转身离去之际,潘岳还是忍不住要回过头去再看上一眼。此时此刻,他的内心是如此的恍惚迷离,他多么希望这一切只是幻梦一场。

纵观西晋一朝,几乎与"八王之乱"相始终。写完《金鹿哀辞》不久,潘岳便无端卷入这混乱不堪的纷争,惨遭杀害。在尘世间已了无牵挂的潘岳,追寻着亲人的足迹而去,想来走得很踏实,很安心。"繁华事散逐香尘，流水无情草自春。"金谷园的风流早已雨打风吹去，徒留下后人无限怅然。

《晋书》对潘岳的评价是"美姿仪，词藻绝丽，尤善为哀诔之文"。潘岳的确是善作哀诔之文的高手，他留下的这些作品，虽系韵文，但无不以至情而感人肺腑。正如刘勰在《文心雕龙》中的评价："虑赡辞变，情洞悲苦，叙事如传，结言摹诗，促节四言，鲜有缓句。故能义直而文婉，体旧而趣新，金鹿泽兰，莫之或继也。"

伤爱子赋 江 淹①

江艽，字胤卿，仆之第二子也。生而神俊，必为美器。惜哉遘闵②，涉岁而卒。悲至踯躅，乃为此文。

惟秋色之颢颢，心结绢③兮悲起。曾④悯怜之惨凄，痛掌珠之爱子。形惸惸⑤而外施，心切切而内圮。日月可销兮悼不灭，金石可铄兮念何已！缅吾祖之赫羲，帝高阳之玄胄⑥。惜衰宗⑦之沦没，恐余人之弗构。觊⑧三灵之降福，伫弱子之擢秀⑨。酷奈何兮胤卿，那逢天兮不祐。

尔诞质于青春，摄提贞乎孟陬⑩。谓比方于右列⑪，望齐英于前修。遵⑫高行之美迹，弘盛业之清猷⑬。白露奄被此百草，尔同凋于梧楸。忆朱明之在节⑭，顾岐嶷⑮之可贵。睨炉帐而多怊，瞻户牖而有慰。奚在今之寂寞，失音容之仿佛。姊目中而下泣，兄嗟季而饮泪。感木石而变哀，激左右而陨欷。夺怀袖之深爱，尔母氏之丽人。屑丹泣于下壤，傃殷忧于上旻⑯。视往端而擗栗⑰，践遗绪而苦辛。就深悼而谁弭，归末命兮何陈！

我过幸于时私，爱⑱守官于江浔。悲薄暮而增甚，思缥黄而不禁。月接日而为光，霞合云而成阴。雾笼笼而带树，月苍苍而架林。嗟奈何兮弱子，我百艰兮是寻。验纤带之夜缓，察葆鬓之朝侵⑲。惟人生之在世，恒欢寡而戚饶。虽十纪⑳之空名，岂百龄之能要。迅朱光之映夜，湛白露之凝朝。指兹譬而取免，排此理以自销。

然则生之乐兮亲与爱,内与外兮长与稚。伤弱子之冥冥,独幽泉兮而永闭。余无怨于苍祇,亦何怨于厚地!信释氏之灵果,归三世之远致。愿同升于净刹,与尘习兮永弃。

《广弘明集》

【注释】

①江淹(444~505):字文通,南朝梁文学家,济阳考城(今属河南)人。早年即以才名,晚年所作诗文不及前期,人谓"江郎才尽"。后人将其诗文辑为《江文通集》。

②遘(gòu)闵:遭遇忧患。

③结缙(gǔ):思绪错乱,郁结不解。

④曾:同"增",增加。

⑤惸(qióng)惸:孤单无依貌。

⑥帝高阳之玄胄:帝高阳,帝颛顼高阳氏,传说是黄帝之孙。玄胄,远代子孙。

⑦衰宗:衰败的宗族。

⑧觊(jì):希望得到。

⑨擢秀:人才秀出。擢,抽、拔。秀,生长茂盛的植物。

⑩摄提贞乎孟陬(zōu):摄提,太岁在寅时为摄提格,此指寅年的别名。贞,正。孟陬,夏历正月,即寅月。意谓江芃生于夏历寅年寅月。

⑪右列:指先贤,有德才的前辈。

⑫递(dì):继承。

⑬清猷(yóu):清明的谋划。

⑭朱明之在节:即朱明时节,指夏季。《尸子》:"春为青阳,

夏为朱明，秋为白藏，冬为玄英。"

⑮岐嶷（qí nì）：形容幼年聪慧。

⑯上旻（mín）：上天。

⑰擗（pǐ）栗：抚心而惧。

⑱爰（yuán）：改易，更换。

⑲验纤带之夜缓，察葆鬓之朝侵：意谓因思念悲伤而形体消瘦，衣带渐宽，原本茂密的头发日渐稀少。缓，宽松。葆，草木丛生的样子。侵，稀少。

⑳十纪：一纪为十二年。此指一百二十年。

【赏读】

"春草暮兮秋风惊，秋风罢兮春草生。绮罗毕兮池馆尽，琴瑟灭兮丘垄平。自古皆有死，莫不饮恨而吞声！"这是江淹《恨赋》煞尾的几句。事物循环往复、荣枯同归之理，说得如此淋漓酣畅，令人荡气回肠。

《恨赋》和《别赋》，这是江淹流传后世的两篇经典。当时江淹连续遭遇丧子、丧妻打击，在无限哀怨、悲伤的情境之下，才有了那般锦绣的文章。

这篇《伤爱子赋》，江淹写于爱子江艽病逝之后。江艽虽年仅两岁，但因为和大诗人屈原一样出生在寅年正月，而被江淹寄予了无限希望。江艽病逝时，江淹正在吴兴县令任上，闻此噩耗，犹如五内俱焚。"日月可销兮悼不灭，金石可铄兮念何已！"江淹含悲写成此文。

感时花溅泪，恨别鸟惊心。自然界的盛衰荣枯，皆关乎人的七情六欲。读此文，不难发现，江淹将自己的满腔恨意，完全融入了自然万物，所谓"情境交融"。白露为霜，百草枯零，爱子便在这般凋落的季节永远地离开了自己。薄暮时分，更添悲意；日已黄昏，此恨绵绵。"月接日而为光,霞合云而成阴。雾笼笼而带树,月苍苍而架林。"不幸的孩子啊,身处百艰的我,该到哪里去找寻你的踪迹呢?

这篇文章虽是为怀念爱子而作,但在文中,江淹也表达了对妻子的思念之情。妻子刘氏居于京口,未随江淹同赴吴兴。"夺怀袖之深爱,尔母氏之丽人"诸句,写出了江淹对刘氏的一份牵念,同时更有一份担忧,担心刘氏因为爱子夭亡而忧伤过度,伤及身体。江淹担心的事不久果然发生了,爱子夭逝的第二年,刘氏悲伤成疾,不治而亡。对于江淹来说,这一连串的打击实在太大了。他连写十首《悼室人》,以寄托对妻子的怀念。

祭十二郎①文 韩 愈②

年月日，季父愈闻汝丧之七日，乃能衔哀致诚，使建中远具时羞之奠，告汝十二郎之灵：

呜呼！吾少孤，及长，不省所怙③，惟兄嫂是依。中年，兄殁南方，吾与汝俱幼，从嫂归葬河阳。既又与汝就食江南④。零丁孤苦，未尝一日相离也。吾上有三兄⑤，皆不幸早世。承先人后者，在孙惟汝，在子惟吾。两世一身⑥，形单影只。嫂尝抚汝指吾而言曰："韩氏两世，惟此而已！"汝时尤小，当不复记忆。吾时虽能记忆，亦未知其言之悲也。

吾年十九，始来京城。其后四年，而归视汝。又四年，吾往河阳省坟墓，遇汝从嫂丧来葬。又二年，吾佐董丞相⑦于汴州，汝来省吾。止一岁，请归取其孥⑧。明年，丞相薨。吾去汴州，汝不果来。是年，吾佐戎徐州⑨，使取汝者始行，吾又罢去，汝又不果来。吾念汝从于东，东亦客也，不可以久；图久远者，莫如西归，将成家而致汝。呜呼！孰谓汝遽去吾而殁乎！吾与汝俱少年，以为虽暂相别，终当久相与处。故舍汝而旅食京师，以求斗斛之禄⑩。诚知其如此，虽万乘之公相，吾不以一日辍汝而就也。

去年，孟东野⑪往。吾书与汝曰："吾年未四十，而视茫茫，而发苍苍，而齿牙动摇。念诸父与诸兄，皆康强而早世。如吾之衰者，其能久存乎？吾不可去，汝不肯来，恐旦暮死，而汝抱无涯之戚也！"孰谓少者殁而长者存，强者夭而病者全乎！呜呼！其信然邪？其梦耶？其传之非其真邪？信也，吾兄之盛德而夭其嗣乎？汝之纯明而不克蒙其泽乎？少者强者而夭殁，长者衰者而存全乎？未可以为信也。梦也？传之非其真也？东野之书，耿兰之报，何为而在吾侧也？呜呼！其信然矣！吾兄之盛德而夭其嗣矣！汝之纯明宜业⑫其家者，不克蒙其泽矣！所谓天者诚难测，而神者诚难明矣！所谓理者不可推，而寿者不可知矣！虽然，吾自今年来，苍苍者或化而为白矣，动摇者或脱而落矣。毛血日益衰，志气日益微，几何不从汝而死也。死而有知，其几何离？其无知，悲不几时，而不悲者无穷期矣！汝之子始十岁⑬，吾之子⑭始五岁。少而强者不可保，如此孩提者，又可冀其成立邪？呜呼哀哉！呜呼哀哉！

汝去年书云："比得软脚病⑮，往往而剧。"吾曰："是疾也，江南之人，常常有之。"未始以为忧也。呜呼！其竟以此而殒其生乎？抑别有疾而至斯乎？汝之书，六月十七日也。东野云，汝殁以六月二日；耿兰之报无月日。盖东野之使者，不知问家人以月日；如耿兰之报，不知当言月日。东野与吾书，乃问使者，使者妄称以应之耳。其然乎？其不然乎？

今吾使建中祭汝，吊汝之孤与汝之乳母。彼有食可守以待终丧，则待终丧而取以来；如不能守以终丧，则遂取以来。其余奴婢，并令守汝丧。吾力能改葬，终葬汝于先人之兆，然后惟其所愿。

呜呼！汝病吾不知时，汝殁吾不知日，生不能相养以共居，殁不得抚汝以尽哀，敛不凭其棺，窆⑯不临其穴。吾行负神明，而使汝夭；不孝不慈，而不得与汝相养以生，相守以死。一在天之涯，一在地之角，生而影不与吾形相依，死而魂不与吾梦相接。吾实为之，其又何尤！彼苍者天，曷其有极⑰！自今已往，吾其无意于人世矣！当求数顷之田于伊颍⑱之上，以待余年，教吾子与汝子，幸其成；长⑲吾女与汝女，待其嫁，如此而已。

呜呼，言有穷而情不可终，汝其知也邪？其不知也邪？呜呼哀哉！尚飨！

《韩昌黎集》

【注释】

①十二郎：韩愈之侄韩老成。

②韩愈（768~824）：字退之，河阳（今河南孟州）人。自称"郡望昌黎"，世称"韩昌黎"。唐代文学家、哲学家，古文运动倡导者，被后人尊为"唐宋八大家"之首。有《韩昌黎集》。

③怙（hù）：原本是依靠的意思。《诗·小雅·蓼莪》："无父何怙，无母何恃。"后世因用"怙"代父，"恃"代母。失父曰失怙，失母曰失恃。

④就食江南：唐德宗建中二年（781），北方藩镇李希烈叛乱，中原动荡，韩愈因此随嫂避居宣州。

⑤吾上有三兄：韩愈有兄韩会、韩介，还有一兄死时尚幼，未及命名。另有一说，"吾"指我们，即韩愈和十二郎。三兄除韩会、韩介外，还包括韩介长子、十二郎之兄韩百川。

⑥两世一身：子辈和孙辈均只剩一个男丁。

⑦董丞相：即董晋。贞元十二年（796），董晋任宣武军节度使，汴、宋、亳、颍等州观察使。时韩愈在董晋幕中任节度推官。汴州治所在今河南开封。

⑧取其孥（nú）：把家眷接来。孥，妻和子的统称。

⑨佐戎徐州：当年秋，韩愈入徐泗濠节度支度营田观察使。

⑩斗斛（hú）之禄：微薄的俸禄。唐时十斗为一斛。

⑪孟东野：即唐代诗人孟郊（751～814）。贞元十八年（802），孟郊出任溧阳（今属江苏）尉，溧阳距宣州不远，故韩愈托他捎信给住在宣州的十二郎。

⑫业：继承。

⑬汝之子始十岁：十二郎有二子，长韩湘，次韩滂。韩滂出嗣十二郎之兄韩百川为子。既云"始十岁"，当指长子韩湘。

⑭吾之子：指韩愈长子韩昶，生于贞元十五年（799）。

⑮软脚病：即脚气病。

⑯窆（biǎn）：下棺入土。

⑰曷其有极：意谓痛苦何处是尽头。曷，何。极，完了，穷尽。

⑱伊颍（yǐng）：伊水和颍水，均在今河南境内。此处指故乡。

⑲长（zhǎng）：养育。

【赏读】

前人有云："读诸葛孔明《出师表》而不堕泪者，其人必不忠；读李令伯《陈情表》而不堕泪者，其人必不孝；读韩退之《祭十二郎文》而不堕泪者，其人必不友。然其惨痛悲切，皆出于至情之中，不期然而然也。"

一篇具有感染力的好文章，最重要的是真挚的感情。韩愈的这篇《祭十二郎文》，可谓字字血泪，系为情而造文，非为文而造情，通篇交织着悲痛、自责、悔恨之情，将自己与十二郎之间刻骨铭心的骨肉亲情，渲染到了极致。

韩愈与十二郎虽为叔侄，实则情同兄弟。十二郎系韩愈仲兄韩介次子，出嗣长兄韩会为子。韩愈幼年丧父，由韩会夫妇抚养。韩会中年弃世，当时韩愈和十二郎都比较小。两人年龄相仿，孤苦相依，自幼感情很深。韩愈后来宦海沉浮，与十二郎聚少离多。唐德宗贞元十九年（803），韩愈惊闻十二郎遽然离世，怎不悲痛难抑？

明人吴讷在谈到墓志铭创作时，这样说："古今作者，惟昌黎最高。行文叙事，面目首尾，不再蹈袭。"这篇《祭十二郎文》，的确体现出了非凡的行文叙事技巧。前代祭文，多以韵文写成，虽然也有情意真切的美文，但大多难免枯滞之弊。作为古文运动的倡导者，韩愈在写此文时破骈为散，从而摆脱了韵文在表现形式上的束缚，更好地将心中的情感和灵动的文字结合在一起，使二者相得益彰。"邪""乎""也""矣"等语气助词的运用，则使文章于散体之中别添韵味，节奏更显顿挫有力。

整篇文章以"汝"相称十二郎，仿佛十二郎就在面前，两人对话，如泣如诉。由始至终，文章都贯穿一个"情"字。那些过往的生活片断，无不浸透着绵绵情思。十二郎的去世，本属人生无常，韩愈却偏偏引咎自责，认为是自己为功名奔波，而致十二郎遽然离去，由此从对十二郎的悲切怀念，更生发开去，抒发了对兄嫂的愧悔之意，并夹杂着自己命途多舛的无限凄楚。言有穷，而情不可终。呜呼哀哉，一叹再叹！

清人吴楚材、吴调侯编选《古文观止》时，对此文如此评价：情之至者，自然流为至文。读此等文，须想其一面哭一面写，字字是血，字字是泪。未尝有意为文，而文无不工。明代茅坤将此文誉为"祭文中千年绝调"，诚哉斯言！

祭小侄女寄寄文　李商隐①

正月二十五日，伯伯以果子、弄物，招送寄寄体魄，归大茔②之旁。

哀哉！尔生四年，方复本族。既复数月，奄然归无。于鞠育而未深，结悲伤而何极！尔来也何故，去也何缘？念当稚戏之辰，孰测死生之位？

时吾赴调京下，移家关中。事故纷纶③，光阴迁贸④。寄瘗尔骨，五年于兹。白草枯荄，荒途古陌。朝饥谁抱？夜渴谁怜？尔之栖栖⑤，吾有罪矣！今吾仲姊，反葬有期。遂迁尔灵，来复先域。平原卜穴，刊石书铭。明知过礼之文，何忍深情所属！

自尔殁后，侄辈数人，竹马玉环，绣襜文褓⑥。堂前阶下，日里风中，弄药争花，纷吾左右。独尔精诚，不知所之。况吾别娶已来，胤绪⑦未立。犹子之义，倍切他人。念往抚存，五情空热。

呜呼！荥水之上，坛山之侧。汝乃曾⑧乃祖，松槚森行；伯姑仲姑，冢坟相接。汝来往于此，勿怖勿惊。华彩衣裳，甘香饮食。汝来受此，无少无多。汝伯祭汝，汝父哭汝，哀哀寄寄，汝知之邪？

《樊南文集》

【注释】

①李商隐（约813~约858）：字义山，号玉谿生，又号樊南生，怀州河内（今河南沁阳）人。晚唐著名诗人。擅长诗歌写作，骈文文学价值很高。有《樊南文集》等传世。

②茔（yíng）：坟墓，坟地。

③事故纷纶：指事情杂乱、众多。

④迁贸：变迁，变革。

⑤栖栖：孤寂零落貌。

⑥绣襜（chān）文袌（bǎo）：襜，指系在衣前的围裙。文袌，绣花的褓袱。

⑦胤绪：后代。

⑧乃曾：你的曾祖。

【赏读】

中唐时期，韩愈倡导"古文运动"，提出复兴儒学，反对骈文。迫至晚唐，骈文又占据了文坛主流。李义山的《祭小侄女寄寄文》，便是那一时期的骈文名篇。

寄寄是义山弟弟的女儿，自小被寄养在别人家中。四岁那年，寄寄才被接回家里，没想到仅隔数月，便不幸夭亡。作为家族长子，义山此时正淹滞于长安，等待调动官职，未能将寄寄及时运回老家安葬。直至五年之后，在母丧丁忧期间，义山才替数位已故亲人迁坟安葬，其中就包括小侄女寄寄。义山明知道为四岁的小孩子"刊石书铭"出于礼俗之外，但却不能抑制内心的一片深情，故而写成此文。

有论者称"义山骈文，断以此篇为压卷之作"，并非过誉之词。

寄寄夭亡时年仅四岁，并无多少事情可以追忆。故而此文只能极尽亲情之渲染，但读来却深情绵邈，凄婉感人。荒草衰朽，荒途冷落，早晨醒来腹中饥饿，谁来抱你？晚上渴了，谁来疼你？对于未能及时安葬寄寄，义山满是痛疚。如今，堂前阶下，日里风中，侄辈数人在自己左右游戏。触景生情，怎能不更加增添对寄寄的思念？寄寄啊，这份思念之情，你知道吗？

义山诗歌多用典，乃一大特色。可这篇《祭小侄女寄寄文》却"反弹琵琶"，全文不用一典，纯然白描。字里行间，充满了长辈对侄辈的爱怜，同时也寄寓了自己身世坎坷之感叹，孤寂飘零之无奈。

《旧唐书》称李义山"尤善为诔奠之辞"。义山所写之诔文，仍系传统骈文，这也是古时祭文的普遍样式。晚唐时，随着骈文的再度风行，那种专事藻饰、用典而缺少真情实感的文风，复为人所诟病。义山所写之骈文，虽同样讲求形式之美，但却不废情感之重，使骈文的艺术魅力达到另一种高度。《四库全书简明目录》称义山"骈偶之文，婉约雅饬，于唐人为别格"，可谓鞭辟入里。由此看来，"古文"也好，"骈文"也罢，只要具有真情实感便是好文章，又何必一定要争个高下，非此即彼呢？

祭侄位①文 苏 洵②

嘉祐五年③六月十四日,叔洵以家馔酒果祭于亡侄之灵:

昔汝之生,后余五年。余虽汝叔父,而幼与汝同戏如兄弟然。其后,余日以长,汝亦以壮大。余适四方,而汝留故园。余既归止④,汝乃随汝仲叔旅居东都,十有三岁而不还。今余来东,汝遂溘然至死而不救。此岂非天邪?

嗟夫!数十年之间,与汝出处参差不齐,曾不如其幼之时。方将与汝旅于此,汝又一旦而殁。人事之变,何其反复而与人相违?嗟余伯兄,其后之存者,今日以往独汝季弟与汝之二孺⑤,此所以使余增悲也。

汝殁之五日,汝家将殡汝于京城⑥之西郊,魂如有知,于此永别。尚飨。

《嘉祐集》

【注释】

①侄位:苏洵之侄苏位。

②苏洵(1009~1066):字明允,自号老泉,眉山(今属四川)人。北宋文学家,与其子苏轼、苏辙并以文学著称于世,世称"三苏",俱列入"唐宋八大家"。有《嘉祐集》。

③嘉祐五年:即公元1060年。嘉祐是宋仁宗年号。

④归止:归宿,文中指回家。

⑤二孺：指苏位的两个幼子。
⑥京城：指今河南开封。

【赏读】

读这篇《祭侄位文》，很容易让人联想到韩愈的名篇《祭十二郎文》。韩愈和十二郎年龄相若，虽是叔侄，但情同手足。苏位是苏洵之兄苏澹的长子，仅比苏洵小五岁，两人自幼一起长大，相处亦如兄弟。苏位病逝，对正汲汲于仕途的苏洵来说，是个不小的打击。

多少蓬莱旧事，空回首，烟霭纷纷。多年以后，当人们回首旧事，心头最感温暖的画面，往往并非功名，并非富贵，而是那份平平淡淡的幸福。或许当时不懂得珍惜，而当失去时，才知道是多么珍贵。在这篇《祭侄位文》里，苏洵回忆往事的笔调是如此的沉重：数十年之间，我和你总是不能相聚在一起，真是不如我们小的时候，像兄弟一样在一起嬉戏。那是一段多么快乐的时光！

人生不如意事十之八九。苏洵远游四方，苏位留在家中。而当苏洵归家之后，苏位又和叔叔旅居东都开封，这一住就是十多年。苏洵带着儿子苏轼、苏辙入东都应试，原指望这下大家可以在此聚首了，不想苏位却又一病而殁。"人事之变，何其反复而与人相违？"这是苏洵的悲问。长兄苏澹一支，从今以后仅余幼子以及苏位的两个骨肉，思及于此，苏洵不禁更添悲楚。

此文虽然篇幅短小，而且没有回忆具体的生活琐事，但那股浓浓的、不可排解的哀愁，却流动于文字背后，读来令人恻然。

二女墓志 曾 巩[①]

南丰曾氏，葬其二女。其父巩为志曰：

予校书史馆[②]凡九年，丧女弟，丧妻晁氏及二女。余穷居京师，无上下之交，而悲哀之数如此。

二女，曰庆老，吾妻晁氏出也。生三岁而夭，实嘉祐六年[③]十一月壬申。方是时，吾妻晁氏病已革[④]，庆老疾未作之夕，省其母，勉慰如成人，中夕[⑤]而疾作，遂不救。盖若与其母诀也。曰兴老，吾继室李氏出也，卒时始二岁，实治平三年[⑥]九月甲寅。是时，余方锁宿景德寺，试国子监进士，不得视其疾、临其死也。二女生而值予之穷多故，其不幸又夭以死，所谓命非邪？

熙宁十年[⑦]，予为洪州，始以三月庚申瘗二女于南丰之源头，同穴，庆老在右，兴老在左，是为志。

《元丰类稿》

【注释】

① 曾巩（1019~1083）：字子固，南丰（今属江西）人。北宋文学家、史学家，尝奉召编校史馆书籍，官至中书舍人。位列唐宋八大家，世称"南丰先生"，有《元丰类稿》《隆平集》传世。

② 校书史馆：嘉祐五年（1060）至熙宁二年（1069），曾巩任馆阁校勘、集贤校理，前后历时九年，理校出大量古籍。

③ 嘉祐六年：即公元1061年，其时曾巩正任馆阁校勘。

④病已革：病势十分危急。革，急。

⑤中夕：半夜。

⑥治平三年：即公元 1066 年。治平是宋英宗年号。

⑦熙宁十年：即公元 1077 年。熙宁是宋神宗年号。

【赏读】

　　十年生死两茫茫，不思量，自难忘。曾巩写这篇《二女墓志》时，已届花甲之年。此时距次女兴老夭逝整整十年，长女庆老夭逝已十六年。

　　这年春天，曾巩被授福州军州事兼福建路兵马钤辖。他以母亲高龄为由，意欲辞官，但未被朝廷允许。在赴福州上任之前，曾巩回到家乡南丰，将妻子晁氏、弟曾宰、妹曾德耀及二女庆老、兴老，一并葬于南丰之源头，并为他们分别写下墓志铭。亲人能够入土为安，曾巩也算了却了自己多年的心愿。

　　庆老、兴老出生时，曾巩已逾不惑之年，但仕途并不得意。他淹留于京师，负责馆阁校勘，也就是文中提到的"校书史馆"。这一校，整整九年。在这期间，曾巩遭遇了一连串亲人离世之苦，心情之悲痛，可想而知。不过，这也成就了他文学创作的一高峰，他将心中的悲痛之情，寄于文字之间，故文章写来典雅纡徐，委婉曲折，备受后人推崇。

　　在《二女墓志》里，曾巩既寄托了对二女的深深思念，同时也书写了自己彼时仕途蹭蹬的无奈之情。长女庆老，系妻子晁氏所生，夭亡时年仅三岁。远在京师的曾巩有没有见过这个女儿？我们不得而知。纵使见过，恐怕也只是匆匆数面。庆老夭亡前，晁氏已染病在床。庆老疾病发作前的那个晚上，仍然在母亲床前探视，可没想到半夜疾作。她难道知道自己将离开人世，而和母亲诀别吗？

　　庆老夭亡不久，晁氏病卒。一年后，曾巩在京师继娶李氏。李氏为她生下次女兴老。兴老的出生，让连遭亲人离丧的曾巩感受到了久违的快乐。然而，就在他于景德寺试国子监进士期间，兴老又以疾卒。曾巩在景德寺不准外出，因此未能和兴老见上最后一面。

"二女生而值予之穷多故，其不幸又夭以死，所谓命非邪？"曾巩此句悲意无穷，恨意无限。如今一转眼，二女先后夭逝已十余年。真是流光容易把人抛，红了樱桃，绿了芭蕉！

思子亭记 归有光

震泽①之水，蜿蜒东流为吴淞江②，二百六十里入海。嘉靖壬寅③，予始携吾儿来居江上，二百六十里水道之中也。江至此欲涸，萧然旷野，无辋川④之景物，阳羡⑤之山水。独自有屋数十楹，中颇弘邃，山池亦胜，足以避世。予性懒出，双扉昼闭，绿草满庭，最爱吾儿与诸弟游戏，穿走长廊之间。儿来时九岁，今十六矣。诸弟少者三岁、六岁、九岁。此余平生之乐事也。

十二月己酉⑥，携家西去。予岁不过三四月居城中，儿从行绝少，至是去而不返。每念初八之日，相随出门，不意足迹随履而没，悲痛之极，以为大怪无此事也。盖吾儿居此，七阅寒暑，山池草木，门阶户席之间，无处不见吾儿也。

葬在县之东南门。守冢人俞老，薄暮见儿衣绿衣，在享堂⑦中。吾儿其不死耶？因作思子之亭。徘徊四望，长天寥廓，极目于云烟杳霭之间，当必有一日见吾儿翩然来归者。

《震川先生集》

【注释】

①震泽：太湖古称，湖跨江、浙两省。

②吴淞江：太湖最长的支流，由瓜泾口，一直东流至上海，入黄浦江。

③嘉靖壬寅：即嘉靖二十一年（1542）。

④辋川：水名，位于陕西蓝田境南。

⑤阳羡：古县名，即今江苏宜兴。

⑥十二月己酉：嘉靖二十七年（1548）十二月初八。这一天翾孙随有光入城吊丧，身染恶疾，殁于十二月廿三。

⑦享堂：墓园的附属建筑，用于亲属祭祀亡者。

【赏读】

　　幼年丧母，中年丧妻，老年丧子，可谓人生之三大苦境。而这三大苦境，归有光都曾亲历。实谓苦矣！于是在有光的笔下，便有了那一篇篇催人泪下的怀念亲人之作。这篇《思子亭记》即是其中的代表。

　　翾孙，字子孝，系有光的长子，亡年仅十六岁。子孝是有光和原配魏氏所生。魏氏和有光琴瑟相和，感情很深。有光在传世名篇《项脊轩志》的最后写道："庭有枇杷树，吾妻死之年所手植也，今已亭亭如盖矣。"一草一木皆关情，有光对亡妻的思念，可谓如影随形。魏氏和有光育有一双儿女，魏氏去世时，子孝出生才三个月。子孝乃归家的长孙。有光之祖喜得曾孙，魏氏因此生前替子取名曾孙。有光认为曾孙"不可以为讳"，又不忍拂魏氏之意，故改为"翾孙"。

　　有光虽聪颖过人，才华横溢，但却是屡试不第。嘉靖二十一年（1542），他携家人从昆山徙居嘉定安亭江上，一面读书应考，一面设馆授徒。僻远闲适的田园生活，让有光享受到了久违的天伦之乐。这样的好光景仅仅过了七年，便飞来横祸。有光带着子孝一起入城参加外父（即魏氏之父）的葬礼，没想到子孝却因此成疾，短短十多天后，即溘然离世。屋宇弘邃依旧，绿草满庭依然，然而却已物是人非。山池草木，门阶户席之间，子孝的身影似乎无处不在，但却又该往哪里寻觅呢？

彼时彼刻，有光的心想来已是碎了。往昔种种，历历在目，却已然化为一江春水，杳然无踪。对子孝之死，有光深深自责。他在另一篇《亡儿䎖孙圹志》中写道："会外氏之丧，儿有目疾，不欲行，强之而后行。"正是这次强之而行，使子孝染上恶疾，不治而逝。子孝去世前两天，有光前往探视。夜深时分，见慈父独坐床前，子孝说道："大人不任劳，勿以吾故不睡也。"这是怎样温暖而凄绝的场景，这是怎样的父子情深！"吾儿之孝友聪明，与其命相，皆不当死。三月而丧母，十六而弃余。天之于吾儿，何其酷耶！"造化弄人，何其无奈！守冢人俞老的话，有光深信不疑，并建思子亭，以期能有与子孝重逢的一天，哪怕是在魂梦之中。

亲人的接连离去，让有光的心境愈加苍凉。"呜呼！孰无父母妻子？余方孺慕，天夺吾母；知有室家，而余妻死；吾儿几成矣，而又亡。天之毒于余，何其痛耶！"这是有光对于命运无力的控诉。但数百年后的我们，却因此而能读到这些情真意切的文章，悲耶？幸耶？

祭华起龙①文 王世贞②

呜呼,始嘉靖间,鸿山先生③簪珥而游石渠虎观④之间,且大用矣,而弗竟用也。既而归老于慧山梁溪⑤者三十年。人固惜公之弗竟用矣,而公弗谓弗用也,何也?以有吾子也。先生之得吾子也晚,然能及其身而成高第,历三郎曹⑥,最后赞容台典属国⑦,以其最进先生之阶,骎骎⑧乎显矣。先生殁而人不谓殁也,虽先生亦不自谓殁也,何也?以吾子在也。曾未几何,而吾子殁矣,乃始成先生殁矣。

吾自昨冬出镇襄邓⑨,送家至瓜步⑩,以道迫,不及哭先生,而子之所使迓者⑪其人与书至,称子之病状云:有痞⑫厄积在胸肋间,饮食鲜少,悴乎其颜。余不能先生之悲,而吾子之病是忧。何也?以吾子为先生重也。春而吾子复以书来,请文先生之墓⑬而告有瘳矣。冬而吾子之使来,而持若书,怪而问之,则果以是疾弥留矣。呜呼痛哉!

先生之所望于吾子者,何如而遽此极也。若年未三十,于先生不逮葬,有老母不待养,二弱稚不逮长。辞故已窥建安之藩⑭而未及启,文若已履昌黎之阶⑮而未及上,然则子之所以不死者方有待,而其所以居死者殊无当也。吾有女获事子而不待以死,然死未几而子继之,则其所不永偕者室,而其所永偕者穴矣。

呜呼,吾不十年而哭吾女,今又哭吾子,人生于兹世何如也！其少者壮者皆已骨，而老者犹恋恋于世鞅⑯，不得归，能无黯然而内悲？今以一觞酹吾子，子识之，吾且归矣。归而有所以为二孺子⑰，庶几报先生于九原，而存子一线之遗。呜呼痛哉！

《弇州山人四部稿》

【注释】

①华起龙：王世贞之婿。名叔阳，字起龙，明常州府无锡人，隆庆二年（1568）进士，官礼部主事。

②王世贞（1526~1590）：字元美，号凤洲、弇州山人，太仓（今属江苏）人。明代文学家，与李攀龙同为"后七子"领袖，倡导复古摹拟。有《弇州山人四部稿》等传世。

③鸿山先生：指华察，字子潜，号鸿山，华起龙之父，官至翰林修撰。

④石渠虎观：借称翰林院。石渠，指石渠阁，汉代宫中藏书阁；虎观，指白虎观，汉代宫观。

⑤慧山梁溪：皆在今无锡境内。慧山，亦名惠山。

⑥郎曹：郎中。

⑦赞容台典属国：官名，即赞礼郎，主管祭祀、典礼时赞导之事。

⑧骎骎：马快跑的样子。

⑨襄邓：指襄阳、邓州。

⑩瓜步：山名，在今江苏省南京市六合区南。

⑪迓者：迎接的人。

⑫痞：即痞块，腹内能摸到的硬块。

⑬请文先生之墓：请王世贞为父亲华察写墓碑。

⑭建安之藩：建安文学的藩篱。

⑮昌黎之阶：韩愈散文的台阶。

⑯世鞅：世事烦劳。

⑰二孺子：指王世贞的两个外孙，即前面提到的"二弱稚"。

【赏读】

"人孰无子？人孰无死？"嘉靖四十五年（1566），爱女病逝，王世贞作《哭亡女文》，哭祭爱女。十年之后，爱婿病亡，王世贞复作《祭华起龙文》，寄托哀思。

这篇祭文读来，情真意切，很是感人。华起龙才华横溢，年轻有为，病逝时未满三十岁。虽是女婿，可王世贞通篇却称为"吾子"，可见翁婿感情之深。这篇文章最高明的手法在于，明里虽是祭华起龙，暗里却也表达了自己对亲家以及女儿的悼念之情。

华察对华起龙寄予了很深的希望，他在归老慧山之后，很多人都为他没能得到朝廷重用而惋惜，可他却并不这样认为，因为他将满腔心血都倾注在了华起龙身上，以求他日能够成才。华察病逝时，华起龙仕途骎骎日上。正由于此，"先生亦不自谓殁也"。如今，华起龙已殁，"乃始成先生殁矣"。华察和华起龙相继去世，王世贞起笔的文字，明祭华起龙，暗里也是在哀祭华察。

而后面的几段，明祭华起龙，暗里写出了自己对亡女的思念。华起龙病逝，除了留下未能安葬的老父、未能承欢膝下的老母，还有一双尚未长成的孺子。想当初，我女儿未能侍奉你而撒手西去，如今你却又跟着而去。你们不能生同衾，现在终于能死同椁了。十年前我为女儿而哭，现在又为你而哭。白发人送黑发人，"能无黯然而内悲"？

如果说前面的文字，还算保留了几分冷静，写到结尾，王世贞已是难以抑制内心的悲痛。现在，我以酒祭奠你，你在九泉之下好好享用。我要回去了，回去我还要照顾那两个失去父母的孩子，只有这样,才能回报九泉之下的华察先生,才能保存这两个遗孤。语语读来,含悲滴泪。

王世贞写过不少祭文,其中多是应景之作。像这样饱含深情的文章,并不多见。所谓"感人心者,莫先乎情",没有投入真挚的感情,哪能写出这样感人肺腑的文章呢?

窈闻（节选） 叶绍袁①

余初三日，抵家庐，与内子相对叹泣。是夜就枕，即梦琼章，红衣素裙，光丽倍昔。余曰："余与汝仙凡隔邪？幽明隔邪？"女曰："不隔。"余曰："不隔胡不见汝？"曰："父母不见儿，儿固见父母尔。"余曰："今在何处？"曰："天上。"余曰："天上有瑶琴琼管与汝弄，名花香草与汝玩邪？"曰："有，但日侍玉皇，差劳苦尔。"余曰："人言玉皇殿上掌书仙，汝果作修文女史邪？"曰："然。"因言天上秘事，玉皇姓某名某，语甚诞怪，不必记，亦不敢泄也。夫梦生于想，岂真足凭？然久已不梦，忽梦于今。倘亦鬼神通之，将以符其说之不爽②欤？

今春上元③之后，素月流天，瑞花集树，帘风送冷，曙漏催愁。余宿外轩，寂寥凄感。梦一青衣小鬟，持琼章二诗云"遣彼贻送"，不见琼章也。诗云："可是初逢萼绿华，琼楼烟月几仙家。坐中吹彻凉州笛，笑看窗前夜合花。"其次作，寤时忘上二句，止忆末韵云："昨夜箫声云际响，无人知是丽华来。"语亦似仙，并附录之。但"丽华"义不可解，汉光烈皇后、陈后主贵妃外，更有名之者邪？琼章以咏他人抑自况邪？梦境何可深求，聊④识此尔。

《午梦堂全集》

【注释】

①叶绍袁(1589~1648)：字仲韶，晚号天寥道人，吴江（今江苏苏州境内）人。明末文学家，妻沈宜修、三女及幼子叶燮并有文藻。明亡后，隐遁为僧。存世作品有《叶天寥四种》《秦斋怨》。他还将妻子儿女所著诗词编成《午梦堂全集》行世。

②不爽：没有差错。

③上元：农历正月十五元宵节，又称为"上元节"。

④聊：姑且。

【赏读】

"百年风雅几人存，午梦堂空尚有村。一望暮烟秋草碧，何人为吊旧王孙。"清人柳树芳在《胜溪竹枝词》里，如此凭吊午梦堂。午梦堂位于吴江汾湖（今属苏州），系叶氏故宅。明亡之后，这里也便风流云散。

作为午梦堂的主人，崇祯九年（1636），叶绍袁编有《午梦堂全集》，里面收录了夫人以及子女的诗词集七种。叶绍袁的夫人以及女儿长于诗词，世所称道。女儿叶小鸾、叶纨纨先后去世，夫人沈宛君也是中年离世，这部《午梦堂全集》，便寄托了叶绍袁对夫人以及女儿的深深思念。

《窈闻》一篇，即选自《午梦堂全集》。这里节录的是叶绍袁记述的两段梦境。久已不梦，夜来叶绍袁梦见小鸾，"红衣素裙，光丽倍昔"。原来，小鸾已经成为玉皇殿上掌书仙。醒来之后，叶绍袁明白地知道"梦生于想，岂真足凭"，但他宁愿相信，这梦中的一切都是那样的真实。后来，叶绍袁又得一梦，梦见小鸾命一青衣小鬟送来二诗。虽是梦中，诗中一字一句，却记得那样真切。这诗什么意思呢？叶绍袁无法参详。只能以"梦境何可深求"，聊以自解罢了。

除了《窃闻》，叶绍袁还续写了《续窃闻》，以寄托对纨纨、小鸾姐妹的思念。这两篇文章虽然写得很是动情，词章也颇哀凄，但读来却不十分亲切。这是为何呢？因为这些悼怀的笔墨，大多落脚在了人天相隔的对话之中。如此这般的大段描写，总给人一种神机莫测之感，很有些唐传奇的味道。殊不知，亲人迭丧，叶绍袁颇有人琴俱亡之感，千愁万绪无法排解，他便只能生出如许妄念。他也更加相信报应，信奉因果。在这样的情绪之中，出现这些颇类传奇的文字，也就可以理解了。

瘗二女铭　陈子龙①

陈子长女名顼,生崇祯庚午②之二月,殇于乙亥之七月,凡六岁。次女名颖,生辛未之八月,至十月死。二女皆陈子室张出也。

顼生而婉秀洁皙,岁余即解言,识屏障间字。陈子之王母太安人③绝怜爱之,挟以寝处。顼亦能察太安人意,时时为娱弄。三四岁时,外家姻党④见者,多相称誉。顼亦窃自负,求读书。予以其幼,不许。六岁之春,令师授以曹、王、颜、谢诗百余首,及班、张赋辞,皆成诵,且求解大意。予为述古人姓名及星宿河岳卦象之数⑤,皆不忘。秋七月病痢,百方治之,不起。顼尝字先工部友杜方伯之孙,望其长也,不意竟死。

颖生而羸甚,未几病疥死,生仅三月耳。今以乙亥之冬十二月,同瘗于祖茔之东偏隙地,而系之以铭。曰:

峨峨者顼耶?使我心悲。纤纤者颖耶?乐汝无知。匪我殊情,而死异时。丰垆茂草,千载如斯。究此安宅,其年无涯。则弗复尔思,噫吁嘻!

《安雅堂稿》

【注释】

①陈子龙(1608~1647):初名介,后改名子龙。松江华亭(今

属上海）人。明末文学家，曾主编《皇明经世文编》。有《安雅堂稿》等传世。

②崇祯庚午：即崇祯三年（1630）。下文"乙亥"为崇祯八年（1635），"辛未"为崇祯四年（1631）。

③太安人：指陈子龙的母亲王氏。安人，封建时代命妇的一种封号。明清时，六品官之妻封安人。如系封与其母或祖母，则称太安人。

④姻党：犹姻族。

⑤数：道理，规律。

【赏读】

父母为子女取名，总是寄寓着深挚的祝福。"颀"，身材修长，常用于形容女子姿容；"颖"，才能出众，常用于形容女子聪慧。陈子龙分别给两个女儿取名陈颀、陈颖，表达了一位普通父亲对女儿成长的希望。

然而造化弄人，陈子龙的两位千金，一个只活了六岁，另一个仅两个多月即夭亡。这篇《瘗二女铭》，陈子龙写于安葬二女之后。对于夭亡的二女，子龙的感受完全不同。陈颀已承欢膝下整整六载，一朝离去，陈子龙心悲无极；陈颖犹如一颗流星，划过天幕，转瞬即逝，尚没有来得及细细品味人世间的喜怒哀乐，故云"乐汝无知"。此一"乐"字，更是透出无穷悲意！

在文中，陈子龙着重回忆了长女陈颀给这个家庭带来的快乐。虽着墨无多，文字却极富生活气息。聪慧、乖巧的小女形象，跃然纸上。对于陈颀，陈子龙给予了慈父的真切之爱，不仅早早为她聘定婆家，而且怜其年幼，不许她过早读书。直到六岁，陈子龙方才给陈颀找老师，教授女学，自己也时常给她讲些国学常识，陈颀听后竟能不忘。

未料继次女早殇,陈颀又因"病痢"而卒。此时陈子龙刚刚遭遇会试落榜不久,心灰意冷,闭门谢客,专意于学问。受此打击,悲怆难抑。古诗有云:"岂不尔思?室是远而。"我怎么会不思念你呢?但是你我的距离实在太遥远了啊。孔子却说:"未之思也,夫何远之有?"你这不是真的思念他啊,如果真的思念,又怎会关乎距离的远近呢?可现在,二女与自己已是阴阳两隔,这样的距离,算不算得上遥远呢?"弗复尔思",从今以后,还是不要再思念了吧,不然此恨绵绵,何处才是尽头呢?文章结尾,看似冷静寻常,却实在令人不忍卒读。

陈子龙的小品文自成一格,文章不仅真切感人,更常常寄托缠绵悱恻之情。这篇《瘗二女铭》,便鲜明地体现了这样的行文风格。

亡儿阿寿圹志（节选） 黄宗羲①

阿寿生于辛卯②五月十六日，是时予已有三子，转徙兵祸，方以携絜为累，其生也不乐之，已而日慧，目所未见之物，见辄名之。予尝语人，神理不昧③，若此儿者，应不从他道中来。

尝捕禽虫遨戏，余谓譬如儿出外游，为人劫去，我念儿乎？儿作是观，勿捕禽虫。儿闻言虽甚不能割，有顷舍之，未有戕其生者。

予注律吕④、象数、周髀、历算、勾股、开方⑤、地理之书，颇得前人所未发，顾视儿曹，无可授之者，慨然兴叹。儿见我布算⑥簌簌，便谓无庸使兄等学之，儿长自能是也。

三岁时，见图书⑦，余语之曰："圆者河图之数⑧，方者洛书之文。"是后杂试之，即无差者。每日挽兄臂，使说《夷坚志》⑨，一过之后，即能知其首尾，随资谈说，以丐饼饵，遇有遗忘，辄信口补之。

予阖扉凝坐，不欲闻步履声，而堂浅涂径，杂宾租吏，苦其阑入，儿闻剥啄，即迎问，有欲径入者，率遮道⑩止之。五年以来，予衰索无复四方之志，食与儿同盘，寝与儿连床，出与儿携手，间一游城市，未暮而返，儿已迎门笑语矣。予之困苦牢落，何一事足以自解，此所藉于儿者多也。

十二月十八日儿病吐，后六日，予入城，儿数步以待，曰某刻爷至某所，曰某刻爷返某所。薄暮，戒左右勿喧，曰："爷之足音近矣，我欲听之也。"是后厥逆，数令传语太夫人，时以天雨，迟之黎明。儿曰："太夫人至否？"趣之，太夫人至，儿昏愦中起坐，悉出果饵于盘，操小刀割餐以啖太夫人，太夫人含泪为尝一二。儿死经一昼夜，予呼之，儿即大声回睛视予。呜呼！儿于生死，不乱如此！

儿声若洪钟，目睛漆黑，于相无夭法。或曰："儿之所以夭者，用早慧也。"其叔父泽望曰："慧而夭者，资或近于刻薄，儿之慧在爱亲敬长，亦寿者相也。"梨洲曰："噫！予知之矣！予之子子而不可竟行于世也。天下知予者二人，陆符文虎、刘应期瑞当，文虎死于荒山，瑞当死于非类之困折。予始退而闾里游，有魏思澄者，以落莫而亲我，未几病瘵死。乃户内之寒暖笑口，又若有物夺之而去者，则信乎予之赋分单薄，招殃致凶。天既不遗余力以穷我，而遂皆为所延及乎？"

《南雷文案》

【注释】

①黄宗羲（1610~1695）：字太冲，号南雷，别号梨洲老人，浙江余姚人。明末清初思想家、史学家。学问极博，对天文、算术、乐律、经史百家以及释道之书，无不研究。著有《明夷待访录》《明儒学案》《南雷文案》等。

②辛卯：即顺治八年（1651），黄宗羲时年四十一岁。

③神理不昧：意指神灵不忘。不昧，不忘。

④律吕：古代乐律的统称，可分为阳律和阴律，是有一定音高

标准和相应名称的中国音律体系。

⑤开方：求二次及高次方程的正根。

⑥布算：谓排列算筹，进行推算。

⑦图书：指《河图》《洛书》。《易·系辞上》说："河出图，洛出书，圣人则之。"

⑧河图之数：河图共有10个数，推演出天地之数、万物生存之数、五行之数、大衍之数、天干交合之数、六甲纳音之数。

⑨《夷坚志》：文言志怪集，南宋洪迈撰。其是自《搜神记》以来中国小说发展史上的又一座高峰。

⑩遮道：拦路。

【赏读】

唐代诗人孟郊写有一首《杏殇》诗，以悼念夭亡的幼女。所谓"杏殇"，指的是杏花凋落。《杏殇》诗序云："杏殇，花乳也，霜霜而落。因悲昔婴，故作是诗。"明末清初大儒黄宗羲有部《杏殇集》，集名即仿孟郊悼女之意。这部诗集里收入的诗，都是爱子阿寿离世后两年内所作，黄宗羲以此寄托自己对爱子的思念。

明末甲申之变后，黄宗羲的内心经历着巨大的阵痛。在这段不堪回首的日子里，他闭户五年，最喜爱的儿子阿寿一直陪伴身边，让这段黯淡的日子多了很多欢声笑语，也给了他内心极大的安慰。在《亡儿阿寿圹志》里，黄宗羲以无限悲情，回忆了往昔和阿寿在一起的日子。"食与儿同盘，寝与儿连床，出与儿携手。"这样的快乐时光，何其短暂，此恨无穷！

阿寿夭逝，黄宗羲无法承受这样的打击。亲友接连离自己而去，他内心益发感受到无奈与孤寂。他甚至想，至亲至爱的人陆陆续续离世，是不是老天在不遗余力地惩罚自己，而殃及至爱亲朋呢？黄宗羲唯有长歌当哭，来抒发心中无以排解的绵绵恨意。

黄宗羲此后连写二十多首诗,以寄托对阿寿的无限思念。无论是记叙送葬的《至化安山送寿儿葬》,还是记叙梦思的《梦寿儿持两杯盘置烛台上》,或是记叙祭扫的《上寿儿墓》,读来无不有着浓浓的感伤,将父亲对儿子浓浓的爱,写得如此细腻而缠绵。如《至化安山送寿儿葬》一诗云:"五年吾闭户,赖汝得殷勤。朔雪遮新土,荒山出小坟。天昏吾自去,月暗汝谁群?临老无多泪,溪流总不分。"读来可谓愁肠百结。这些诗作以及这篇《亡儿阿寿圹志》,展现了黄宗羲铮铮铁骨之外柔情似水的另一面。

再书隆印^①小像 龚鼎孳^②

十一月十三日子夜,梦至一室,佛像环列,四围香花缭绕。童子、童女各一人,皆衣绣,游行室中。童子向空跪拜,问之则曰:"拜阿姊耳。"予时尚无所见,心异之。

少顷,见一衣朱衣而方领者,云是吾女,遂为抱持。其面目稍不可别识,然声琅琅犹昨也。予问:"近来安否?"答曰:"儿好矣,今生天矣。"言毕忽不见,予亦旋寤。

岂吾女宿具慧根^③,又仗我佛弘护之力,果臻此境界耶?因记之以为西方之导。己亥^④仲冬望日忍草书。

《定山堂集》

【注释】

①隆印:龚鼎孳与秦淮名妓顾横波所生之女,早夭。

②龚鼎孳(1615~1673):字孝升,号芝麓,安徽合肥人。明末"江左三大家"之一,后降清。著有《定山堂集》等。

③慧根:佛教语。五根之一。

④己亥:即顺治十六年(1659),是年龚鼎孳四十四岁。

【赏读】

明末,"江左三大家"都与"秦淮八艳"有着牵扯不断的情缘,如钱谦益与柳如是,吴伟业与卞玉京,龚鼎孳与顾横波。吴、卞二人的感情无疾而终，钱、柳与龚、顾都修成正果。柳如是、顾横波分别为钱、龚生下女儿。柳如是去世时，女儿已出嫁，她幸运地成为"秦淮八艳"里唯一有子女送终者。顾横波的爱女则不幸夭逝。

日有所思，夜来必有所梦。梦里相见，一切别来无恙？在梦中，龚鼎孳与爱女隆印相会，隆印得佛法弘护，已列天界。一句"近来安否"，道出的是父亲对女儿牵肠挂肚的思念，令人直欲潸然泪下。隆印答了句"儿好矣，今生天矣"，便消失得无影无踪。觉来知是梦，不胜悲。龚鼎孳遂以白描的手法，记下此梦，书于爱女隆印的小像上。

在写此文之前，龚鼎孳已写下了《书殇女隆印小像》。在文中，他回忆了往昔那些快乐的时光。隆印秀慧明善，诸相端好，目如点漆，眉皆成采，十指旋螺，头鬓如画。她出生时，明清已易鼎，降清的龚鼎孳既背负着贰臣的骂名，又"屡争大狱，得罪被放"，心情格外沉重。幸有隆印"晨夕膝前，提携欢笑"，"忘其身之为迁人逐客"。隆印夭亡时年仅四岁，对龚鼎孳、顾横波夫妇是极其沉重的打击。夫妇二人只能终日对着隆印小像，以泪洗面。

多少恨，昨夜梦魂中。在文人墨客的笔端，梦境总是被寄予着某种独特的色彩。能与亲人梦中相会，这已是件很幸福的事了。《红楼梦》里，宝玉欲在梦中与黛玉相会，却是未得。梦也梦也梦不到，唯有黄云漠漠，寒水空流。

祭亡女文 魏　禧①

维甲寅②九月日，勺庭老人③谨以牲醴香楮陈于亡女静言之灵而言曰：

呜呼！汝为吾之犹子，产于潮阳。三岁来归，吾与汝母实抚育汝至于成人。十七而嫁曾氏。方吾之抚汝，吾夫妇年三十有五，无子。吾兄以汝为吾子先兆，且冀汝之老大，生子长孙，以娱吾二人之老也，而汝乃竟夭。

汝幼，频病耳与足，汝母甚劬④劳汝。今汝死而汝母病危笃，汝死五日，而不敢闻于汝母。吾自抚汝至今十六年，置婢妾人凡四五，卒未有子，而汝又夭，则信乎吾命之孤也。呜呼！吾之无子，命也；汝夭，亦命也。吾年衰，不能伤于哀乐，达人任命，如泛虚舟，然终不能禁吾之执汝绋而痛哭也。呜呼哀哉！

《魏叔子文集》

【注释】

①魏禧（1624~1681）：字冰叔，号裕斋，亦号勺庭先生。宁都（今属江西赣州）人。明末清初著名散文家。与侯朝宗、汪琬合称"明末清初散文三大家"。魏禧的文章多颂扬民族气节，表现出强烈的民族意识。著有《魏叔子文集》。

②甲寅：即康熙十三年（1674）。静言卒于是年九月。

③勺庭老人：魏禧自称。明亡后，魏禧携家人隐居宁都翠微峰

勺庭。

④劬（qú）：过分劳苦。

【赏读】

魏禧一生无子。他曾自称，不忧嗣子不立，而忧后起无人。又尝言："吾有三子：《左传经世》，长子也；《日录》，次子也；《文集》，三子也。"这不禁令人想起"梅妻鹤子"的林和靖。放任旷达之人，方有如此放任旷达之语。

康熙十三年（1674），魏禧养女静言嫁入曾家，未料十九天即亡故，年仅十七岁。白发人送黑发人，这无情的打击，让任达一如魏禧，也不禁痛断肝肠，遂作《祭亡女文》。

静言系魏禧长兄魏祥之女，也即魏禧之"犹子"。三岁时，被魏禧夫妇收养于身边。魏祥一方面希望这能给魏禧带来生子的好运；另一方面，希望静言长成生子，让老来的魏禧夫妇感受到天伦之乐。可如今呢？这两个希望都已落空。岂非造化弄人？

对于旧事，魏禧并没有一件件去回忆。或许是事情太多了吧，哪能说得完？又或者是太伤了心吧，怎么忍心再去揭开旧事？看着卧病在床的妻子，他不禁想起静言年幼染疾，妻子劳苦照料的场景。静言去世已经五天了，可怎么敢把这个消息告诉妻子呢？她能承受这么大的打击吗？既要承受丧女之痛，又要强颜欢笑面对病重的妻子，真是苦煞了魏禧！

有人如此评价这篇《祭亡女文》："无多耳，而哀情如许。其任达处，乃益悲怆矣！"可谓切中肯綮。

女孙阿宝阿鸾阿宾圹志　蒋士铨[①]

乾隆壬辰[②]二月，浮家扬州。十月初七之寅，知廉诞一女，予喜甚。予长女宁意，辛未殇于饶州，予妻遂产四男，不复产。故可宝，以宝宝呼之，名立庄。明年九月十九之寅，宝宝生妹，梦青鸟降于庭，遂呼曰鸾，名立雍。又明年五月二十四日之辰，知节亦生女，是年甲午宾兴之岁[③]，小字曰宾，名立敬。

四月，同人为太安人预开七秩[④]，十月，予周五旬。宝宝三岁，能言矣，行珊珊[⑤]。鸾与宾各需媪擎之，随两兄跪拜，皆戴云巾，着绣衣，曳朱履，瞳人皎皎若点漆，雪肤丹唇，戢戢列玉笋[⑥]。太安人持寿杯递饮之，又各赐肴核，争欢笑，跃入予怀中。予左右抱之，肩荷膝承。方屈指某年开女塾，训以《内则》《小学》《孝经》，孰谓不转瞬间，七日而毕三雏之命也，痛哉！痛哉！

十一月初七，宝宝身热，半夜舌出左舐[⑦]不已，左目睒睒上视，随舌动。医云："是痘将发也。"煮犀角灌之，晓略定。痘发，呻吟反侧，呼叔叔不已。知让甫婚半月，故爱怜宝宝，乃偕新妇左右之。知让辄抱之终夕行，殆两旬，弗以瘁谢。宝宝数濒危，服人参辅之，气奄奄。十八日，鸾痘亦发，两颧如涂朱，号呼强盛，医始贺而中惧。五日浆未起而陷，历九朝至廿六日夜半，先绝；绝后捧之出，宝宝隔房椸唤妹妹而哀，若有告之者。

天明函⑧之，送北郊建隆寺，乞梦因师收瘗后院。明日阿宾痘发，毒益炽，生孩六月，气力不胜其病，百药不可治，瞑而喘者三昼夜。予通夕坐视之，听其喘如遭扼者，如有以物塞其嗓者，历苦趣殆尽。是时宝宝亦不欲饮食，余毒流右腓，凝瘇如瓜，既破，汨汨出黄水，面唇青白，日服参药，幸冀其生。予妻督媪、婢，日夕奔视不辍。太安人顾之神伤，不忍置可否，燃烛注香，时稽颡⑨于神。知廉兄弟三人，同废寝食，意怅怅无所之。医日再至，凡时医言之近理者辄延之，凡曰可为者辄恃之。腊朔之二鼓，阿宾绝。五鼓宝宝汗出于颡，嗒然不受饮，亦绝。裹以衾褥，并陈于西厅之几，家人无贵贱男女皆哭之。痛哉！痛哉！

宝宝气清，眉目如画，善伺人颜色，早起必趋入太安人室中，搴帷呼"太太"，作笑声毕，即趋予床前呼"爷爷、妳妳"，亦作笑声，旋曳予妾衣唤"姑姑"，求饼饵。予见宾客，宝宝必匿屏风间窥之，有贵客则趋出长揖呼"客客"，弗少惧。予侍太安人食，宝宝必来，扶膝乞脯馔。见父怒，则以笑承之，旋走匿。阿鸾广额丰颐，色华而润，神奕奕，日大呼笑，不喜哭，见人则求抱，既抱则求去。同姊姊观剧，虽金鼓震荡不惧，偶哭，闻歌声即止。阿宾形甚壮，面如满月相，眸炯而威，闻人语则笑，见予则先笑，予未之顾则啼，急语之则仍笑。呜呼！三雏昨皆以笑博予哭，予今欲以哭博三雏之一笑也，岂复得耶？

乾隆戊午⑩，先赠公⑪携家客泽州秋木山庄，予妹阿润五岁以痘殇，太安人哭之，时年三十三也；及四十六，哭予女宁意；辛巳哭予第四子斗斗于京师；今六十九矣，乃犹能为汝三人悲楚耶？天乎忍矣哉！明日仍命知让送两㭫⑫诣建隆寺，傍鸾而瘗。呜呼！三雏之来，吾不知也，岂州人之鬼，有重去其乡者，因误生吾家，故相约偕死于是耶？抑予与汝三人者，有此石火电光⑬中之系恋，故来完满耶？吾不知也。於乎，痛哉！

《忠雅堂文集》

【注释】

①蒋士铨（1725~1785）：字心余、苕生，号藏园，铅山（今属江西）人。清代文学家，精通戏曲，工诗、古文，其诗与袁枚、赵翼合称"江右三大家"。有《忠雅堂文集》等传世。

②乾隆壬辰：即公元1772年，其时蒋士铨四十七岁。

③甲午宾兴之岁：指公元1774年乡试之时。甲午，即乾隆甲午年（1774）。宾兴，科举时代地方官设宴招待应举之士，亦指乡试。

④预开七秩：预办七十大寿。

⑤珊珊：缓慢移动貌。

⑥戢（jí）戢列玉笋：手指如玉笋般修长。戢戢，密集貌。玉笋，喻女子手指。

⑦餂：古通"舔"。

⑧函：用木匣子装着。

⑨稽颡（sǎng）：古代一种跪拜礼，屈膝下拜，以额触地，表示极度的虔诚。

⑩乾隆戊午：即乾隆三年（1738）。

⑪赠公：古代对官员的父亲的敬称。

⑫㭫（huì）：小棺材。

⑬石火电光：比喻事物像闪电和石火一样瞬息即逝。

【赏读】

　　昔年遭遇丧妹、丧女之痛，孙女阿宝、阿鸾、阿宾的接连降生，对蒋士铨来说，是件极可喜可贺的事情。这三个小姑娘也给蒋家带来了莫大的欢乐。然而不久祸从天降，三女接连病亡，对蒋氏一家来说，这样的打击该是多么沉重。

　　很多痛，很多情，一旦迸发出来，毋须多加修饰，便有着摄魂夺魄的力量。蒋士铨的这篇文章，从头至尾几乎都是娓娓道来，但一桩桩、一件件，却无不催人泪下。特别是关于三女夭亡过程的一段描写，真是字字皆血，句句皆泪，令人不忍卒读。纵有千般疼爱，万般不舍，也是到必须割舍的时候了。但内心的悲痛，又怎能轻易平抑？在文中，蒋士铨一连用了五个"痛哉"，可见他写此文时，心情已是悲痛到了无以复加的境地。

　　全文读来，比"痛哉"更加令人痛心的，是蒋士铨发出的几个悲问。"三雏昨皆以笑博予哭，予今欲以哭博三雏之一笑也，岂复得耶？"太安人"今六十九矣，乃犹能为汝三人悲楚耶？"如果说这两个悲问，还是囿于红尘俗世之牵念，那么后两个悲问，则已是谈到了前世因果：难道这三个孩子是"卅人之鬼"，误生在我家，而"相约偕死"吗？又或者，我和这三个孩子，有此一段如石火电光般转瞬即逝的俗缘，她们特意来完满此缘的吗？这一连串的悲问，答案该向何处寻觅？苍天无语，大地有泪，无处找寻。

　　对于情感的宣泄来说，文字真是最好的载体。诚所谓"抒怀人之蓄念，发感旧之幽情"。

卷五

嘤其鸣矣,求其友声

思旧赋 向 秀①

　　余与嵇康②、吕安③居止接近,其人并有不羁之才。然嵇志远而疏④,吕心旷而放⑤,其后各以事见法⑥。嵇博综技艺,于丝竹特妙。临当就命⑦,顾视日影,索琴而弹之。余逝将西迈⑧,经其旧庐。于时日薄虞渊⑨,寒冰凄然。邻人有吹笛者,发声寥亮。追思曩昔游宴之好,感音而叹,故作赋云:

　　将命⑩适于远京兮,遂旋反而北徂。济黄河以泛舟兮,经山阳⑪之旧居。瞻旷野之萧条兮,息余驾乎城隅。践二子之遗迹兮,历穷巷之空庐。叹黍离之愍⑫周兮,悲麦秀于殷墟⑬。惟古昔以怀今兮,心徘徊以踌躇。栋宇存而弗毁兮,形神逝其焉如。昔李斯⑭之受罪兮,叹黄犬而长吟。悼嵇生之永辞兮,顾日影而弹琴。托运遇⑮于领会兮,寄余命于寸阴。听鸣笛之慷慨兮,妙声绝而复寻。停驾言其将迈⑯兮,遂援翰而写心。

《昭明文选》

【注释】

①向秀(约227~272):字子期,河内怀(今河南武陟西南)人。魏晋时期哲学家、文学家,"竹林七贤"之一。官至黄门侍郎、散骑常侍。曾为《庄子》作注。

②嵇康(223~262,或224~263):字叔夜,谯郡铚(今属安徽)人。"竹林七贤"之一。因不满专政的司马氏集团,遭钟会构

陷，为司马昭所杀。有《嵇中散集》。

③吕安（？~262）：字仲悌，三国魏东平（今属山东）人。其妻徐氏貌美，兄吕巽与之有染。事发，吕巽反诬吕安不孝，嵇康辩其无辜。钟会与嵇康有隙，趁机进谗于司马昭。司马昭并杀二人。

④志远而疏：志向高远，但疏于人事。

⑤心旷而放：心性旷达，游离于世俗。

⑥以事见法：因为某件事而被加刑。指嵇康、吕安被诬之事。

⑦就命：就死，赴死。

⑧逝将西迈：指当初由家乡西行入洛阳。

⑨日薄虞渊：薄，迫近。虞渊，传说中的日落之处。

⑩将命：奉命。

⑪山阳：地名。嵇康曾隐居山阳嵇山之下。

⑫愍（mǐn）：通"悯"，同情。

⑬殷墟：殷都旧址，在今河南安阳。

⑭李斯（？~前208）：秦国丞相，后为赵高所忌，被腰斩于咸阳。临刑前，李斯对儿子说："吾欲与若复牵黄犬，俱出上蔡东门逐狡兔，岂可得乎！"父子相哭。

⑮运遇：命运遭遇。

⑯将迈：将要出发。

【赏读】

名士的行为，往往不为世人所理解。就像为后人津津乐道的"竹林七贤"，刘伶纵酒放达，酒后裸身屋内，"以天地为栋宇，屋室为裈衣"；阮籍旷达不羁，以白眼示俗人，以青眼示雅士；嵇康不阿权贵，慷慨赴死，留下千古绝唱《广陵散》……

除了山涛、王戎，"竹林七贤"大多不屑与当权的司马氏合作。嵇康和向秀曾在家中大柳树下打铁，司马昭党羽钟会前来拜访，嵇康、向秀却是置之不顾,令钟会很是恼恨。钟会准备走了,嵇康开了口:"何所闻而来,何所见而去?"钟会解嘲地答了一句:"有所闻而来,有所见而去。"受此奚落,钟会自是怀恨在心,这也为嵇康之死,埋下了伏笔。

向秀和嵇康、吕安志同道合,引为知己。吕安的哥哥和钟会关系很近,他霸占了弟弟的妻子,却反咬一口,诬告弟弟不孝。嵇康为吕安说了几句公道话,结果也牵入此事,与吕安一同被处死。临刑前,三千太学生为嵇康求情,却未能挽回。

嵇康死后,向秀迫于黑暗的政治环境,违背己心,赴洛阳应郡举。归途中,他来到山阳嵇康旧居凭吊。此时正值日落时分,寒意逼人。邻家突然传来笛声,声音嘹亮。这"山阳邻笛",更是勾起了向秀对往昔的追忆,遂成此文。在文中,向秀并没有一抒胸臆,抨击当权的司马氏,但却对嵇康高洁的品行表示了赞赏,对嵇康的不幸遭遇感到愤愤不平,也隐晦含蓄地表露了自己对当权者残暴统治的抨击。

此文读来,常给人意犹未尽之感。我们不能要求所有人都像嵇康那样,面对死亡,还能从容不迫地弹奏《广陵散》,向秀能在那样的环境里写成这篇《思旧赋》,已是需要极大的勇气,敢公开站出来为嵇康鸣不平,这本身就很了不起。我们又怎能奢求向秀将此文写成向司马氏宣战的檄文呢?

鲁迅先生在《为了忘却的记念》一文中,这样写道:"年青时读向子期《思旧赋》,很怪他为什么只有寥寥的几行,刚开始却又煞了尾。然而,现在我懂得了。"正所谓"吟罢低眉无写处"。诚如清代何焯《义门读书记》中对此文的评价:"不容太露,故为词止。此晋人文尤不易及也。"

柳子厚①墓志铭（节选） 韩 愈

子厚讳宗元。七世祖庆为拓跋魏侍中②，封济阴公。曾伯祖奭③为唐宰相，与褚遂良、韩瑗④俱得罪武后，死高宗朝。皇考讳镇，以事母弃太常博士⑤，求为县令江南。其后以不能媚权贵⑥失御史。权贵人死，乃复拜侍御史⑦。号为刚直，所与游皆当世名人。

子厚少精敏，无不通达。逮其父时，虽少年已自成人，能取进士第，崭然见头角。众谓柳氏有子矣。其后以博学宏词⑧授集贤殿正字。俊杰廉悍，议论证据今古，出入经史百子，踔厉风发⑨，率常屈其座人。名声大振，一时皆慕与之交。诸公要人争欲令出我门下，交口荐誉之。

贞元十九年，由蓝田尉拜监察御史。顺宗即位，拜礼部员外郎。遇用事者⑩得罪，例出为刺史。未至，又例贬永州司马。居闲益自刻苦，务记览，为词章泛滥⑪停蓄，为深博无涯涘，而自肆于山水间。

元和中，尝例召至京师，又偕出⑫为刺史，而子厚得柳州。既至，叹曰："是岂不足为政邪？"因其土俗，为设教禁，州人顺赖。其俗以男女质钱，约不时赎，子本相侔⑬，则没为奴婢。子厚与设方计，悉令赎归。其尤贫力不能者，令书其佣，足相当，则使归其质。观察使⑭下其法于他州，比一岁，免而归者且千人。衡湘以南为进士者，皆以子厚为师，其经承子厚口讲指画为文词者，悉有法度可观。

其召至京师而复为刺史也，中山刘梦得⑮禹锡亦在遣中，当诣播州。子厚泣曰："播州非人所居，而梦得亲在堂，吾不忍梦得之穷，无辞以白其大人；且万无母子俱往理。"请于朝，将拜疏，愿以柳易播，虽重得罪，死不恨。遇有以梦得事白上者，梦得于是改刺连州。呜呼！士穷乃见节义。今夫平居里巷相慕悦，酒食游戏相征逐，诩诩⑯强笑语以相取下，握手出肺肝相示，指天日涕泣，誓生死不相背负，真若可信；一旦临小利害，仅如毛发比，反眼若不相识；落陷阱，不一引手救，反挤之又下石焉者，皆是也。此宜禽兽夷狄所不忍为，而其人自视以为得计。闻子厚之风，亦可以少愧矣！

子厚前时少年，勇于为人，不自贵重顾藉⑰，谓功业可立就，故坐废退。既退，又无相知有气力得位者推挽，故卒死于穷裔。材不为世用，道不行于时也。使子厚在台省⑱时，自持其身已能如司马刺史时，亦自不斥；斥时，有人力能举之，且必复用不穷。然子厚斥不久，穷不极，虽有出于人，其文学辞章，必不能自力以致必传于后如今，无疑也。虽使子厚得所愿，为将相于一时，以彼易此，孰得孰失，必有能辨之者。

《韩昌黎文集》

【注释】

①子厚：柳宗元的字。作墓志铭例当称死者官衔，因韩愈和柳

宗元是笃交，故称字。

②拓跋魏侍中：拓跋魏，北魏国君姓拓跋，故称。侍中，门下省的长官，掌管传达皇帝的命令。北魏时侍中位同宰相。

③曾伯祖奭（shì）：字子燕，柳旦之孙。当为高伯祖，此作曾伯祖误。唐永徽三年（652），柳奭代褚遂良为中书令，位相当于宰相。

④褚遂良、韩瑗（yuàn）：褚遂良，字登善，官吏部尚书、同中书门下三品、尚书右仆射等。韩瑗，字伯玉，官至侍中。唐高宗欲废王皇后，立武则天为后，褚遂良和韩瑗力争，武则天一党诬柳奭欲和韩、褚等谋反，柳奭被杀。褚遂良、韩瑗遭贬，均忧病而死。

⑤太常博士：太常寺掌宗庙礼仪的属官。

⑥权贵：这里指窦参。柳镇因为得罪窦参，被窦参陷害而贬官。

⑦侍御史：御史台的属官，职掌纠察百僚，审讯案件。

⑧博学宏词：柳宗元于贞元十二年（796）中博学宏词科，年二十四。唐代进士及第者可应博学宏词考选，取中后即授予官职。

⑨踔（chuō）厉风发：议论纵横，言辞奋发，见识高远。踔，远。厉，高。

⑩用事者：掌权者，这里指王叔文。唐宪宗即位后，王叔文被贬黜。柳宗元因此牵涉其中，亦遭贬。时共有八人被贬作司马，人称"八司马"。

⑪泛滥：文笔汪洋恣肆。

⑫偕出：元和十年（815），柳宗元等"八司马"被召回长安，但又被贬往更远的地方。

⑬子本相侔（móu）：利息和本金相等。子，子金，即利息。本，本金。侔，相等。

⑭观察使：又称观察处置使，是中央派往地方掌管监察的官员。

⑮刘梦得：即刘禹锡（772~842），字梦得，洛阳（今属河南）

人,中山(今属河北)为其郡望。刘禹锡被召还入京后,又被贬为播州(今贵州遵义)刺史。因播州地僻,被贬为柳州刺史的柳宗元自愿到播州去,让刘禹锡去柳州。即下文所谓的"以柳易播"。

⑯诩诩:夸大,讨好取媚的样子。

⑰顾藉:顾惜。

⑱台省:御史台和尚书省。

【赏读】

退之和子厚并称"韩柳"。他们共同倡导唐代古文运动,并成为一生好友。退之写的墓志铭,多列有官爵。此文却称《柳子厚墓志铭》,文内亦称"子厚",可见退之是以朋友的身份,寄托对子厚的无限怀念。

退之和子厚感情很深,但却政见相左。子厚加入了王伾、王叔文集团,而退之却对"二王"素无好感。子厚春风得意之时,正是退之被贬遭斥之日。尽管政见不一,但却无损于退之、子厚二人的朋友之情。非大胸襟、大气魄者,无论如何也做不到这些。

退之的这篇祭文,是他散文里的名篇。刘梦得读了此文,深为折服,认为此文可称得上是对子厚的定论。此文最精彩的部分,也是讲述子厚与梦得同时被贬的一段。子厚处处为梦得着想,愿"以柳易播",体现了朋友之交的高风亮节。退之由此延展开去,将人情之浇薄,世态之炎凉,摹绘得入木三分。

夹叙夹议,是这篇《柳子厚墓志铭》的鲜明特点。那些酣畅淋漓的议论,鞭辟入里,读来令人深思。子厚如果能够出人头地,他定然不会在文章上下如此这般的大力气,文章也就不会像今天这样流传后世。即便他一时为相,如果以文名换政声,何者为得?何者为失?退之的这个问题提得真是绝妙。古往今来,多少落魄文人一生坎坷,但却留下千古妙文。那些整日偎红倚翠的当权者,纵使曾威风八面，但在历史长河中，有多少人能留下一鳞半爪凭人追思遥想？对于"孰得孰失"这个问题，退之并没有给出答案。他相信一定会有人能体味出个中滋味。

清代沈德潜对此文的评价是："噫郁苍凉，墓志中千秋绝唱！"并非虚言。若非和子厚志气相投，惺惺相惜，退之断然写不出这样的文章。除了这篇《柳子厚墓志铭》，退之另有两篇怀念子厚的文章，分别是《祭柳子厚文》和《柳州罗池庙碑》。前者着重记述子厚的文学成就，后者则专谈子厚在柳州的政绩。相形之下，这篇《柳子厚墓志铭》详于讲述子厚的风义，较之另两篇文章，更胜一筹。

祭石曼卿①文 欧阳修

维治平四年②七月日,具官③欧阳修谨遣尚书都省令史④李敭至于太清⑤,以清酌庶羞之奠,致祭于亡友曼卿之墓下,而吊之以文。曰:

呜呼曼卿!生而为英,死而为灵。其同乎万物生死而复归于无物者,暂聚之形⑥;不与万物共尽而卓然其不朽者,后世之名。此自古圣贤,莫不皆然,而著在简册者,昭如日星。

呜呼曼卿!吾不见子久矣,犹能仿佛子之平生。其轩昂磊落,突兀峥嵘,而埋藏于地下者,意其不化为朽壤,而为金玉之精。不然生长松之千尺,产灵芝而九茎⑦。奈何荒烟野蔓,荆棘纵横;风凄露下,走磷⑧飞萤。但见牧童樵叟,歌吟而上下,与夫惊禽骇兽,悲鸣踯躅而咿嘤⑨。今固如此,更千秋而万岁兮,安知其不穴藏狐貉与鼯鼪⑩?此自古圣贤亦皆然兮,独不见夫累累乎旷野与荒城!

呜呼曼卿!盛衰之理,吾固知其如此,而感念畴昔,悲凉凄怆,不觉临风而陨涕者,有愧乎太上之忘情⑪。尚飨!

《欧阳修诗文集》

【注释】

①石曼卿:即石延年(994~1041),字曼卿,南京宋城(今河

南商丘南)人。北宋文学家、书法家。尤工诗,善书法。有《石曼卿诗集》传世。

②治平四年:即公元1067年。治平是宋英宗年号。

③具官:唐宋以来,官吏在奏疏、函牍及其他应酬文字中,常把应写明的官职爵位,写作具官,表示谦敬。

④尚书都省令史:尚书都省,即尚书省,管理全国行政的官署。令史,管理文书工作的官。

⑤太清:地名,在今河南商丘东南,系石曼卿葬地。

⑥暂聚之形:指肉体生命。

⑦产灵芝而九茎:灵芝,一种菌类药用植物,古人认为是仙草。九茎一聚者更被当作珍贵祥瑞之物。

⑧磷:俗谓鬼火。动物尸体腐烂后产生磷化氢,在空气中可自动燃烧,并发出蓝色火焰。

⑨悲鸣踯躅而咿嘤(yī yīng):此处指野兽徘徊,禽鸟悲鸣。

⑩狐貉(hé)与鼯鼪(wú shēng):貉,兽名,形似狐狸。鼯,鼠的一种,亦称飞鼠。鼪,黄鼠狼。

⑪有愧乎太上之忘情:意思是说自己不能像圣人那样忘情。

【赏读】

欧阳修在《六一诗话》里,有一段关于石曼卿的文字:"石曼卿自少以诗酒豪放自得,其气貌伟然,诗格奇峭,又工于书,笔画遒劲,体兼颜、柳,为世所珍。余家尝得南唐后主澄心堂纸,曼卿为余以此纸书其《筹笔驿》诗。诗,曼卿平生所自爱者,至今藏之,号为三绝,真余家宝也。"从这段文字可以读出欧阳修对挚友石曼卿的仰慕、敬重之情。

写这篇《祭石曼卿文》时,曼卿已过世二十六年。然而二十多年的时光,并没有磨灭曼卿在欧阳修心中的印记。欧阳修派人至墓前祭奠曼卿，同时写下了这一千古名篇。此时欧阳修已届花甲之年，抚今追昔，该是别有一番感慨吧。

早于此文，欧阳修写有《石曼卿墓表》，介绍了曼卿一生的行迹。故而此文的重点，纯然放在了寄托哀思上。整篇文章基本没有介绍曼卿的生平事迹，而是通过物之盛衰、人之生死，引发了一段议论，将对挚友的怀念之意，于笔尖喷薄而出。

整篇祭文，怀着极其充沛的感情。一连三个"呜呼曼卿"，统摄全文，低回凄咽。一叹其声名，卓然不朽；一悲其坟墓，满目凄凉；一叙已交情，伤感不置。文亦轩昂磊落、突兀峥嵘之甚。白居易《祭元微之文》连用五个"呜呼微之"，以寄托对亡友的哀思。欧阳修此文显然受其影响，二者所达到的震撼人心的艺术效果，却都是一样的。

对于这篇祭文，后人评价颇多。清人林云铭《古文析义》中说："此遣祭曼卿墓下之词，非始死而吊奠，故全在墓上着笔，而以曼卿生平之奇，串入生发。其大意从雍门子鼓琴一段脱化来。文情浓至，音节悲凉，不忍多读。"

祭陈同甫①文 辛弃疾②

呜呼！同甫之才，落笔千言。俊丽雄伟，珠明玉坚。人方窘步，我则沛然。庄周、李白，庸敢先鞭③！同甫之志，平盖万夫。横渠④少日，慷慨是须。拟将十万，登封狼胥⑤。彼臧、马辈⑥，殆其庸奴。

天于同甫，既丰厥禀⑦。智略横生，议论风凛。使之早遇，岂愧衡伊⑧？行年五十，犹一布衣。间以才豪，跌宕四出。要其所厌，千人一律⑨。不然少贬，动顾规检⑩。夫人能之，同甫非短。至今海内，能诵三书⑪。世无杨意，孰主相如⑫？中更险困，如履冰崖。人皆欲杀，我独怜才。脱廷尉系，先多士鸣⑬。耿耿未阻，厥声浸宏。盖至是而世未知同甫者，益信其为天下之伟人矣！

呜呼！人才之难，自古而然。匪难其人，抑难其天。使乖崖公⑭而不遇，安得征吴入蜀之休绩？太原决胜，即异时落魂之齐贤⑮。方同甫之约处，孰不望夫天之人谓握瑜而不宣⑯。今同甫发策大廷，天子亲置之第一⑰，是不忧其不用；以同甫之才与志，天下之事孰不可为，所不能自为者天靳之年⑱！

闽浙相望，音问未绝⑲。子胡一病，遽与我诀！呜呼同甫，而止是耶？而今而后，欲与同甫憩鹅湖之清阴，酌瓢泉而共饮，长歌相答，极论世事，可复得耶？千里寓辞，知悲之无益，而涕不能已。呜呼同甫，尚或临监⑳之否！

《辛弃疾集》

【注释】

①陈同甫：即陈亮，字同甫。

②辛弃疾（1140~1207）：字幼安，号稼轩，历城（今山东济南）人。南宋豪放派词人，与苏轼合称"苏辛"，与李清照并称"济南二安"。有词集《稼轩长短句》传世。

③庸敢先鞭：谓岂敢先行。

④横渠：即北宋思想家张载，字子厚，世称横渠先生。

⑤狼胥：即狼居胥山，在今内蒙古一带。西汉时，霍去病驱逐匈奴，匈奴战败远遁，霍去病封狼居胥而还。

⑥彼臧、马辈：即像臧宫、马援这样的名将。与下文"殆其庸奴"连读，即此辈都可等闲视之。臧，指东汉名将臧宫，有平蜀大功。马，指东汉伏波将军马援，曾立下赫赫战功。

⑦丰厥禀：丰，使……丰富。厥，其。禀，天赋。

⑧衡伊：指商汤时的贤相伊尹，汤曾称他"阿衡"，后人遂称之"衡伊"。

⑨千人一律：指千人一律地空谈性理。

⑩不然少贬，动顾规检：少，稍微。贬，贬抑，指收敛、约束自己。动顾，言行。规检，规矩。这里指陈亮曾落魄醉酒，醉中戏为大言，言涉犯上。

⑪三书：指陈亮在宋孝宗淳熙年间所上的三封主战奏章。

⑫世无杨意，孰主相如：杨意，即杨得意。相如，即司马相如。据《史记·司马相如列传》记载，蜀人杨得意曾于汉武帝面前引荐同乡司马相如。主，引荐。此处感叹陈亮文韬武略，无人荐引。

⑬脱廷尉系，先多士鸣：指陈亮两度入狱，出狱后，为进士第一。廷尉，秦刑官名，宋代称大理卿，这里代指官府。系，拘囚。多士，众士。鸣，著称，闻名。

⑭乖崖公：即北宋名将张咏，号乖崖。张咏曾镇压四川李顺领导的农民起义，征吴事不详。

⑮齐贤：即北宋政治家张齐贤。张齐贤布衣时，曾向宋太祖上十策；知太原时，又上书论太原形势，建议把太原建为军事重镇。

⑯握瑜而不宣：手持美玉而不宣示出来，这里比喻压抑人才而不使其有所作为。

⑰天子亲置（zhì）之第一：指绍熙四年（1193）陈亮应进士试，光宗擢亮为第一。

⑱天靳之年：意谓上天吝惜给陈亮享年寿。靳，吝惜。年，年寿。

⑲闽浙相望，音问未绝：陈亮为浙江人，陈亮卒时，辛弃疾在福建安抚使任上，故云"闽浙相望"。音问未绝，指两人仍有书信往来。

⑳临监：降临观看。

【赏读】

清赵熙载《艺概》云："陈同甫与稼轩为友，其人才相若。"同甫与稼轩力主抗金，壮志未酬，未免生出惺惺相惜之感。两人一生虽会晤次数寥寥无几，但却是心合志契，结下了深厚情谊。同甫病逝后，稼轩遂写下此文，在悼念同甫的同时，抒发对时局的不平之意。

同甫一生命途多舛。为了抗金复国，他多方奔走，并以布衣的身份，多次上书，反对和议，力主抗金。正由于此，同甫两度被诬告入狱，险些丢了性命。然而同甫却没有因此而被吓倒，一直矢志不渝，欲雪靖康之耻。明方孝孺如此称赞同甫："士大夫厌厌无气，有言责者不敢吐一辞，况若同甫一布衣乎！"清姬肇燕则称他"百折不回，饶有铜肝铁胆"。然而，命运却和同甫开了个大大的玩笑。五十一岁那年，同甫状元及第，一展宏图的机会似乎就在眼前。然而，在赴任途中他却不幸病逝，令人扼腕。

稼轩与同甫同气相求，惊闻同甫病逝，不禁悲痛难抑。朋友之情，家国之恨，一时间千愁万绪涌上心头，于是稼轩写下了这篇悲愤交加、饱含深情的怀念文章。

文章从同甫之才写起，"落笔千言，俊丽雄伟，珠明玉坚"诸句，对同甫之才给予了极高评价。随后，稼轩又赞同甫之志，"平盖万夫"四个字可以说是高度概括。继而文章笔锋一转，稼轩道出了满腔的愤懑：像这样才华满腹、志向高远的贤才，为什么"行年五十，犹一布衣"？这是对陈亮怀才不遇的深深同情，更是对朝廷压制排挤人才的无情嘲讽。

古往今来，被埋没的人才又岂独同甫一人！在这里，稼轩引经据典，无非是想说明一个道理：千里马常有，而伯乐不常有。稼轩将自己哀悼同甫之情，以及自伤身世之感，痛快淋漓地表露无遗，读来令人凄然。

同为抗金志士，同甫一生落魄，稼轩壮志难伸。同甫的际遇，很容易引起稼轩的共鸣。一直得不到朝廷信任与重用，稼轩内心极其苦闷。"醉里挑灯看剑，梦回吹角连营"，他是多么希望能"了却君王天下事，赢得生前身后名"，但这只是虚幻的愿景。新居落成，稼轩意欲退隐，却是"沉吟久，怕君恩未许，此意徘徊"。怕君恩未许，无非是期待能等到朝廷重用自己的一天。可叹！可悲！

读《祭陈同甫文》，稼轩虽句句在悼同甫，又岂非在叹自己报国无门？

登西台①恸哭记 谢 翱②

始,故人唐宰相鲁公③开府南服,余以布衣从戎。明年,别公漳水湄④。后明年,公以事过张睢阳⑤及颜杲卿⑥所尝往来处,悲歌慷慨,卒不负其言而从之游。今其诗具在,可考也。

余恨死无以藉手⑦见公,而独记别时语,每一动念,即于梦中寻之。或山水池榭,云岚草木,与所别之处及其时适相类,则徘徊顾盼,悲不敢泣。又后三年,过姑苏。姑苏,公初开府旧治也,望夫差之台⑧而始哭公焉。又后四年,而哭之于越台⑨。又后五年及今,而哭于子陵之台⑩。

先是一日,与友人甲、乙若丙约,越宿而集。午,雨未止,买榜⑪江涘。登岸谒子陵祠,憩祠旁僧舍,毁垣枯甃⑫,如入墟墓。还,与榜人治祭具。须臾雨止,登西台,设主于荒亭隅,再拜跪伏,祝毕,号而恸者三,复再拜,起。又念余弱冠时,往来必谒拜祠下。其始至也,侍先君焉。今余且老。江山人物,眷焉若失⑬。复东望,泣拜不已。有云从西南来,滃浡浡郁⑭,气薄林木,若相助以悲者。乃以竹如意击石,作楚歌招之曰:"魂朝往兮何极?莫归来兮关塞黑。化为朱鸟兮有咮焉食⑮?"歌阕,竹石俱碎,于是相向感唶⑯。复登东台,抚苍石,还憩于榜中。榜人始惊余哭,云:"适有逻舟之过也,盍移诸?"遂移榜中流,举酒相属,各为诗以寄所思。薄暮,雪作风凛,不可留,登岸宿乙家。夜复赋诗怀古。明日，益风雪，别甲于江，余与丙独归。行三十里，又越宿乃至。

其后，甲以书及别诗来，言："是日风帆怒驶，逾久而后济；既济，疑有神阴相，以著兹游之伟。"余曰："呜呼！阮步兵⑰死，空山无哭声且千年矣！若神之助，固不可知；然兹游亦良伟，其为文词，因以达意，亦诚可悲已！"

余尝欲仿太史公，著《季汉月表》⑱，如《秦楚之际》。今人不有知余心，后之人必有知余者。于此宜得书，故纪之，以附季汉事后。时，先君登台后二十六年也。先君讳某字某，登台之岁在乙丑云。

《晞发集》

【注释】

①西台：台名，在今浙江桐庐南富春山，即严子陵钓台。钓台分东台和西台，后西台亦称"谢翱台"。谢翱死后，葬于钓台之南。

②谢翱（1249~1295）：字皋羽，号晞发子，福安（今属福建）人。南宋诗人。元兵南下时，曾投文天祥幕下，任谘议参军。入元不仕。有《晞发集》。

③唐宰相鲁公：指颜真卿（708~784），唐代宗时官至吏部尚书、太子太师，封鲁郡公，人称"颜鲁公"。

④漳水湄：漳江边上。

⑤张睢阳：指唐睢阳太守张巡。安史之乱中，张巡誓死守睢阳城，后城破殉难。

⑥颜杲卿：颜真卿堂兄。安史之乱时，颜杲卿与子颜季明守常山，城破遇难。

⑦藉手：以手垫着，凭借。

⑧夫差之台：即姑苏台，在苏州城外西南隅姑苏山上。相传为春秋时吴王夫差所建。

⑨越台：指越王台，春秋时越王勾践登眺之所，故址在今浙江绍兴府山。

⑩子陵之台：东汉严子陵隐居钓鱼处。严子陵即严光（前39~41），他帮助刘秀起兵。事成后归隐著述，设馆授徒。

⑪买榜：雇船。

⑫毁垣枯甃（zhòu）：坏墙枯井。

⑬眷（juàn）焉若失：依恋不舍，如有所失。

⑭渰（yǎn）浥（yì）浡（bó）郁：阴湿郁结。渰，云兴起的样子。浥，湿润。浡，旺盛的样子。

⑮化为朱鸟兮有咮（zhòu）焉食：意味你化为朱鸟虽然有了嘴，却能吃到什么？朱鸟，即凤凰。咮，鸟嘴。

⑯喈（jiè）：嗟叹。

⑰阮步兵：即阮籍（210~263），魏晋时诗人，字嗣宗，"竹林七贤"之一。曾任步兵校尉，世称阮步兵。

⑱《季汉月表》：司马迁在《史记》中著有《秦楚之际月表》，记述秦楚之际的历史大事。此处意谓谢翱也想仿效，以《月表》记录宋亡之后的抗元斗争。

【赏读】

唐代书法大家颜真卿，功业彪炳千秋。安史之乱中，他率义军抵御叛军。后李希烈叛变，他受奸臣所害，前往敌营晓谕。颜真卿凛然不屈，终被缢杀。生活于宋末元初的谢翱，怎么会跟随在颜真卿身边呢？此文起笔，便令人一头雾水。原来，谢翱恸哭之人乃宋末丞相文天祥。迫于当时的政治环境，故他只能在文中以颜真卿隐指文天祥。

谢翱生活于宋末元初，曾经加入文天祥幕府，两人结下深厚情谊。南宋灭亡后，谢翱隐姓埋名，避居乡间。由此可见，他对南宋朝廷怀着很特别的感情。文天祥被元兵俘获后，宁死不屈，留下千古名言"人生自古谁无死，留取丹心照汗青"，最终被杀害。这篇《登西台恸哭记》，是出于谢翱之手最为人称道的一篇文章。谢翱哭祭文丞相，其实何尝不是在哭祭被蒙元所灭的南宋政权！

全文共提到三哭文天祥，前两哭均仅仅一笔带过，而详写了在严子陵台的第三次哭祭。严子陵乃东汉隐士，以高风亮节闻名天下。在此处哭祭文丞相，自然有着格外的况味。偏偏此日大雨滂沱，乌云翻滚，阴霾凄凄。谢翱与二三友人号恸再三，泪雨纷飞，拜泣不已，怎不更添一层悲意？都说男儿有泪不轻弹，此情此景，直欲令人痛断肝肠！

生活在那样一个年代，连哭祭友人都要存着十二分的小心。谢翱和友人回到船中，船夫便提醒有巡逻船在附近，于是一行人移舟河中心，"各为诗以寄所思"。有悲而不敢发，更是令人凄惶。写作此文之时，谢翱定然如骨鲠在喉，不吐不快，欲吐又难！字里行间浸透着的无奈与愤慨，分明可见。由此观之，此文称得上是一段血泪写就的信史！

告亡友①文　谭元春②

天乎！春之无罪也，丧我钟子乎？钟子在时，即久不相见，一见脉脉，心目深凝，开箧质诗文，相贺曰："别来无恙，幸甚！"大异夙昔近阅何书，书所得究其中之故若何，有佳山水必以告，见奇士必以告，如是而已。然尔时钟子与予皆人耳。"二十年交如一日"者，人之说也。今钟子死，则固鬼神也，且事佛则佛眷属也。泪化血，血化碧。子勿厌听，予今日乃当与子有言耳。

予生平岂负子者？然亦实难。如昔年书中所谓"敬身醒眼，闲步朗怀，不敢自蹈于非礼之动，自陷于有戾之物"，予岂真能如是？徒以负子为恐耳。由此言之，予之不负子也，固也。但子晚年参寻内典③，披剥妙义，病中犹为学人端坐拈说，尝因予尘累尚少，欲引其无生之学，微诱重喝，极其痛切，而予以杂念尚多，远遁坛外，遂至语亦不答，招亦不往，临危嘱累，然后一许，可谓负子甚矣。岂惟自愧念杂，犹豫不进，兼亦病子情想各半，修习无多，何苦谈此。今睹子仓皇去路，犹与诸佛结愿，山僧寻盟，泉壤下安得有此志士！予既自谓相知，而此反不知人世管鲍④，一何粗也。予直负子矣。

诗文之道，受命于胸中，誉不可受，哗不可改，人皆劫劫⑤，已独有余。子尝抽其绪⑥，肩其纽⑦，冥目幽思，望远汲深，不务多取于古人，以力自致于后世。而予常避同调之声，厌争趋之陋，滩移帆折，泉去瓶流，虽未知栖翔何所，然子在日，予之文已有未经子目者，意欲待业就志满，而后与子各置一地，以雪天下人"二子一手"之名。业未告成，子不及见，予则负子矣。

子澹素疏拙⑧，营生最其所短。偶一日与子谈曰："看子命相骨法，不亨于官。亦宜稍策田庐，杜门古处，乃为不俗。士大夫安可以饥寒告人为不俗？"子时叹美此言，而性无遮栏，间受赠遗，遂为薄俗所检点⑨。天下之人谓子不宜尔，而予回思之，昔者一言过听至此，予则又负子矣。

予以顽旷之性，见人嬉游，狂顾勃发，常同子书史静对，澹若无物，杯斝⑩遥陈，酬劝不施。虽欢情日接，而乐事时乖，旬月之内，吟啸他往。当其挽袂固留，予尝不顾而去，始知静者朋侣倍笃，此又予负子矣。

子今死，人皆引子期、伯牙⑪为言，予不谓然。予年已四十，世情不复厝意⑫，惟愿经始诵读，力于述作，思得一当，以报子耳。夫子期先逝，而伯牙摧弦，古今之负友者，伯牙一人也。是岂子期之意也哉？天下之真音溢于手耳而流于山水，又岂吾欲止之而止者也？记己未岁，予在汪暗夫山中，客有传子死白门者。汪叹予知音难再，予曰："此君一亡，予笔墨间可传可爱之路，从此遂宽矣。知己者，知其中毫厘异人者耳，能多赏乎？世无严人，因无知己。彼都门中纸贵而绢酬者，岂皆我知己耶？今而后，决不敢以漫好浮动之物裹我心手，请日日悬吾钟子冰面霜瞳，照察物我，终其身而后已。"

告子而后，予即入玉泉桃川，寻子故踪于秋声月光之中，因携子所注《楞严》，质之海内知识，求其中安隐，无细微惑，而后津津入焉，即以是报子矣。子能信我。

《鹄湾集》

【注释】

①亡友：这里指钟惺。

②谭元春（1586~1637）：字友夏，号鹄湾，湖广竟陵（今湖北天门）人。明代文学家。与同里钟惺同为"竟陵派"创始人。有《谭友夏合集》。

③参寻内典：指钟惺晚年入寺院之事。佛教徒称佛经为内典。

④管鲍：指春秋时齐国管仲与鲍叔牙，两人系平生知己。有"管鲍之交"的美谈。

⑤劫劫：犹汲汲，匆忙急切貌。

⑥抽其绪：抽引丝头，比喻引申发挥。

⑦肩其纽：意谓掌握诗文的要义。纽，比喻控制事物的机键、系结事物的中心部分。

⑧澹素疏拙：淡雅朴素，粗疏笨拙。

⑨为薄俗所检点：被轻薄之人指指点点。

⑩杯斝（jiǎ）：泛指酒杯。

⑪子期、伯牙：指春秋战国时钟子期和俞伯牙。子期死后，伯牙痛失知音，摔琴绝弦，终身不弹。

⑫厝（cuò）意：注意，关心。

【赏读】

钟惺和谭元春，是明末文坛上两颗耀眼的流星。他们反对因袭模拟,力倡诗文幽深孤峭,故所作诗文,多清绮邃逸,为时人所称许,影响甚大。因他们俩都是竟陵人,故时人称这一文学流派为"竟陵派"。

谭元春小钟惺十二岁,但二人却是意趣相投,故引为知己。两人曾共同编选唐人诗,作《唐诗归》。天启五年(1625),因丧父回家守制的钟惺病逝于家中。闻此噩耗,谭元春肝肠寸断,一连写下三十首"丧友诗",语语含泪,句句含悲,为人所称道。时人李明睿如此评价谭元春,说他于"师友之情,当吾世罕见其俦","则不独才过人,其德有足称者"。

这篇《告亡友文》,起笔即是悲意无限。"天乎!春之无罪也,丧我钟子乎?"接下来,谭元春通过"四负钟子",讲述了两人深厚的感情,读来令人动容。往事历历,如影随形。知己之交不避嫌隙,所谓"四负钟子",正是一种疏放,一种旷达。其实谭元春又岂负钟子!

文章最精彩的部分,无疑是文末一段关于"知己之交"的议论。世人都将谭元春和钟惺的交往,比作俞伯牙、钟子期的友谊,可谭元春却不以为然。当年钟子期逝世后,俞伯牙摔琴酬知己,可这是钟子期愿意看到的吗?"古今之负友者,伯牙一人也。"谭元春认为,知己已逝,自己只有多加著述,不敢丝毫懈怠,方不负知己之意。这一积极乐观的处世态度,值得称赏。

钟惺和谭元春性格中都有"孤迥"的特点,不喜与世俗人交接,这使得他们惺惺相惜,成为毕生挚友。这篇怀念好友的文章,充分体现了谭元春散文创作的鲜明特点:总是能在散文中倾注自己无限的感情,从而使文章更加真挚感人。

祭秦一生文 张 岱①

崇祯戊寅②八月二十日,秦子一生以病暴死。越五日,其友人某等谋所以荐之,而属岱告其灵。盖一生无日不与岱游,一生一死,岱忽忽若有所失,举笔辄叹而起,以是不果。至九月三日,岱以事至西湖,既乏伴侣,独步堤上,见湖中山水,意色惨淡,殆为一生也。因为文以招之曰:

世间有绝无益于世界,绝无益于人身,而卒为世界人身所断不可少者,在天为月,在人为眉,在飞植则为草木花卉,为燕鹏蜂蝶之属。若月之无关于天之生杀之数,眉之无关于人之视听之官,草花燕蝶无关于人之衣食之类,其无益于世界人身也明甚。而试思有花朝而无月夕,有美目而无灿眉,有蚕桑而无花鸟,犹之乎不成其为世界,不成其为面庞也。

余友秦一生家素封③,鸥租橘俸,可比千户侯。而自奉极淡薄,家常无大故,则不杀雁凫,踽踽凉凉④,一介不以与人,而又不鸣不跃,以闲散终其身。于世界实毫无所损益,尽人而知之也。乃一生性好山水声伎,丝竹管弦,樗蒲博弈⑤,盘铃剧戏⑥,种种无益之事顾好之,实未尝自具肴核,为一日溪山之游,亦未尝为一日声乐,以供知己纵饮。乃其所以自娱者,往往借他人歌舞之场插身入之。故凡越中守土、有司及豪贵,肆筵设席,或于胜地名园,或于僻居深巷,一生无日不以微服往观。至夜静灯残，酒阑客散，其于楹础⑦之间，两目烂烂如岩下电者，非他人，必一生也。大率无事，日以为常，非大故，非外出，非甚疾病，虽水火勿之避，风雨勿之阻也。死之数日前，犹在某氏观剧，喃喃向余道之。濒死前一日，余期一生游寓山。至易箦之际，犹掷身数四，口中呼"寓山、寓山"而死。一生从中道夭折，田宅子女，多未了事，凡所以萦其忧虑者，不可胜计，而独以寓山不到，抱恨而殁。此亦可以想其痴痂一往之致矣。

虽然，世人日寻于名利之中，如蛆咂⑧粪，蝇逐膻，幢幢⑨无已时，不知山水声伎⑩为何物。一生既唾而贱之。而世更有粗豪卤莽，山水园亭，酒肉腥秽，声伎满前，顽钝不解。而一生以局外之人，闲情冷眼，领略其趣味，必酣足而归。则是他人之园亭，一生之别业也；他人之声伎，一生之家乐也；他人之供应奔走，一生之臧获⑪奴隶也。一生生五十五年，十五年以前，以幼稚不解，四十年之风花雪月，无日无之。昔人所谓三万六千场，一生所得，已一万四千有奇矣。真目厌绮丽，而耳厌笙歌，一生之奉其耳目，真亦不减王侯矣。

古者有山村人，从闽海归，说其所见海错⑫，奇形异味，里人争来共舐其眼。今一生在夜台，其中亦有富贵而死，如所谓山水声伎不知为何物者，一生绎⑬言之，争来舐其眼者，应亦不少。吾以此言解一生之忧愤，一生必辴然而笑⑭，畅饮此觞矣。呜呼尚飨！

《琅嬛文集》

【注释】

①张岱（1597~1689）：字宗子，又字石公，号陶庵，山阴（今浙江绍兴）人。明末清初文学家，小品文声誉尤高。清兵南下，入山著书。有《陶庵梦忆》《西湖梦寻》《琅嬛文集》等传世。

②崇祯戊寅：即崇祯十一年（1638）。

③素封：无官爵封邑而富比封君的人。

④踽踽凉凉：落落寡合的样子。

⑤樗蒲（chū pú）博弈：樗蒲，出现于汉末的一种棋类游戏，因用于掷采的骰子最初是用樗木制成，故称樗蒲。博弈，下棋。

⑥盘铃剧戏：盘铃，乐器名。剧戏，变幻戏法。

⑦楹础：楹柱下的石墩。

⑧唼（shà）：水鸟或鱼吃东西。

⑨幢（chuáng）幢：往复不绝貌。

⑩声伎：亦作"声妓"。旧时宫廷及贵族家中的歌姬舞女。

⑪臧获：古代对奴婢的贱称。

⑫海错：各种海味。

⑬绎：抽出，理出头绪。

⑭辴（chǎn）然而笑：高兴地笑起来。

【赏读】

张岱是一代奇才、鬼才、怪才。他在《自为墓志铭》一文中如此评价自己："少为纨绔子弟，极爱繁华，好精舍，好美婢，好娈童，好鲜衣，好美食，好骏马，好华灯，好烟火，好梨园，好鼓吹，好古董，好花鸟，兼以茶淫橘虐，书蠹诗魔，劳碌半生，皆成梦幻。"可以想见，能够和张岱结为一生莫逆之交的，必然也非寻常人物。

秦一生，在张岱的朋友圈里，占据极重的分量。而在秦一生身上，我们又分明能看到张岱的影子。秦一生没有做过官，也没有写过书，整日只是性好山水，丝竹管弦，闲散终其生。张岱称他"于世界毫无损益"。在《陶庵梦忆》一书里，张岱多次写到自己和秦一生冶游的场景。两人或是斗鸡，或是访僧，或是浴后于高台之上乘凉。可见，他们真是脾气相投。

秦一生虽性好繁华，个性却是落落寡合，虽家中富有，但别人对此却并不知晓。他只是将别人的歌舞之场，视作自娱之所，享受着属于自己心底的盛宴狂欢。繁华的背后，往往有着苍凉。"至夜静灯残，酒阑客散，其于楹础之间，两目灿灿如岩下电者，非他人，必一生也。"享得了繁华，耐得了苍凉。繁华过后，梦幻成空；苍凉之处，方见性情。这个"纵情山水声伎，于国家无望"的秦一生，岂非处处都有着张岱的影子？张岱写秦一生，又岂非是呐喊出自己内心的声音？

秦一生临终之前，念念不忘的仍是几日前答应张岱的寓山之行，这不禁令人感喟，古来多痴人。秦一生逝世后，张岱怅然若失，从此天壤之间，少一知音。不是人人都能读懂张岱，也不是人人都能读懂秦一生。但这又何妨？正如前人所云：人生百年常在醉，算来三万六千场。何不趁闲身未老，且多些疏狂！

汾^①二子传 傅 山^②

薛子宗周^③，字文伯。王子如金^④，字子坚。皆汾之高才生。薛峻崖岸^⑤，肩棱棱如削，不苟言笑，高视迂步，而佣奴汾之人。王疏漫不立崖岸，工书，学诗歌，短小负气，行多不掩言，而亦佣奴汾之人。

汾俗缮橡梜，自缙绅以至诸生，皆习计子钱^⑥，惜费用。二子独喜交游，豁达，耻琐碎米盐计，日费殆数倍过诸财房家^⑦，而日益贫，汾之人皆笑之。甲申国变^⑧，皆费举子业^⑨。出城屏居小村落。薛有田三四十亩，佣人助耕获，颇学天文。既置之，曰："天道远。"乃取古今兵家者言，以己意撮为编，曰《兵法要略》二卷。时时揣摩之。王益颓纵，数递过友家饮，辄半月二十日不归舍。及归舍，亦辄半月二十日不出。与内子焚香弈棋，间搜史策中快事，读之下酒。诗歌日益老^⑩。

己丑四月^⑪，大同兵以明旗号，从西州入汾。薛以策干帅江某，劝急捣太原虚。江不能用。旧御史张懋爵适家居，兵拥之为监军。张佣奴，浮慕二子名，敦致戎幕。汾山乡义勇少年千许人愿投张部，张欲不收。少年又请自备马匹器杖从之，张唯唯。张富于财，二子劝出囊中，大赏士鼓勇，张不肯。少年稍散去。

迁延至五月，兵将北上太原。二子过雷家堡，曹举人伟饯之。语间劝且辞张为上。薛厉声言："极知事不无利钝，但见我明旗号,尚观望,非夫也。"曹语塞。薛徐顾王曰:"尔有老母,可不往。"王曰:"顾请之老母,老母许之。不敢绝裾⑫也。"皆从张至晋祠⑬。

太原程生者,见二子,问兵事。二子曰:"我兵有必胜之道,恨此辈无制胜术耳。"乃提兵者不及抵太原,而清援从北来,屯赤桥、华塔间。兵保晋祠堡。清据西山。步卒乱,欲溃堡门出。人见二子者拔刀砍卒,斥登坤⑭守堡。清攻堡五日不下。会挽运不即到,马乏草,遂结阵南迁。汾州步卒沿道狼藉死,二子不知所终。或传王中两箭。晋祠南城楼火发,见薛上投烈焰中。或又曰:未也。而汾之人皆益笑之。

丹崖子⑮曰:余先与薛子游,畏其卓荦⑯,喜西河有斯人。及袁先生⑰三立讲堂,二子咸在,至今盖十五六年矣,而谊日亲。相观摩期许,颇不似今之为朋友者。乃二子果能先我赴义死耶?未也?彼其无论矣。或诮之曰:《儒行》⑱"爱其死以有待之,养其身以有为也"⑲。然乎哉?然乎哉?乃又曰:"鸷虫攫搏不程勇,引重鼎不程力。往者不悔,来者不豫。⑳"何哉?余乃今愧二子。

《霜红龛集》

【注释】

①汾:山西汾阳。

②傅山(1607~1684):初名鼎臣,字青竹,别号浊翁、丹崖翁,山西阳曲人。明清之际道家思想家、文学家。康熙中征举博学

鸿词，屡辞不得免，至京，称老病，不试而归。著有《霜红龛集》等。

③薛子宗周：即薛宗周（？～1649），字文伯，山西汾阳人。明末抗清义士。与同乡王如金参加抗清义军，牺牲于晋祠堡。

④王子如金：即王如金（？～1649），字子坚，山西汾阳人。明末抗清义士。

⑤崖岸：喻人严肃端庄。

⑥习计子钱：学习计算利息。

⑦财房家：有钱财的人家。

⑧甲申国变：指崇祯十七年（1644），李自成大军攻入北京，崇祯帝自缢。因该年为甲申年，故称"甲申国变"。

⑨举子业：举业，应科举考试，主要背诵朱子注释的《四书》，再练习作八股文。

⑩老：精通。

⑪己丑四月：指顺治六年（1649）四月。时驻守山西大同的原明朝将领姜瓖举兵反清复明。

⑫绝裾：扯断衣襟。形容离去的态度十分坚决。

⑬晋祠：位于山西太原西南晋水之滨。

⑭埤（pì）：城上矮墙。

⑮丹崖子：作者自称。

⑯卓荦（luò）：与众不同，卓越超群。

⑰袁先生：即山西提学佥事袁继咸（1593～1646）。傅山、薛宗周皆是袁继咸的得意生徒。明亡后，袁继咸誓不降清，为清兵所杀。

⑱《儒行》：《礼记》中的一篇。

⑲"爱其死以有待之，养其身以有为也"：珍惜生命，是为了等待发挥作用的机会；保养身体，是希望有所作为。

⑳"鸷虫攫搏不程勇"诸句：遇到猛禽、猛兽的攻击不度量自

己的力量而与之搏斗，推举重鼎不度量自己的力量尽力而为。对过往的事情不追悔，对未来的事情不疑虑。

【赏读】

　　明知不可为而为之，这需要怎样的勇气和胆魄？面对抗清大业，薛宗周、王如金便以这样义无反顾的姿态投身其间，舍生取义。

　　薛宗周、王如金与傅山是多年好友，三人同气相求，肝胆相照。傅山和薛宗周同为山西提学佥事袁继咸的得意生徒。崇祯九年（1636），袁继咸被诬系京，傅山、薛宗周组织百余生员来到京城，为师请命。在此期间，两人并肩奔波，生死与共，结下深厚友谊，被时人称为"山右二义士"。明亡后，傅山寓居汾阳，与隐居于此的王如金来往甚频。傅山长期居于王如金住所，两人往思故国，常顾影自怜，默然垂泪。

　　顺治六年（1649），原大同总兵姜瓖高举明王朝旗号，大军南下至晋中，攻陷汾州府，占据了晋中大片地区。正是在此背景下，薛宗周、王如金被延至军中。当时的监军张懋爵惜财如命，国难当头，此辈人物怎么可能力挽狂澜？有人便劝二子"辞张为上"，薛宗周一句"但见我明旗号，尚观望，非夫也"，何其慷慨悲凉。事实上，对于当时的局势，二子心知肚明。"我兵有必胜之道，恨此辈无制胜术耳。"此语读来令人断肠。从投军的那一刻开始，或许二子早已料定了失败的结局。为什么他们不全身而退？这正是二子精神世界的可贵之处。

　　这篇《汾二子传》的笔调是苍凉的。特别是二子殉国后，"汾之人皆益笑之"，何等令人心寒？以身殉国并不可怕，可怕的是得不到世人的敬重和理解。那些村野莽夫或许已然忘却了国仇家恨，近乎冷血地将这件事传为乡野笑谈。《礼记》中说，遇到猛兽便上前搏击，不考虑自己的勇力是否能胜；扛举重鼎，不考虑自己的力量是否能胜。这样的评价,用在二子身上,难道真的合适吗?

终其一生,傅山都在反清复明。对于二子之死,傅山极其痛心。好友以身殉国,终算死得其所。可自己呢?又能为故国做些什么呢?"余乃今愧二子",是傅山写这篇文章时最真实心态的表达。

祭钱牧斋①先生文   归　庄②

呜呼！古之所谓不朽，立德、立言与立功。故有宋一代之士，欧苏③之文章，遂与程朱④之理学，韩范⑤之勋猷，并美而比隆。百余年来，文章之道，径路歧而芜秽丛。自先生起而顿辟康庄，一扫蒙茸⑥。知与不知，皆曰先生今日之欧苏两文忠。

先生之文，光华如日月，汗浩如江海，巍峨如华嵩。至其称物而施⑦，各副其意，变化出没，不可端倪。又如生物之化工，残膏剩馥，沾溉后学，使空空者果腹，伥伥者发蒙。文章之有先生，信八音之琴瑟笙镛，而五采之山龙华虫。

先生于一代首批先太仆公，太仆之文，初为同时盛名者所压而不大显，先生极力表章，忽然云雾廓清，白日当空。小子某，始也昧昧，及门之后，薰炙陶镕。始知家学之当守，而痛惩夫妄庸。二十余年，谈经问字，庶几侯芭之与扬雄⑧。呜呼！而今哲人萎矣，谁复为我指其迷而启其蒙。

先生通籍五十余年，而立朝无几时，信蛾眉之见嫉⑨，亦时会之不逢。抱济世之略，而纤毫不得展；怀无涯之志，而不能一日快其心胸。某性迂才拙，心壮头童⑩。先生喜其同志，每商略慷慨，谈讌从容⑪。剖肠如雪，吐气成虹。感时追往，忽复泪下淋浪，发竖蓬松。窥先生之意，亦悔中道之委蛇⑫，思欲以晚盖，何天之待先生之酷，竟使之赍志以终。

人谁不死？先生既享耄耋⑬矣，呜呼！我独悲其遇之穷。先生素不喜道学，故居家多恣意，不满于舆论，而尤取怨于同宗。小子之初拜夫灵筵也，颇闻将废匍匐之谊⑭，而有意于兴戎⑮。哀孝子之在疚⑯，方丧事之纵纵⑰，虽报施之常，人情所同。顾大不伐丧，春秋之义⑱；虐茕独者，箕子⑲所恫！闻其人固高明之士，必能怵于名义而涣然冰释；逝者亦可自慰于幽宫。虞山崔崔，尚湖沨沨，去先生之恒干⑳，飙举于云中。哀文章之沦丧，孰能继其高踪？悲小子之失师，将遂底于惛懵！

自先生之遭疾，冬春再挂夫孤篷。入夏而苦贱患，就医于练水之东。尝驰问疾之使，报以吉而无凶。方和高咏以自慰，岂谓遂符两楹之梦，忽崩千丈之松。呜呼！手足不及启，含敛不及视，小子抱痛于无穷！跪陈词而荐酒，不知涕之何从！尚飨。

《归庄集》

【注释】

①钱牧斋：即钱谦益，号牧斋。

②归庄（1613~1673）：一名祚明，字尔礼，又字玄恭，号恒轩，昆山（今属江苏）人。明末清初书画家、文学家。明代散文家归有光曾孙。与顾炎武相友善，有"归奇顾怪"之称。有《归玄恭文钞》《归玄恭遗著》等传世。

③欧苏：指北宋欧阳修和苏轼，俱以文称。

④程朱：指北宋程颢、程颐兄弟，以及南宋朱熹。程朱理学是宋明理学的主要派别之一，也是理学各派中对后世影响最大的学派之一。由程颢、程颐兄弟创立，其间经过弟子杨时，再传罗从彦，

三传李侗,到南宋朱熹集为大成。

⑤韩范:北宋名臣韩琦和范仲淹的并称,二人戍边抵御西夏,战功显赫。

⑥蒙茸:杂乱的样子。

⑦称物而施:根据物品的多少,做到施与均衡。

⑧庶几侯芭之与扬雄:意谓我跟随先生,差不多就像侯芭跟随扬雄。侯芭,西汉钜鹿人,著名文学家、哲学家,扬雄的弟子。

⑨信蛾眉之见嫉:意谓的确是才德双全,被别人嫉妒。蛾眉,原指女子。

⑩心壮头童:意谓虽然心志远大,但是力不从心。头童,头发脱落,形容人衰老的状态。

⑪谈䜩:谈心宴饮。

⑫委蛇:应顺。此处指清兵南下之时,作为前明礼部尚书,钱谦益在南京率先迎降之事。用"委蛇",表示钱谦益降清,非出于本愿,只是权宜之计。

⑬耄耋(mào dié):八九十岁,指年纪很大的人。钱谦益八十三岁高龄去世,葬于虞山南麓。

⑭匍匐之谊:谓倒仆伏地、趴伏之丧礼情谊。《礼记·问丧》:"孝子亲死,悲哀志懑,故匍匐而哭之。"

⑮兴戎:发动战争,引起争端。

⑯在疚:疚,病。谓在忧病之中。后用为居丧的代称。

⑰纵纵:急遽貌。

⑱顾大不伐丧,春秋之义:意谓义不伐丧是春秋时代通行的义法。义不伐丧,西周五礼之一的凶礼即要求对他人或别国的各种不幸事件要悼念、慰问、互助。诸侯之间交兵,当获悉敌国君王去世或国内发生严重灾祸时,一般都不会趁火打劫,而要略表哀矜之意。

⑲箕子:殷商末期人,是文丁的儿子,帝乙的哥哥,纣王的伯

父，官太师，封于箕。

⑳恒干：指躯体。

【赏读】

历史往往充满着矛盾，甚至有点滑稽。清乾隆帝编定《明季贰臣传》时，将很多投降清朝、对清朝建国有功的明朝故臣列入其中，其中就包括江左才子钱谦益。

所谓"贰臣"，指的是先后在两个朝代出仕的大臣，明显含有贬义，和"叛臣"并无多少区别。列入《明季贰臣传》者，不管有多少无奈，有多大功业，毕竟有负前朝，始终抹不掉"大节有亏"这四个字。乾隆此举，意在崇奖忠贞、风励臣节。毕竟对于统治者来说，总是希望臣子能有一颗赤胆报国之心。

归庄是著名的反清义士，被清政府搜捕，亡命他乡。他为什么会怀念降清的钱谦益，而写下这篇《祭钱牧斋先生文》呢？让我们从这篇文章中去寻找答案。

文章起笔，归庄就不吝赞美之辞，对钱谦益的文才给予了极高评价，甚至将他比作当世的欧阳修、苏东坡。归庄的这一评价是否公允呢？从钱谦益的文学成就来看，不算过誉。看得出来，归庄对钱谦益之才学，颇为倾倒。

接下来，归庄对钱谦益的提携之恩，表示了感激。钱谦益对后学颇多提携，这一点深为江南士人感念。归庄称自己起初蒙昧，经过钱谦益提点，方始豁然开朗。二十余年谈经问学，才勉强有了一点成就。

上面这两点，并不是激发归庄以满腔感佩之情写作此文的出发点。最主要的原因，在于归庄对钱谦益的坎坷境遇很是同情，并理解、谅解了他的降清之举。钱谦益降清之后，内心极其痛苦。北上京师半年，便以病告归南京。钱谦益心中有着深深的黍离之悲，后来他颇多复明之举。对于这些,归庄无疑相当清楚。所以他才会说"窥先生之意,亦悔中道之委蛇,思欲以晚盖"。只不过当时清政府统治已较巩固,即便像郑成功率十余万大军沿江而上,攻至紧邻南京的镇江,最终亦功亏一篑。反清复明,谈何容易?

作为传统文人,钱谦益的思想极其复杂。后人以唾弃、谩骂的言论来对待他,对他并不公平。作为抗清斗士,作为终身不用清朝年号的义士,归庄能够对钱谦益给予公允的评价,实属难能可贵。古人常说,"士为知己者死"。钱谦益能够拥有像归庄这样的知己之交、莫逆之友,幸甚幸甚!

书吴潘二子事　顾炎武①

苏之吴江有吴炎②、潘柽章③二子，皆高才。当国变后，年皆二十以上。并弃其诸生④，以诗文自豪。既而曰："此不足传也，当成一代史书，以继迁、固⑤之后。"于是购得《实录》⑥，复旁搜人家所藏文集奏疏，怀纸吮笔，早夜矻矻⑦。其所手书，盈床满箧，而其才足以发之。及数年而有闻，予乃亟与之交。二子皆居江村，潘稍近，每出入未尝不相过。又数年，潘子刻《国史考异》三卷，寄予于淮上，予服其精审。又一年，予往越州，两过其庐。及予之昌平、山西，犹一再寄书来。

会湖州庄氏难作。庄名廷鑨，目双盲，不甚通晓古今。以史迁有"左丘失明，乃著《国语》"之说，奋欲著书。其居邻故阁辅朱公国桢家。朱公尝取国事及公卿志状疏草命胥钞录，凡数十帙，未成书而卒。廷鑨得之，则招致宾客，日夜编辑为《明书》。书冗杂不足道也。廷鑨死，无子，家赀可万金。其父胤城流涕曰："吾三子皆已析产，独仲子死无后，吾哀其志，当先刻其书，而后为之置嗣。"遂梓行之。慕吴、潘盛名，引以为重，列诸参阅姓名中。

书凡百余帙，颇有忌讳语，本前人诋斥之辞未经删削者。庄氏既巨富，浙人得其书，往往持而恐吓之，得所欲以去。归安令吴之荣者，以赃系狱，遇赦得出。有吏教之买此书，恐吓庄氏。

庄氏欲应之，或曰："踵此而来，尽子之财不足以给，不如以一讼绝之。"遂谢之荣。之荣告诸大吏，大吏右庄氏，不直⑧之荣。之荣入京师，摘忌讳语密奏之。四大臣⑨大怒，遣官至杭，执庄生之父及其兄廷钺及弟侄等，并列名于书者十八人，皆论死。其刻书鬻书，并知府、推官之不发觉者，亦坐之。发廷鑨之墓，焚其骨，籍没其家产。所杀七十余人，而吴、潘二子与其难。

当鞫讯时，或有改辞以求脱者。吴子独慷慨大骂，官不能堪，至拳踢仆地。潘子以有母故，不骂亦不辩。其平居孝友笃厚，以古人自处，则两人同也。予之适越，过潘子时，余甥徐公肃新状元及第。潘子规余，慎无以甥贵稍贬其节，余谢不敢。二子少余十余岁，而予视为畏友，以此也。方庄生作书时，属客延予一至其家。予薄其人不学，竟去，以是不列名，获免于难。二子所著书若干卷，未脱稿，又假予所蓄书千余卷，尽亡。

予不忍二子之好学笃行而不传于后也，故书之。且其人实史才，非庄生者流也。

《亭林文集》

【注释】

①顾炎武（1613~1682）：初名绛，字宁人，自署蒋山佣，江苏昆山人。明清之际思想家、学者，被推为乾嘉学派开山祖师。其研究广泛，著作极丰，有《天下郡国利病书》《肇域志》《日知录》《亭林诗文集》等。

②吴炎（1623~1663）：字赤溟，号赤民，吴江（今属江苏）人，明朝生员。同潘柽章等结"惊隐诗社"，与顾炎武交谊颇笃。

明亡后,隐居授业。因受明史案牵连,与潘柽章同被凌迟于杭州弼教坊。

③潘柽章(1626~1663):字圣木,号力田,吴江(今属江苏)人。明亡,隐居故里,勤力攻书,尤精于史学。

④弃其诸生:指放弃了科举考试。

⑤迁、固:即著《史记》的司马迁,著《汉书》的班固。后文"史迁"亦指司马迁。

⑥《实录》:指《明实录》。这是明代历朝官修的编年体史书,记录了从明太祖朱元璋到明熹宗朱由校约两百五十年间的大量史料。

⑦矻(kū)矻:辛勤劳作、勤劳不懈的样子。

⑧不直:不以之为是。这里指大吏袒护庄氏,不认为之荣有理。

⑨四大臣:指康熙初年,索尼、苏克萨哈、遏必隆、鳌拜为辅政大臣,故称"四大臣"。

【赏读】

文字狱,古已有之,而以清初为最盛。"清风不识字,何故乱翻书。""明月有情还顾我,清风无意不留人。"这些文人消愁破闷的诗句,到了别有用心之人眼中,却成了反清复明的铁证:凡"清"字,定指清朝;至于"明"或"朱"等字眼,自然指前明无疑了。一时间,血雨腥风,令人骇目。

顾炎武的这篇《书吴潘二子事》,讲述的是好友吴炎、潘柽章牵涉"明史案"而遇害的事。"明史案"是江南最著名的文字狱,发生在康熙二年(1663)。在文章里,顾炎武揭露了兴起此狱的宵小之徒的嘴脸。庄廷鑨双目失明,以"左丘失明,乃著《国语》"自勉,他从邻居故明阁辅朱国桢家获得了不少明代史料,遂招延宾客,而成《明史》。此书刊行之后,未料引起轩然大波。先是一批无良文人跑到庄家,敲诈勒索,各得其所欲而去。后来,一个叫吴之荣的县令也跑去敲诈,庄家实在忍受不了,没有搭理。吴之荣跑到官府告发,官府亦未受理。一气之下,吴之荣竟跑去京城告状。如此一来,庄廷鑨之老父、兄弟、子侄,以及参与编书者、刻书者、卖书者均获罪,共有十八人被凌迟处死,二百多人遭斩首,被流放宁古塔为奴者更是多达七百余家。庄廷鑨彼时已身故,亦被掘其墓而焚其骨。

在此案中,顾炎武的好友吴炎、潘柽章均被凌迟处死于杭州弼教坊。闻此凶讯,顾炎武肝肠欲裂。他不忍吴、潘二子的事迹湮没,于是写下此文。同时还写有《汾州祭吴炎潘柽章二节士》诗一首,长歌当哭。

"一代文章亡左马,千秋仁义在吴潘。"在诗中,顾炎武将吴、潘二人比作左丘明、司马迁。吴、潘二人为保存前明史实,着手编著《明史记》。顾炎武将自己搜集的大量史料,都交给了他们。吴、潘遇害后,尚未写成的《明史记》以及史料均付之一炬。庄廷鑨编《明史》时,因仰慕吴、潘二人之名,故将他们列入参阅者名单之中。当时庄廷鑨亦想将顾炎武列名其中,但顾炎武"薄其人不学",没有答应,而避免了此祸。

《书吴潘二子事》将大量笔墨集中在记录"明史案"的来龙去脉,同时突显了吴、潘二子高尚的民族气节。诚所谓:亭林身以史家,而著二子史事,以传清初史实,真乃一代史文也!

刘海峰①先生传 姚 鼐②

刘海峰先生,名大櫆,字才甫,海峰其自号也。桐城东乡滨江地曰陈家洲,刘氏数百户居之,为农业,多富饶。独海峰生而好学,读古人文章,即知其意而善效之。年二十余,入京师。

当康熙末,方侍郎③苞名大重于京师矣。见海峰,大奇之,语人曰:"如苞何足言耶?吾同里刘大櫆,乃今世韩欧④才也!"自是天下皆闻刘海峰。然自康熙至乾隆数十年,应顺天府试,两登副榜⑤,终不得举。乾隆元年举博学鸿词⑥,乾隆十五年举经学⑦,皆不录用。朝官相知、提督学政者,率邀之幕中阅文,因历天下佳山水,为歌诗自发其意。年逾六十,乃得黟县教谕。又数年,去官归枞阳,不复出。卒年八十三,无子,以兄之孙符琛为后。

先生少时,与鼐伯父姜坞先生⑧及叶庶子酉⑨最厚。鼐于乾隆四十年自京师归,庶子与鼐伯父皆丧,独先生存,屡见之于枞阳。先生伟躯,巨髯,能以拳入口,嗜酒,谐谑,与人易良无不尽。尝谓鼐:"吾与汝再世交矣!"

天下言文章者,必首方侍郎。方侍郎少时,尝作诗以视海宁查侍郎⑩慎行,查侍郎曰:"君诗不能佳,徒夺为文力,不如专为文。"方侍郎从之,终身未尝作诗。至海峰,则文与诗并极其力,能包括古人之异体,镕以成其体,雄豪奥秘,麾斥出之,岂非其才之绝出今古者哉!其文与诗皆有雕板,鼐欲稍删次⑪之合为集,未就,乃次其传。

《惜抱轩诗文集》

【注释】

①刘海峰:即刘大櫆,号海峰。

②姚鼐(1732~1815):字姬传,一字梦谷,安徽桐城人。清代散文家,与方苞、刘大櫆并称为"桐城三祖"。因室名惜抱轩,故世称"惜抱先生"。著有《惜抱轩全集》等,编选《古文辞类纂》。

③方侍郎:即方苞,其官至礼部右侍郎。

④韩欧:指韩愈和欧阳修。

⑤副榜:科举时代一种不同于正式录取的榜示,即于正式录取的正榜外,再选若干人列为副榜。

⑥博学鸿词:即博学宏词科,简称词科,也称宏词或宏博。科举考试制科之一种,始创于唐开元年间。清康熙与乾隆时曾两次举试。因乾隆名弘历,"宏"音、形、义与"弘"相近,故改为博学鸿词。

⑦举经学:谓"保举经学",是皇帝临时下诏设置的考试科目。

⑧姜坞先生:即姚范,字南菁,号姜坞。姚鼐伯父。乾隆年间进士。

⑨叶庶子酉:即叶酉,字书山,安徽桐城人。历提督湖南学政,洊升至左庶子。

⑩查侍郎:即查慎行(1650~1727),初名嗣琏,字夏重,号初白;后改名慎行。浙江海宁人。著有《他山诗钞》。查慎行仕历或赠官均未至侍郎,此称"侍郎"疑误。

⑪次:编次,整理。

【赏读】

乾隆四十四年（1779）十月，一代宗师刘大櫆病逝，享年八十二岁。姚鼐与刘大櫆是忘年之交，于是写下这篇《刘海峰先生传》，以作追思。

对于刘大櫆的才学，姚鼐很是钦佩，称赞他"生而好学，读古人文章，即知其意而善效之"。当时方苞堪称文坛巨擘，刘大櫆的文章深得方苞称赏，一句"如苞何足言耶？吾同里刘大櫆，乃今世韩欧才也"，刘大櫆的才名顿时天下皆知。可叹刘大櫆空有满腹诗书，却是屡试不第，直到晚年，才谋得一个小官，几年后辞官归隐，不复出。

文中虽仅三言两语，刘大櫆的神态却是栩栩如生：伟躯，巨髯，能以拳入口，嗜酒，谐谑……刘先生之形象，仿佛活跃在眼前。于姚鼐来说，刘大櫆是长辈，但刘大櫆却将姚鼐视为忘年之交。刘大櫆病逝后，姚鼐痛失师长，痛失知音，除《刘海峰先生传》外，另写有《祭刘海峰先生文》。在文中，姚鼐回忆了自己与刘大櫆多年来的交往，感叹地说："举世茫茫，何我孤立。有言莫陈，终古于邑！"哀哀之情，溢于纸端。

方苞、刘大櫆和姚鼐，都是"桐城派"代表人物。姚鼐作《刘海峰先生传》另有一层深义，旨在突出刘大櫆在方苞和自己之间的承上启下的作用。读此文，方、刘、姚一脉相承的桐城文统，清晰可明。

告安甫文　张惠言①

告安甫：汝命止此，复何言耶？吾疾困，不能凭汝以诀，岂亦命耶？汝魂有知，其②能南归，依尔父母耶？其未能耶？朝夕依吾，勿悲怨也。呜呼！

告安甫：此屋不可居，今将殡汝于横街白衣庵西偏之室，是亦汝幽宫也。汝安之，吾未有定居，魂气无不之，视吾之所在，汝来依我。

告安甫：此凶宅也，汝知之，吾弗知以戕汝，吾忍复居此耶？今日之酉③，阴阳家言，汝反宅中，汝之魂，其不眷于此室也。其即尔幽宫，无怨无恫。幽明虽隔，魂魄何其辽邈哉？吾靡所定居，凡所舍止，即为吾宅。汝来梦中，与我共语，门神户灵，勿呵勿阻。

《茗柯文编》

【注释】

①张惠言（1761~1802）：原名一鸣，字皋文，号茗柯，武进（今江苏常州）人。清代词人、散文家。为常州词派之开山。著有《茗柯文编》。

②其："其……其……"连用，表选择疑问，意为"是……呢？还是……呢？"

③酉：即酉时，下午五点至七点。

【赏读】

江安甫是张惠言的学生,十四岁时师从张氏,十八岁病逝。安甫逝世后,张惠言写有多篇序、铭,如《安甫遗学序》《记江安甫所钞易说》《江安甫葬铭》《祭江安甫文》《又告安甫文》等。可见张惠言和江安甫师徒情深,情同父子。

嘉庆四年(1799),张惠言第七次参加会试,结果中二甲进士,改庶吉士,充实录馆纂修官。江安甫执意随张惠言北上赴京,以学时文。对张惠言来说,是"不忍沮";对江安甫父母来说,是"不忍拂"。未料至京未及一年,安甫于嘉庆五年(1800)正月初一因病死。张惠言既伤安甫之死,复悲安甫未完之志,一时间肝肠寸断。

从张氏的这几篇文章里,我们可以知道,安甫专学郑氏"礼"、虞氏"易"。他认为《易经》在唐代已没人能懂,而至宋代人们已讲解不出《礼经》的真义,故有志于此,勤于研修。或许是耗费了太多心血,安甫正值壮年,不幸病亡。

俱往矣,未可追!这篇《告安甫文》,如痴如呓,如泣如诉。张惠言通过三段和江安甫阴阳两隔的对话,一抒胸中的绵绵哀思。

安甫啊安甫,我未能当面和你诀别,这难道不是命运的捉弄吗?你的魂魄能归南方,归依父母吗?如果你还是朝夕依吾,不要悲怨啊!此其一诉。

安甫啊安甫,我现在将你置于幽宫,你且安居于此。我现在居无定所,你看我居于何处,记得前来依我啊!此其二诉。

安甫啊安甫,如果我知道这是一所凶宅,怎么忍心让你住在这里?我虽然居无定所,只要是我住的地方,就是你家。你一定要入我梦中,和我说说话啊!此其三诉。

幽冥相隔,张惠言的这三句肺腑之言,安甫可能听到?张惠言满腔的悲凉之意,至此已抒发至极致。安甫之死,到底该责怪谁呢?诚如他在《江安甫葬铭》中所写的:"尔以吾为归,尔之死,吾尤谁?天乎?人乎?"

卷六

青青子衿,悠悠我心

李贺①小传 李商隐

京兆杜牧②为李长吉集序,状长吉之奇甚尽,世传之。长吉姊嫁王氏者,语长吉之事尤备。

长吉细瘦,通眉,长指爪,能苦吟疾书。最先为昌黎韩愈所知。所与游者,王参元③、杨敬之④、权璩⑤、崔植⑥为密,每旦日出,与诸公游,未尝得题,然后为诗,如他人思量牵合,以及程限⑦为意。恒从小奚奴⑧骑距驴,背一古破锦囊,遇有所得,即书投囊中。及暮归,太夫人使婢受囊,出之,见所书多,辄曰:"是儿要当呕出心始已耳。"上灯与食,长吉从婢取书,研墨叠纸足成之,投他囊中。非大醉及吊丧日,率如此,过亦不复省。王、杨辈时复来探取写去。长吉往往独骑往还京、洛,所至或时有著,随弃之,故沈子明⑨家所余四卷而已。

长吉将死时,忽昼见一绯衣人,驾赤虬,持一版,书若太古篆或霹雳石文者,云当召长吉。长吉了不能读,欻⑩下榻叩头,言:"阿奶老且病,贺不愿去。"绯衣人笑曰:"帝成白玉楼,立召君为记。天上差乐,不苦也。"长吉独泣,边人尽见之。少之,长吉气绝。常所居窗中,勃勃有烟气,闻行车嘒管⑪之声。太夫人急止人哭,待之,如炊五斗黍许时,长吉竟死。王氏姊非能造作谓长吉者,实所见如此。

呜呼,天苍苍而高也,上果有帝耶?帝果有苑囿、宫室、观阁之玩耶？苟信然，则天之高邈，帝之尊严，亦宜有人物文彩愈此世者，何独番番⑫于长吉，而使其不寿耶？噫，又岂世所谓才而奇者，不独地上少耶？天上亦不多耶？长吉生二十七年，位不过奉礼太常⑬，当时人亦多排摈毁斥之，又岂才而奇者，帝独重之，而人反不重耶？又岂人见会胜帝耶？

《樊南文集》

【注释】

①李贺（790~816）：字长吉，福昌（今河南宜阳西）人。中唐浪漫主义诗人。郡望陇西，家居福昌之昌谷，后人因称"李昌谷"。有"诗鬼"之称，著有《昌谷集》。

②京兆杜牧：杜牧（803~853），字牧之，号樊川居士，京兆万年（今陕西西安）人。唐代杰出的诗人、散文家，因晚年居长安南樊川别墅，故后世称"杜樊川"，著有《樊川文集》。与李商隐并称"小李杜"。

③王参元：唐元和二年（807）进士。工于翰墨，有名当世。

④杨敬之：唐元和二年（807）进士。字茂孝，唐代文学家杨凌之子。

⑤权璩：权德舆之子。字大圭，唐宪宗元和初，擢进士。

⑥崔植：字公修，宰相佑甫犹子，立为嗣。

⑦程限：固定的形式和限定。

⑧小奚奴：指小奴仆。

⑨沈子明：唐集贤学士。

⑩欻（xū）：快速。

⑪嘒（huì）管：形容乐器管籥之声。后以"嘒管行车"作为对文人才士死去的颂美之词。

⑫番番：次次，事事。
⑬奉礼太常：即奉礼郎，太常寺属官。元和六年（811）五月，李贺任奉礼郎，从九品。

【赏读】

　　李贺被称为"诗鬼"，大抵因他的诗歌极尽奇诡凄冷之气。"黑云压城城欲摧"，"天若有情天亦老"，"雄鸡一声天下白"……这些千古名句，无不构思奇巧，文辞瑰丽。但李贺的一生是不幸的，他仕途失意，身世浮沉，年仅二十七岁即弃世而去，令人感喟。

　　为这样的一代奇才立传，原本并非难事。但李义山的这篇《李贺小传》，却未陷入传统传记的窠臼，没有详细记述李贺跌宕起伏的一生，而是抓住了几个小小的片断，以小见大，以一"奇"字贯穿全文，颇有特点。

　　文章对李贺的外貌描写，虽仅区区十余字，但一股清奇之气，已是跃然纸上。至于李贺创作诗歌的过程，文章颇花了些笔墨。李贺写诗，从不先定题目然后作诗。为了随时捕捉灵感，他常常带个书童，骑着毛驴，背上袋子，途中遇到所见所闻，随时写下来，投进袋中。晚上回家，就着烛火，取出草稿，补缀成诗，投入囊中，再不相顾。母亲见李贺每次回来，袋中的诗稿都很多，于心不忍："这孩子要呕出心才罢休啊！"这也就是"呕心"一词的出处。李贺作诗之用心勤勉，可见一斑。

　　李贺作诗如此投入，但诗写好之后，却是随意丢弃，这充分体现了他性情里有别于常人之奇。李贺临终之时的种种景况，却又有另一般奇异之处。所谓梦见天帝相召云云，本是荒诞之言，不足为信，义山却是浓墨重彩大加渲染，读来并不显得突兀，相反很好地映衬了李贺的性格特征，使人有惝恍迷离之感。

　　义山才高八斗，同样命途多舛，在这一点上，与李贺颇有相似之处。义山于文末所写的一段议论,既是对李贺壮年早逝的惋惜,同时也曲折地表达了自己胸中的不平之气。"又岂世所谓才而奇者,不独地上少耶?天上亦不多耶?长吉生二十七年,位不过奉礼太常,当时人亦多排摈毁斥之,又岂才而奇者,帝独重之,而人反不重耶?又岂人见会胜帝耶?"以李贺之奇才,天帝尚且重视,前来相召,为什么朝廷却不加以重视呢?难道人的见识远远高于天帝吗?

　　文末的这段议论,才是文章的重点。义山明白无误地道出了写这篇《李贺小传》的用意:古往今来,多少才华横溢者怀才不遇,终身蹇滞,而那些平庸之徒却身居高位,命运为何如此不公?

醉白堂记 苏 轼①

故魏国忠献韩公②，作堂于私第之池上，名之曰"醉白"。取乐天③《池上》之诗，以为醉白堂之歌。意若有羡于乐天而不及者。天下之士，闻而疑之，以为公既已无愧于伊、周④矣，而犹有羡于乐天，何哉？

轼闻而笑曰：公岂独有羡于乐天而已乎？方且愿为寻常无闻之人而不可得者。天之生是人也，将使任天下之重，则寒者求衣，饥者求食，凡不获者求得。苟有以与之，将不胜其求。是以终身处乎忧患之域，而行乎利害之涂，岂其所欲哉！夫忠献公既已相三帝⑤安天下矣，浩然将归老于家，而天下共挽而留之，莫释也。当是时，其有羡于乐天，无足怪者。然以乐天之平生而求之于公，较其所得之厚薄浅深，孰有孰无，则后世之论，有不可欺者矣。文致太平，武定乱略，谋安宗庙，而不自以为功。急贤才，轻爵禄，而士不知其恩。杀伐果敢，而六军⑥安之。四夷八蛮想闻其风采，而天下以其身为安危。此公之所有，而乐天之所无也。乞身⑦于强健之时，退居十有五年，日与其朋友赋诗饮酒，尽山水园池之乐。府有余帛，廪有余粟，而家有声伎之奉。此乐天之所有，而公之所无也。忠言嘉谋⑧，效于当时，而文采表于后世。死生穷达，不易其操，而道德高于古人。此公与乐天之所同也。公既不以其所有自多，亦不以其所无自少，将推其同者而自托焉。方其寓形于一醉也，齐得丧，忘祸福，混贵贱，等贤愚，同乎万物，而与造物者游，非独自比于乐天而已。古之君子，其处己也厚，其取名也廉。是以实浮于名，而世诵其美不厌。以孔子之圣，而自比于老彭⑨，自同于丘明⑩，自以为不如颜渊⑪。后之君子，实则不至，而皆有侈心焉。臧武仲⑫自以为圣，白圭⑬自以为禹，司马长卿⑭自以为相如⑮，扬雄⑯自以为孟轲⑰，崔浩⑱自以为子房⑲，然世终莫之许也。由此观之，忠献公之贤于人也远矣。

昔公尝告其子忠彦，将求文于轼以为记而未果。公薨既葬，忠彦以告，轼以为义不得辞也，乃泣而书之。

《苏轼文集》

【注释】

①苏轼（1037~1101）：字子瞻，号东坡居士，谥号"文忠"。眉州眉山（今属四川）人，北宋著名文学家，为"唐宋八大家"之一。曾出知杭州、颍州，官至礼部尚书。后贬谪惠州、儋州。北还后病死常州。诗文有《东坡七集》等传世。

②魏国忠献韩公：即韩琦（1008~1075），字稚圭，自号赣叟，相州安阳（今河南安阳）人。北宋政治家、词人，封为魏国公，谥忠献。

③乐天：即唐代著名诗人白居易。

④伊、周：商代的伊尹和西周的周公旦。两人均忠心辅佐国君，为后世称颂。

⑤相三帝：韩琦一生历仁宗、英宗和神宗三朝，故云"相三帝"。

⑥六军：世称领军、护军、左右二卫、骁骑、游击为"六军"。
⑦乞身：古代以做官为委身事君，故称请求辞职为乞身。
⑧嘉谋：美好的计谋。
⑨老彭：一说为老聃、彭祖的并称。后泛指传说中长寿的彭祖。
⑩丘明：鲁国史官左丘明，著有《春秋左氏传》《国语》等。
⑪颜渊：即颜回（前521~前490），字子渊，春秋末期鲁国人。十四岁拜孔子为师，此后终生师事之，是孔子最得意的门生。
⑫臧武仲：春秋时鲁国大夫臧孙纥（hé），又称臧孙、臧纥。
⑬白圭：战国初期魏惠王属下大臣，善于修筑堤坝，兴修水利，有"商祖"之誉。
⑭司马长卿：即司马相如（约前179~前118），字长卿，西汉辞赋家。
⑮相如：即蔺相如，战国时期著名的政治家、外交家。司马相如少年时喜欢读书，也学习剑术，他很仰慕蔺相如的为人，就改名相如。
⑯扬雄（前53~18）：字子云，是继司马相如之后西汉最著名的辞赋家。
⑰孟轲：字子舆，是孔子之孙孔伋的再传弟子，战国时期伟大的思想家、政治家，儒家学派的代表人物。与孔子并称"孔孟"。
⑱崔浩（381~450）：字伯渊，是北魏太武帝最重要的谋臣之一，对促进北魏统一北方做出了贡献。崔浩长相如美貌妇人，自比张良。
⑲子房：即张良（？~前189或前190），字子房，秦末汉初杰出的谋士，与韩信、萧何并称为"汉初三杰"。

【赏读】

东坡写这篇《醉白堂记》时，正贬官密州。"致君尧舜，此事何难"的理想破灭，故只能寄情于佛老，以"超然"的情怀，尽其州官职守。这一时期东坡的作品，多流露出仕宦进取与人生失意的矛盾困惑。

此文是东坡应韩琦之子韩忠彦之请而作。韩琦乃北宋名臣，曾与范仲淹共同抵御西夏，居功至伟，人称"韩范"。此文从"醉白"二字说起，针对众人不解韩琦为什么会羡慕白居易，生发一大段议论，可谓别开生面。

对于白居易和韩琦的一生功过，东坡进行了一番比较。他认为韩琦之所以羡慕白居易，只不过是想过寻常人的生活罢了。韩琦一生出将入相，先后辅佐过三任皇帝，晚年萌生告老还乡之念，却被苦留朝廷继续任职。白居易在身体强健之时，告老还乡，退隐田园十五载，每日寄情山水，饮酒赋诗，家中财富享用不尽。而韩琦却忙着治理天下，平定兵乱，享受不到白居易晚年的奢靡生活。尽管两人的道德品行都是一样的，但人生收获的大与小，又该如何来评判呢？

东坡的这番议论，颇发人深省。其实，他是借赞颂韩琦来表达自己的处世态度。"方其寓形于一醉也，齐得丧，忘祸福，混贵贱，等贤愚，同乎万物，而与造物者游，非独自比于乐天而已。"韩琦在一醉之间寄托自己的情怀，看淡得失，忘记祸福，混淆贵贱，等同贤愚，等同世间万物，完全融入自然之中，这样的境界，岂独独是和白乐天相比较？

东坡在这里阐释的是庄子"万物齐一"的思想——万物的差别和人们认识的是非，都是相对的，不必刻意地去分别高低贵贱，即所谓"齐一万物，莫强分别"。东坡借此也是一浇胸中块垒。经世济民的政治理想难以实现，东坡只能更多地接受清静无为、超然物外的思想，在释、道中寻找精神寄托。

宋子畏①圹志 方孝孺②

金华宋慎子畏,年二十七岁,洪武十三年③庚申十一月二十八日以某官卒京师。明年五月某日从祖父弟性,以其骨归,祔葬浦江罗山祖母贾夫人墓左。

天台某志之曰:呜呼!子畏以太史公④为祖,以仲珪甫⑤为父。以子之才智奇伟,其于富贵寿考⑥皆所宜有。而年不及壮,仕不克膴⑦,举莫推其故也。告哀于幽,使陵迁谷变⑧之后,有爱才者悼其不幸,曰:此仁人之子孙,尚为视护其墓。

《逊志斋集》

【注释】

①宋子畏:即宋慎(约 1354~1380),金华浦江(今属浙江)人。因牵涉胡惟庸案而被杀。

②方孝孺(1357~1402):字希直,宁海(今属浙江)人,人称正学先生。惠帝时任侍讲学士。因拒绝为发动"靖难之役"的燕王朱棣草拟即位诏书而被杀,并牵连其亲友学生八百余人全部遇害,成为历史上唯一被"株十族"的人。著有《逊志斋集》。

③洪武十三年:即公元 1380 年。洪武,明朝开国皇帝明太祖朱元璋的年号。

④太史公:即宋濂。宋濂有史才,曾主持编纂《元史》。时人称他为"太史公"。

⑤仲珪甫：指宋瓒，宋濂之子。甫，古代在男子名字下加的美称。

⑥寿考：年高，长寿。

⑦膴（wǔ）：膴仕，高官厚禄。

⑧陵迁谷变：丘陵变山谷，山谷变丘陵。比喻世事变迁，高下易位。陵，大土山；谷，两山之间的夹道。

【赏读】

在中国历史上，冤狱无数，血流成河。这篇《宋子畏圹志》，方孝孺写于宋慎被明太祖朱元璋杀害之后。面对空前紧张的政治环境，方孝孺敢于为宋慎鸣冤，这份勇气，令人钦敬。

俗话说，"飞鸟尽，良弓藏；狡兔死，走狗烹"。坐稳江山之后，朱元璋对和自己一起打天下的文臣武将有了猜疑之心，于是大开杀戒。朱元璋杀戮功臣之多，手段之残忍，骇人听闻。特别是胡惟庸、蓝玉两大案，大批文臣武将牵涉其中，几至族诛。宋慎是被誉为"明朝开国文臣之首"的宋濂之长孙，因为牵连进胡惟庸案而被杀。宋慎的叔父宋璲一起受累被杀。原本宋濂也被定下死罪，面临斩首，幸赖马皇后以及太子朱标全力相救，宋濂才免于一死，全家遭流放至茂州（今四川北部）。宋濂死于流放途中。诚所谓"伴君如伴虎"，一代大家落得如此结局，令人恻然！

胡惟庸是中国历史上的最后一任宰相，胡惟庸案也是朱元璋钦定的逆案。宋慎虽是冤死，但牵涉到逆案，谁敢为他说句公道话？可方孝孺却敢！被杀次年五月，宋慎归葬浦江，方孝孺写下这篇《宋子畏圹志》。文字虽简短，却分明在为宋慎鸣冤。在文中，方孝孺流露出了胸中的无限痛悼与悲愤。文末，他表露了自己的愿望：待他日时事变迁之后，有爱其才者悼其不幸，为其鸣冤昭雪。

方孝孺真是铮铮铁骨。后来不管起兵篡位的明成祖朱棣如何威逼,他终是不肯为其草写即位诏书,遂遭车裂于市,并株连十族,死者八百余人。"天地无终穷也,人生其间,视之犹须臾耳。虽国家存亡,终始数百年,其逾于须臾无几也。而道德仁义忠孝名节,凡人所以为人者,则贯天地而无终敝,故不得以彼暂夺此之常。"这是清代姚鼐在《方正学祠重修建记》一文中对方孝孺的评价。方孝孺正是秉持着这份"道德仁义忠孝名节",才能够不畏权势,看透生死,恪守着士人的操行底线,被誉为"天下读书种子"。

瘗旅文 王守仁①

维正德四年②秋月三日，有吏目③云自京来者，不知其名氏。携一子一仆，将之任，过龙场④，投宿土苗⑤家。予从篱落间望见之，阴雨昏黑，欲就问讯北来事，不果。明早，遣人觇之，已行矣。

薄午，有人自蜈蚣坡来，云："一老人死坡下，傍两人哭之哀。"予曰："此必吏目死矣。伤哉！"薄暮，复有人来，云："坡下死者二人，傍一人坐哭。"询其状，则其子又死矣。明日，复有人来，云："见坡下积尸三焉。"则其仆又死矣。呜呼伤哉！

念其暴骨无主，将二童子持畚锸⑥往瘗之，二童子有难色然。予曰："嘻！吾与尔犹彼也！"二童悯然涕下，请往。就其傍山麓为三坎，埋之。又以只鸡、饭三盂，嗟吁涕洟而告之，曰：

呜呼伤哉！繄⑦何人？繄何人？吾龙场驿丞余姚王守仁也。吾与尔皆中土之产，吾不知尔郡邑，尔乌为乎来为兹山之鬼乎？古者重去其乡，游宦不逾千里。吾以窜逐⑧而来此，宜也。尔亦何辜乎？闻尔官吏目耳，俸不能五斗，尔率妻子躬耕可有也。乌为乎以五斗而易尔七尺之躯？又不足，而益以尔子与仆乎？

呜呼伤哉！尔诚恋兹五斗而来，则宜欣然就道，乌为乎吾昨望见尔容蹙然，盖不任其忧者？夫冲冒雾露，扳援崖壁，行万峰之顶，饥渴劳顿，筋骨疲惫，而又瘴疠侵其外，忧郁攻其中，其能以无死乎？吾固知尔之必死，然不谓若是其速，又不谓尔子尔仆亦遽然奄忽⑨也！皆尔自取，谓之何哉！吾念尔三骨之无依而来瘗尔，乃使吾有无穷之怆也。

呜呼伤哉！纵不尔瘗，幽崖之狐成群，阴壑之虺⑩如车轮，亦必能葬尔于腹，不致久暴露尔。尔既已无知，然吾何能为心乎？自吾去父母乡国而来此，三年矣，历瘴毒而苟能自全，以吾未尝一日之戚戚也。今悲伤若此，是吾为尔者重，而自为者轻也。吾不宜复为尔悲矣。吾为尔歌，尔听之。

歌曰：连峰际天兮，飞鸟不通。游子怀乡兮，莫知西东。莫知西东兮，维天则同。异域殊方兮，环海之中。达观随寓兮，奚必予宫。魂兮魂兮，无悲以恫。

又歌以慰之曰：与尔皆乡土之离兮，蛮之人言语不相知兮。性命不可期，吾苟死于兹兮，率尔子仆，来从予兮。吾与尔遨以嬉兮，骖紫彪而乘文螭兮⑪，登望故乡而嘘唏兮。吾苟获生归兮，尔子尔仆，尚尔随兮，无以无侣为悲兮！道旁之冢累累兮，多中土之流离兮，相与呼啸而徘徊兮。餐风饮露，无尔饥兮。朝友麋鹿，暮猿与栖兮。尔安尔居兮，无为厉于兹墟兮⑫！

《王文成公全书》

【注释】

①王守仁（1472~1529）：字伯安，别号阳明。余姚（今属浙江）人，因曾筑室于会稽山阳明洞，自号阳明子，世称阳明先生。

明代著名哲学家、文学家。有《王文成公全书》传世。

②正德四年：即公元 1509 年。正德为明武宗年号。

③吏目：职官名。明代于知州下设吏目，掌出纳文书，或分领州事。

④龙场：龙场驿，在今贵州修文县。

⑤土苗：土著苗族。

⑥畚锸（běn chā）：畚，用草绳或竹篾编织成的盛物器具。锸，铁锹。

⑦繄（yī）：发语词，表语气。

⑧窜逐：放逐，这里谓贬斥。

⑨奄忽：疾速，这里喻死亡。

⑩虺（huǐ）：毒蛇，俗称土虺蛇，大者长八九尺。

⑪骖（cān）紫彪而乘文螭（chī）兮：驾驭紫色虎啊，乘坐五彩龙。骖，古代一车驾三马叫骖，这里是驾驭的意思。彪，小虎。文螭，带有条纹的无角的龙。

⑫无为厉于兹墟兮：不要变成厉鬼在这里的村村寨寨乱逞凶。厉，厉鬼。墟，村落。

【赏读】

"同是天涯沦落人，相逢何必曾相识！"当年白居易谪居九江，一曲《琵琶行》，引发古往今来多少文人墨客感怀共鸣。琵琶女昔盛今衰，人生的际遇又岂非常常如此？

王守仁的这篇《瘗旅文》，全篇的基调颇类《琵琶行》，而王守仁写此文的心情，也和当年白居易很是相同。因得罪权阉刘瑾，王守仁被贬为贵州龙场驿丞。几乎是躲过一路追杀，他方才到达荒僻的烟瘴之地——龙场。处人生之困厄，王守仁满是忧思悲愤。正是在谪居龙场期间，他对人生有了更多的思考，心境更加恬然："始知圣人之道，吾性自足，向之求理于事物者误也。"门人所谓"先生之学，得之患难幽独中"，指的即是此事，这就是后来颇受阳明学派推崇的"龙场悟道"。

写这篇《瘗旅文》时，王守仁谪居龙场已整整三年。吏目携儿子、仆人赴任，三人却皆死于道中。虽与三人素昧平生，但王守仁却很是感伤，悲不自胜，不仅带着仆从安葬了吏目三人，而且写下了这一千古名篇。在文中，王守仁一连用了几个"呜呼伤哉"，真切地表达了自己的呜咽凄楚之情，读来感人至深。

为什么吏目的遭遇，会引发王守仁的如此感触呢？一方面，王守仁素来提倡"致良知"，诚所谓"必有恻然而悲，戚然而痛，愤然而起，沛然若决江河而有所不可御者"，这是对他人发自肺腑的关切；另一方面，吏目的遭遇引发了王守仁对自己身世的无限感怀。吏目为了"五斗米"而不辞辛苦去上任，结果在这烟瘴之地暴尸荒郊，无人埋葬。而自己呢？不是同样宦海沉浮，九死一生，才在这荒僻的龙场苟活下来吗？吏目去赴任，不曾预料到会有这样的悲惨结局。那么自己呢，"吾与尔犹彼也"，性命同样不可预期，彼此岂非同样都是天涯沦落之人？

王守仁说，自己来龙场三年，却能苟活下来，是因为"未尝一日之戚戚也"。这是在险恶的环境下，表达出的豪放旷达的情怀。正如他在一首诗中所说的："险夷原不滞胸中，何异浮云过太空。夜静海涛三万里，月明飞锡天下风。"虽作旷达之语，其实王守仁内心的感伤与痛苦，却是每个读者都能感受到的。

郑母节行始末 袁宏道①

方子公之妹,年十六,归郑翁之仲子。仲少年,美姿容,而挟奇赢②之策已屡中,遂有忌者。既婚逾年,仲不自得,辞翁出。仲家世贾于曹,将行,既治装,而族子某者,以甘言哄之曰:"曷不之楚?巴陵贾薮泽③也,西尽川、蜀,南浮滇、广。丈夫忧不自立,忧无侣乎?"仲善之,将重赀与偕往。

逾年不归,仲妻忧之,谓阿母曰:"仲入楚,而与某俱。某黠盗也,恐不利于婿。"言讫泣下。母言于郑氏媪,媪詈曰:"安得不祥之言!且吾有子,皆在四方,吾不能遍问也。"母不敢言。仲妻日夜持母泣,母重违女意④,阴遣所亲入楚。将行,讯于日者。兆曰:"金人离宅,烟生其膈。兔失母,噆虎乳。期年,而鬼笑于彭郎之浦。"母女哭而送之。

既之岳,询于逆旅,逆旅主人曰:"郑郎昨自狭斜归,欢甚。夜饥,族子某哄以饼,中夜暴卒。今厝矶头荒草中矣。"引之瘗所,道遇族子,手一铁叉,不敢诘,阴诉于巴陵令,令不为理,遂归。

郑翁闻之大恸,谓媪杀吾子,寻卒。既遣使来逆⑤,则族子已挟赀他往。使者以梓还,仲妻迎于市,不发声。子公之母,数十年冰雪媭也,惭且泣,让者交于道。仲妻曰:"女岂能哭其生,而不哭其死?顾已无可奈何,垢面貌以誉市人,女不忍为也。且女尚有子,鬼所责于女者,厉志节抚藐孤耳,不以涕泪也。"君子谓仲妻智而有礼。

仲卒之一年,而族子某过鄱阳,果为盗所杀。仲死时年十九,妻尚少一岁,去今四十余年。闺门之内,不寒而冽,课子克家⑥有声,古烈女所载,无以过也。子公与余交最久,尝为余道其详,其事大可为今人劝戒,故备书之。仲名某,歙人,世居岩镇里,有素士⑦风。

《袁宏道集笺校》

【注释】

①袁宏道(1568~1610):字中郎,湖广公安(今属湖北)人。在文学上反对"文必秦汉,诗必盛唐"的风气,提出"独抒性灵,不拘格套"的性灵说。与其兄袁宗道、弟袁中道并有才名,其文学流派世称"公安派"。有《袁中郎全集》传世。

②奇赢:经商牟利。

③薮泽:犹渊薮。喻人或物汇聚之处。

④重违女意:难以违反女儿的意思。

⑤逆:迎接。

⑥课子克家:课子,督教儿子读书。克家,承担家事。

⑦素士:不仕宦的儒者。

【赏读】

从《后汉书》开始,记录妇女事迹的"列女传"就走进了正史。刘向编撰的《列女传》,则分母仪、贤明、仁智、贞顺、节义、辩通、嬖孽七类,收录的一百多则故事,不少很是感人,颇具女性文学特征。

古代文人写女性,多集中在节女、烈女、孝女身上。中郎的这篇《郑母节行始末》,可谓此类文章里的翘楚之作。

文章讲述的是一则悲情故事。丈夫和族人外出经商,一去不归。郑氏日夜啼哭。母亲不忍,于是请人前去打探消息,结果得知,其夫已被族人所害。族人将财物一洗而空,逃往他处。一年之后,族人在鄱阳被盗贼所杀,亦算是善恶到头终有报。丈夫遇害后,郑氏"课子克家有声,古烈女所载,无以过也"。

这篇文章的感人之处,在于成功地运用了强烈的对比手法。丈夫外出经商,音讯杳然,郑氏时时落泪。但出人意料的是,当丈夫的灵柩被运回故乡时,郑氏前去迎灵,却是默不作声。责备之声交接于道,连郑氏的母亲都感到很羞惭。为什么会有如此反差呢?原来郑氏不忍"垢面貌以誉市人",而且存了"厉志节抚藐孤"的心思。可见郑氏不仅有情有义,而且还是位颇有智识的女子。

郑氏之兄是中郎好友,此事的来龙去脉,中郎即得之于好友处。写此文时,距离当年事发已逾四十余年。中郎不忍此事湮没,特写此文,以彰郑氏之德,并为天下人之戒,诚谓菩萨心肠。

高阳孙氏阖门忠孝记 钱谦益①

崇祯十一年②十一月十日，奴酋兵陷高阳，故少师大学士孙公③死之。公之子五人孙六人与从子孙八人皆死，妇女童稚争先就义者三十余人。

公御其子姓严，诸子皆被服儒素④，镞砺文行⑤。二郎壬子举人鉁，四郎秀才鈐，五郎尚宝司⑥丞钥尤奇伟，短衣匹马，更侍关门，善骑射，晓兵事。兄弟相期许，愿以横磨大剑驰骛黑山、白水之间。诸孙皆岐嶷⑦，崭然露头角，落笔万言，非凡儿也。

城陷之日，五郎解裘血战，手刃数奴，奴得而脔⑧之城下。二郎战败被执，奴逼降，徒跣⑨牵曳，荆棘蔟足心，丛刺蠚出跗上，斫两臂，揕其胸，终不屈而死。二郎子中书舍人之沆、秀才之滂皆死之。滂刃出腰膂，创甚，伏地把搔，镌平其颒鼻而死。三郎铃之子秀才之濂，被执，诳奴曰："引我之圈头，得见宰相，以金帛予汝。"奴曳至老营，见公方踞坐骂奴，拜而起，即按手⑩骂曰："我得见老爷足矣，宁有金帛予汝！曷不速杀我？"奴才挥刃，首砰然堕于前。公叹曰："真我家孙子也。"四郎子尚宝司丞之洁，自河间反马归，力战，奴刃劈其脑，断其喉，矢穴腹，贯背而出。执五郎之子之濾，使喂马，不肯，沸汤⑪沃头面，糜烂而死。六郎钸、七郎镐皆战城下死。而四郎被重伤，卧积尸中,僮侯果自任丘逃归见之,胁中三矢,镞深不可拔,口张不言,微举手挥果令去。果脱故衣裹之,负归城南庄,觅水半瓢灌之,气上而绝。果以十四日得公尸于圈头桥,告高奄,以其丧归。以次行求诸子孙尸,乞于亲戚,松棺柳翣[12],敛以粗布。而五郎七郎尸卒不可得。

于是太监起潜奏疏:辅臣承宗子孙男妇内外亲口皆死,止逃一六岁孙及其母。上恻然念惨及阖门,首命优恤,而薛国观[13]当国,遂格[14]其事。

或曰:"高阳令雷觉民,国观之私人[15]也。黠而贪,尽逐公所畜守城材官壮士,克其饷以输国观。城陷,逃匿国观所。公长孙锦衣之涝诣阙吁天,语侵县令,以此逢国观之怒。"或曰:"国观仇正人君子也,仇公之徇国而死奴也,非为县令也。"昔卞壶死苏峻之难,二子相随赴贼[16],尚书郎弘讷重议,以谓许男疾终,犹蒙二等之赠,壶伏节国难,父子并命,赏疑从重,况在不疑。于是壶得改赠,谥曰忠贞,祠以太牢,赠世子眕散骑侍郎,眕弟盱奉车都尉。公之勋劳懋于济阴[17],子孙就义,众于眕、盱,圣朝崇奖忠孝,超迈典午,而上无始兴之愍恤,下无弘讷之驳议,此可为痛哭者也。

奴之陷河西也,公在枢部,请赠恤监军高邦佐、副将罗一贵与张铨、何廷魁,并立庙京师。邦佐之仆高永为主死义,并恤之,以风示天下。今公不得比于邦佐、一贵,公之子孙不得比于邦佐之仆,何其颠也!人言奴恨公恢辽土,复四城,柱款议。城陷之日,必欲夷其家门,灭其种族。国观非奴也,亦攘臂而助之。呜呼！助天为虐，不祥。助天为虐者，奴也；助奴为虐者，国观也。国观诛，奴孽其将不久！为之记以待焉。

《初学集》

【注释】

①钱谦益（1582~1664）：字受之，号牧斋，苏州府常熟县（今属江苏）人。清初诗坛盟主之一，世人称其虞山先生。明清易鼎之际，因降清而为人诟病。著有《有学集》《初学集》等。

②崇祯十一年：即公元1638年。

③故少师大学士孙公：即孙承宗（1563~1638），字稚绳，号恺阳，北直隶保定高阳（今属河北）人。官至兵部尚书、太傅。崇祯十一年（1638），清军进攻高阳时，孙承宗正赋闲在家，他率领家人守卫高阳，与五个儿子、六个孙子、两个侄子、八个侄孙皆战死。

④被服儒素：信奉儒术、儒学，符合儒家思想的品格德行。

⑤镞砺文行：镞砺，磨砺箭头。比喻刻苦磨练，力求精进。文行，指文章与德行。

⑥尚宝司：明朝官署名，官位居于正五品，掌宝玺、符牌、印章。

⑦岐嶷（nì）：《诗·大雅·生民》："诞实匍匐，克岐克嶷。"后多以"岐嶷"形容幼年聪慧。

⑧脔（luán）：切成小块的肉。

⑨徒跣（xiǎn）：赤足步行。

⑩挼（ruó）手：揉搓手。

⑪沸汤：沸水。

⑫翣（shà）：古代出殡时的棺饰。

⑬薛国观（?~1641）：崇祯九年（1636）任礼部左侍郎兼东

阁大学士，入阁辅政。

⑭格：阻碍。

⑮私人：亲信，党羽。

⑯二子相随赴贼：卞壶二子卞眕、卞盱见父殉国，相随杀入敌军，亦力战而死。

⑰懋于济阴：懋，古同"茂"，盛大。济阴，文中代指卞壶。

【赏读】

  孙承宗和熊廷弼、袁崇焕，并称"辽东三杰"。面对清军入侵，他们一腔赤诚，忠心为国，其情可感天地。熊廷弼、袁崇焕没有死于清军之手，而是含冤被自己捍卫的大明王朝杀害。孙承宗则是率全家抵御清军，最终阖门殉国。何其惨烈！何其壮烈！

  古往今来，多少英雄豪杰于国难之际，举家赴难，名垂青史。清军攻至高阳时，孙承宗正赋闲在家。他组织家人，与清军展开激战。相形之下，高阳令雷觉民委实是个卑鄙小人，挟私怨而阻挠守城，城破后更是弃城而逃。孙承宗被俘后，多尔衮令清兵将他绑在马尾巴上拖死，五个儿子、六个孙子、两个侄子、八个侄孙皆战死，全家百余人遇难。

  读牧斋此文，怎不令人击节称叹！牧斋对于孙承宗全家殉难经过，记叙颇详，读来令人惊心动魄，又伤心恻然。但此文的重点，既是为英雄立传，更是为英雄申冤。孙氏阖门遇难后，因为奸臣当道，竟没有得到该有的封赠！想当年东晋苏峻叛变，卞壶与二子俱赴国难，得到朝廷褒奖。难道孙氏一门的功勋，还比不上卞氏吗？想当年孙承宗任兵部尚书时，请求朝廷赠恤殉国将帅，以彰其德。难道孙氏一门的功勋，还比不上这些将帅吗？

  接下来，牧斋更是畅快淋漓地大骂奸党。孙承宗一直志在恢复辽东，清人欲夷其家，灭其族，这是可以理解的。奸党并非清人，为什么却要助纣为虐？"助天为虐者，奴也；助奴为虐者，国观也。国观诛，奴孽其将不久！"牧斋此文，真乃檄文。拨云见日，显铮铮铁骨。读来令人大呼痛快！

非正人君子，绝写不出这样的至理妙文。牧斋尽管此后降清，但我却断不忍将其列入洪承畴、吴三桂一流。牧斋"四海宗盟五十年"，又岂是担了虚名？多少人能读懂他的痛苦，读懂他的无奈？可怜可叹！

五人墓碑记 张　溥①

　　五人者，盖当蓼洲周公②之被逮，激于义而死焉者也。至于今，郡③之贤士大夫请于当道，即除魏阉废祠之址④以葬之，且立石于其墓之门，以旌其所为。呜呼，亦盛矣哉！

　　夫五人之死，去今之墓而葬焉，其为时止十有一月耳。夫十有一月之中，凡富贵之子，慷慨得志之徒，其疾病而死，死而湮没不足道者，亦已众矣；况草野之无闻者欤？独五人之皦皦⑤，何也？

　　予犹记周公之被逮，在丁卯三月之望⑥。吾社之行为士先者⑦，为之声义，敛赀财以送其行，哭声震动天地。缇骑⑧按剑而前，问："谁为哀者？"众不能堪，抶而仆之。是时以大中丞抚吴者⑨为魏之私人，周公之逮，所由使也。吴之民方痛心焉，于是乘其厉声以呵，则噪而相逐。中丞匿于溷藩⑩以免。既而以吴民之乱请于朝，按诛五人，曰：颜佩韦、杨念如、马杰、沈扬、周文元，即今之傫然在墓者也。

　　然五人之当刑也，意气阳阳，呼中丞之名而詈之，谈笑以死。断头置城上，颜色不少变。有贤士大夫发五十金，买五人之脰而函之，卒与尸合。故今之墓中，全乎为五人也。

　　嗟乎！大阉之乱，缙绅而能不易其志者，四海之大，有几人欤？而五人生于编伍⑪之间，素不闻诗书之训，激昂大义，蹈死不顾,亦曷故哉?且矫诏纷出,钩党之捕⑫,遍于天下,卒以吾郡之发愤一击,不敢复有株治。大阉亦逡巡畏义,非常之谋⑬,难于猝发,待圣人⑭之出,而投缳道路⑮,不可谓非五人之力也。

由是观之,则今之高爵显位,一旦抵罪,或脱身以逃,不能容于远近,而又有剪发杜门,佯狂不知所之者,其辱人贱行,视五人之死,轻重固何如哉?是以蓼洲周公,忠义暴于朝廷,赠谥美显⑯,荣于身后;而五人亦得以加其土封⑰,列其姓名于大堤之上,凡四方之士,无有不过而拜且泣者,斯固百世之遇也。不然,令五人者保其首领,以老于户牖之下,则尽其天年,人皆得以隶使之,安能屈豪杰之流,扼腕墓道⑱,发其志士之悲哉?故予与同社诸君子,哀斯墓之徒有其石也,而为之记,亦以明死生之大,匹夫之有重于社稷也。

贤士大夫者,冏卿因之吴公⑲,太史文起文公⑳、孟长姚公㉑也。

《古文观止》

【注释】

①张溥(1602~1641):字乾度,一字天如,号西铭,太仓(今属江苏)人,明末文学家。于崇祯初组织复社,进行文学和政治活动。著有《七录斋集》。

②蓼(liǎo)洲周公:即周顺昌(1584~1626),字景文,号蓼洲,吴县(今苏州)人。万历年间进士,曾官福州推官、吏部主事、文选员外郎等职,因不满朝政,辞职归家。东林党人魏大中被逮,途经吴县时,周顺昌不避株连,曾招待过他。后为魏忠贤迫害,

周顺昌被捕遇难。

③郡：指吴郡，即今苏州市。

④除魏阉废祠之址：谓清除魏忠贤生祠的旧址。魏阉，对魏忠贤的贬称。魏忠贤专权时，其党羽在各地为他建立生祠，事败后，这些祠堂均被废弃。

⑤皦（jiǎo）皦：同"皎皎"，光洁，明亮。这里指显赫。

⑥丁卯三月之望：天启七年（1627）农历三月十五日。此处属于作者笔误，事发时间应为天启六年（1626）。

⑦吾社之行为士先者：吾社，指复社。行为士先者，行为能够成为士人表率的人。

⑧缇骑：穿橘红色衣服的朝廷护卫马队。明清逮治犯人常用缇骑，故后世以此称呼捕役。

⑨大中丞抚吴者：指苏州巡抚毛一鹭。大中丞，官职名。抚吴，做吴地的巡抚。

⑩匿于溷（hùn）藩：藏在厕所。溷，厕所。藩，篱、墙。

⑪编伍：指平民。古代编制平民户口，五家为一"伍"。

⑫钩党之捕：这里指搜捕东林党人。钩党，被指为有牵连的同党。

⑬非常之谋：指篡夺帝位的阴谋。

⑭圣人：指崇祯皇帝朱由检。

⑮投缳（huán）道路：天启七年（1627）崇祯即位，将魏忠贤放逐到凤阳去守陵，不久又派人去逮捕他。他得知消息后，畏罪吊死在路上。投缳，自缢。

⑯赠谥美显：指崇祯追赠周顺昌"忠介"的谥号。美显，美好荣耀。

⑰加其土封：增修他们的坟墓。

⑱扼腕墓道：用手握腕，表示情绪激动、振奋或惋惜。

⑲囧(jiǒg)卿因之吴公:囧卿,官名即太仆寺卿。因之吴公,指吴默,字因之。

⑳文起文公:指文震孟,字文起。

㉑孟长姚公:指姚希孟,字孟长。

【赏读】

孟子云:"生,亦我所欲也;义,亦我所欲也。二者不可得兼,舍生而取义者也。"颜佩韦等五位义士的事迹,正是对孟子这一名言的最佳诠释。

明末,阉党横行,朝政腐败。很多不肯依附阉党的正直之士,惨遭杀害。天启六年(1626),素来反对阉党的周顺昌被捕入狱。当缇骑赴苏州抓人时,激起民变,数万群众齐集,为周顺昌鸣冤,两名缇骑被当场打死。民变很快遭到镇压,颜佩韦等五义士被处死,周顺昌亦受酷刑而死。

张溥写这篇《五人墓碑记》时,崇祯已经登基,以魏忠贤为首的阉党被铲除,一批冤案得以昭雪。五义士被安葬在魏忠贤生祠旧址。在文中,张溥以满腔热情,歌颂了苏州人民的反阉党斗争,歌颂了五义士的英勇事迹,同时探讨了生死价值这样一个深刻的话题,读来振聋发聩。

此文最成功的地方,在于运用了记叙、议论、抒情相结合的表达方式,并通过对比手法,层层递进,鲜明地表达了自己的观点。五义士牺牲已十一个月,却英名长存,而那些"富贵之子,慷慨得志之徒,其疾病而死,死而湮没不足道者,亦已众矣;况草野之无闻者欤?",这是什么原因呢?张溥没有急于回答这个问题,而是回顾了民变的经过,以及五义士就义的场景,接着抒发了一段感慨:面对阉党的倒行逆施,那些身居高位者或苟且偷生,或助纣为虐,而五义士却能够激昂大义,蹈死不顾,这又是什么原因?"视五人之死，轻重固何如哉？"

张溥的问题是如此铿锵有力，直击时弊，发人深省。而在文末，张溥以犀利的笔触，又提出另一个问题：假使五义士没有如此义举，而是老死乡间，尽其天年，如今又岂会引来如此多的英雄豪杰墓前凭吊？之所以写这篇文章，完全因为"亦以明死生之大，匹夫之有重于社稷也"。诚如司马迁说的："人固有一死，或重于泰山，或轻于鸿毛。"五义士之死，不正是重于泰山吗？这段议论，无疑使文章主题得以升华。

此文虽是为缅怀五义士而作，却极富战斗力，以期唤醒麻木的世人，让大家都能学习五义士的精神，挽救危弊的时局。或许，这是张溥写作此文更深层次的考虑吧。

祭吴祭酒①文　尤　侗②

呜呼！先生之文，如江如海；先生之诗，如云如霞；先生之词与曲，烂兮若锦，灼兮如花。其华而壮者如龙楼凤阁，其清而逸者如雪柱冰车，其美而艳者如宝钗翠钿，其哀而婉者如玉笛金筲。其高文典册可以经国，而法书妙画亦自名家。岂非才人大手，死而不朽者耶！

若其弱冠登朝，南宫首策③，莲烛赐婚，花砖④僚直⑤，此先生之致身于胜国⑥者也。及夫征书应召，禁庭橐笔⑦，上林⑧陪乘，成均⑨端席，此先生之从事于王室⑩者也。人望之以为荣，公受之以为戚，方且谢春梦于京华，矢啸歌于泉石，独居则慷慨伤怀，相对则咨嗟动色。虽纵情花月，遣兴琴樽，而中若有不自得者，宜其形容憔悴，而须发之早白也。

嗟乎！有涯者生，不齐⑪者遇，忽然相遭者时，无可如何者数。彼夫羁旅而念旧乡，少年而惜迟暮，感岁月之已非，抚山河之如故，所以墨子垂泣于素丝⑫，杨朱兴悲于歧路⑬，庾信有江南之哀⑭，向秀著山阳之赋⑮。仆尝从先生之杖履，而见其流连光景，悽怆平生，良有素矣，不虞其溘焉朝露也。吾闻先生遗命，殓以观音兜、长领衣，殆将返其初服、逃轩冕而即韦布⑯乎！又曰：吾性爱山水，择灵岩、邓尉⑰之间隙地三亩，立一圆石，题曰"诗人吴梅村之墓"。予读而喟然太息，知先生之情见乎辞,虽千载以下,过而吊者,犹低徊留之不能去也。呜呼!

《西堂杂俎》

【注释】

①吴祭酒:即吴伟业。因被清廷征召,任国子监祭酒,故称"吴祭酒"。

②尤侗(1618~1704):字展成,江苏长洲(今苏州)人。明末清初著名诗人、戏曲家,被顺治称为"真才子",康熙则称其为"老名士"。曾参与《明史》修撰。著有《西堂全集》。

③南宫首策:指吴伟业参加殿试,考题为策问。凭着这篇策问,吴伟业高中殿试第二名。

④花砖:指表面有花纹的砖。唐朝时,内阁北边台阶有花砖道,冬天太阳升起时,阳光照到第五块砖头时,就是学士入值之时。后人用此词表明曾在朝做过文士官职。

⑤僝直:亦作"僝值",吏在官府连日值宿。

⑥胜国:被灭的国家,相对于新朝而言。这里指的是明廷。

⑦橐笔:原指书吏侍立皇帝左右,以备随时记事。这里指的是吴伟业被清廷征召入京后,授秘书院侍读。

⑧上林:汉武帝曾营建上林苑,汉赋大家司马相如作有名篇《上林赋》。后世以上林代称皇家园林。

⑨成均:古代的大学。泛指官设最高学府。吴伟业后被授国子监祭酒,国子监乃国家最高学府。

⑩王室:指清廷。

⑪齐:成功。

⑫墨子垂泣于素丝:指墨子见素丝被染色而垂泣,意指世人不能保持高洁的品质。

⑬杨朱兴悲于歧路：指杨朱在十字路口时，为担心误入歧路而悲伤。

⑭江南之哀：指庾信所作《哀江南赋》，乃著名的伤时感怀之作。

⑮山阳之赋：指向秀所作《思旧赋》。此赋为向秀怀念挚友嵇康而作。

⑯韦布：平民所着寒素衣服。

⑰灵岩、邓尉：皆山名，位于今江苏苏州境内。

【赏读】

"凭君写取千茎雪，犹是先朝未死人。"这是大儒王夫之在明亡之后，面对清政府的剃发令，写下的两句诗。这两句诗，反映了当时江南百姓对明朝的深切怀念，以及艰苦卓绝的反清斗争。

清政府的剃发令，某种程度上有着征服的意味，他们希望汉族百姓通过剃发，永远臣服大清的统治。偏偏有很多汉族士人像王夫之一样，至死也不肯剃发。他们是实实在在的大明遗民，内心深处，心系的仍是早已分崩离析的先朝。作为遗民，他们注定是落寞而孤独的一群，但却同时也是悲壮的、可歌可泣的。他们已然失去了精神家园，复兴故国的大业，对他们来说太过遥远。他们中的大多数，只能将毕生所学、满腔抱负，纵情山水，寄情诗书，以了残生。然而面对历史的漩涡，又有多少人能够从容进退，不留遗恨？

大才子吴伟业的仕清，便带着浓烈的悲剧意味。面对清廷的一次次征召，归隐乡间的吴伟业于无奈之下，同意出仕。虽然只是短短两年，但却足以令他悔恨终生。"误尽平生是一官，弃家容易变名难。""浮生所欠止一死，尘世无由识九还。"在笔底心间，吴伟业处处流淌的是无尽的追悔。

作为复社领袖以及文坛宗主，吴伟业被清廷征召。而清廷之所以有如此动作，看中的自然是他的影响力和号召力。作为先朝之臣，吴伟业不愿出仕新朝，面对清廷的征召，他的内心恐惧而煎熬。出仕，已不纯然关乎他的个人名节，更关乎着汉族士人的信仰和意念。吴伟业也在抗争，他多次以体弱多病为由，希望能免于出仕。然而，现实总是残忍的，吴伟业的要求显然不可能得到准许。既然不能身殉先朝，出仕或许只能是唯一的选择了。

身逢江山易主，对于有着理想和追求的文化人来说，原本就是一件极悲哀的事情。他们或许做不到像史可法那样壮烈牺牲，或是像夏允彝那样投水殉节，也无法像顾炎武、黄宗羲那样入清拒仕，著述以终，但在内心深处，他们仍然有着自己的节操和底线。他们或有失节之处，但较之那些期望通过投靠新主而博取荣华富贵者，精神境界自是有上下之别。

读尤侗《祭吴祭酒文》，字里行间，弥散着一股辛酸的味道。当年南宫首策，莲烛赐婚，何其意气风发；如今征书应召，禁庭橐笔，多么落寞凄怆！同为出仕为官，二者的心境形成了如此强烈的反差，以致形容憔悴，须发早白。尤侗"尝从先生之杖履"，自然洞悉其中的哀与愁，才会为我们留下这样一篇哀婉之文，将无限的同情、哀思、怀念，寄寓在这篇短文之中。

吴伟业病逝前，遗言以僧袍入葬，墓前立一圆石，题曰"诗人吴梅村之墓"。远离了红尘俗世，对他来说，又何尝不是最好的解脱？

江天一传（节选） 汪 琬①

江天一，字文石，徽州歙县人。少丧父，事其母及抚弟天表，具有至性。尝语人曰："士不立品者，必无文章。"前明崇祯间，县令傅岩②奇其才，每试③辄拔置第一。年三十六，始得补诸生。家贫屋败，躬畚土筑垣④以居。覆瓦不完，盛暑则暴酷日中。雨至，淋漓蛇伏，或张敝盖自蔽。家人且怨且叹，而天一挟书吟诵自若也。

天一虽以文士知名，而深沉多智，尤为同郡金金事公声⑤所知。当是时，徽人多盗，天一方佐金事公，用军法团结乡人子弟，为守御计。而会张献忠破武昌，总兵官左良玉⑥东遁，麾下狼兵⑦哗于途，所过焚掠。将抵徽，徽人震恐，金事公谋往拒之，以委天一。天一腰刀帓首⑧，黑夜跨马，率壮士驰数十里，与狼兵鏖战祁门，斩馘⑨大半，悉夺其马牛器械，徽赖以安。

顺治二年，夏五月，江南大乱⑩，州县望风内附⑪，而徽人犹为明拒守。六月，唐藩⑫自立于福州，闻天一名，授监纪推官。先是，天一言于金事公曰："徽为形胜之地，诸县皆有阻隘可恃，而绩溪一面当孔道，其地独平迤，是宜筑关于此，多用兵据之，以与他县相掎角。"遂筑丛山关。已而清师攻绩溪，天一日夜援兵登陴不少怠；间出逆战，所杀伤略相当。于是清师以少骑缀天一于绩溪，而别从新岭入。守岭者先溃，城遂陷。

大帅⑬购⑭天一甚急。天一知事不可为，遽归，属其母于天表，出门大呼："我江天一也。"遂被执。有知天一者，欲释之。天一曰："若以我畏死邪？我不死，祸且族矣。"遇金事公于营门，公目之曰："文石！汝有老母在，不可死。"笑谢曰："焉有与人共事而逃其难者乎！公幸勿为我母虑也。"至江宁，总督⑮者欲不问，天一昂首曰："我为若计，若不如杀我；我不死，必复起兵。"遂牵诣通济门。既至，大呼高皇帝⑯者三，南向再拜讫，坐而受刑。观者无不叹息泣下。越数日，天表往收其尸，瘗之。而金事公亦于是日死矣。

当狼兵之被杀也，凤阳督马士英⑰怒，疏劾徽人杀官军状，将致金事公于死。天一为赍辩疏，诣阙上之，复作《吁天说》，流涕诉诸贵人，其事始得白。自兵兴以来，先后治乡兵三年，皆在金事公幕。是时幕中诸侠客号知兵者以百数，而公独推重天一，凡内外机事悉取决焉。其后竟与公同死，虽古义烈之士无以尚也。

《尧峰文钞》

【注释】

① 汪琬（1624~1691）：字苕文，号钝庵。长洲（今江苏苏州）人。清初散文家，历官户部主事、刑部郎中、翰林院编修。曾结庐居太湖尧峰山，时人称尧峰先生。有《尧峰文钞》等。

② 傅岩：字野清，浙江义乌人，崇祯初年进士，授歙县令。

③ 试：指童生岁试。

④ 躬畚土筑垣：亲自取土筑墙。

⑤金佥事公声：指金声，字正希，休宁人，曾授山东佥事，故称"金佥事"。清兵南下，金声于家乡起兵抗清，兵败遇害。

⑥左良玉：明末总兵，驻军武昌，公元1643年以缺粮就食为名，移兵九江，沿途掳掠。《明史》谓金声抵御的是凤阳总督马士英的黔军。此文可能系误记。

⑦狼兵：起源于明朝中期，是当时壮族土司组建的地方武装。明代后期，该地土司兵可由朝廷调用，世称"狼兵"。

⑧帓（mò）首：以巾裹头。帓，头巾。

⑨斩馘（guó）：杀死、杀伤敌军。馘，原指作战时割下所杀敌人的左耳，用以计功。

⑩江南大乱：指清兵渡江南下，攻破南京，南明弘光小朝廷覆灭。

⑪内附：前来归附，这里指降清。

⑫唐藩：明唐王朱聿键。弘光朝覆灭后，朱聿键在福州被拥立为帝，改元隆武。

⑬大帅：指总兵张天禄。清廷派其前往攻打金声义军。

⑭购：悬赏捉拿。

⑮总督：指洪承畴。洪承畴原为明蓟辽总督，松锦之战被俘，后降清。公元1645年，以内阁学士、兵部尚书总督军务，招抚江南各省。

⑯高皇帝：明太祖朱元璋谥号。

⑰马士英：崇祯末年（1644）任兵部侍郎，总督庐州凤阳道军务，曾遣使者征调黔兵抵抗农民军。

【赏读】

明崇祯十五年（1642），松锦之战，蓟辽总督洪承畴兵败被俘。消息传至北京，众人皆以为他已以身殉国。崇祯帝以王侯之礼，亲为其设坛拜祭。七日一坛，共计十六坛。方祭至第九坛，洪承畴降清的消息传来，众皆哗然。当年洪承畴为感激崇祯皇帝的宠信，曾于厅堂之上书了副对联："君恩深似海，臣节重如山。"他降清后，有人将这副对联各添一字："君恩深似海矣，臣节重如山乎？"可谓妙绝。

相比于以身殉国的江天一，洪承畴应该感到羞愧。江天一仅仅一介生员，却知道国家大义，相反很多为官食俸禄者，却在江山破败之际卖主求荣，苟且偷生。洪承畴为清军平定江南立下汗马功劳，手上沾满了明朝官民的鲜血。江天一被捕后，清兵将他押至南京。洪承畴一反常态，竟然意欲释放他。或许，这是因为江天一生员的身份吧。以这样的身份，又何必为前朝尽忠呢？又或者，洪承畴为江天一的气节所感染，心中或多或少有那么一丝惭愧之意吧。

对于洪承畴的好意，我们不必怀疑。只是江天一拒绝了这番好意。"你如果不杀我，我还会再次起兵！"说这话时，江天一已然参透了生死，已然放下了成败。他只是想以这样的一种方式，去定格自己人生的绚烂芬芳。舍生取义，江天一其死重于泰山，可谓死得其所。

汪琬的这篇《江天一传》，以极有限的篇幅，浓缩了江天一波澜壮阔的一生。文字虽以顺叙为主，却间用补叙、插叙手法，详略剪裁得当，笔法灵活有致。文章重点叙述了明清易鼎之际，江天一组织抗清时的义无反顾，兵败被俘后的慷慨就义。"虽古义烈之士无以尚也"，这是汪琬给予江天一的评价。

江天一曾云："士不立品者，必无文章。"意思是说文人没有良好的品格修养，是写不出好文章来的。汪琬的散文注重气节，这与他个人的价值观休戚相关，也是江天一此言的生动注脚。

漱润楼记 刘大櫆①

桐城县治之东百二十里，曰双溪镇。其地皆市区，商贾米盐之所辏集，士人鲜居之者。而余女弟夫②谢君师其避地至此。乃于其居宅之后，买隙地为楼，其前虽喧嚣，而后颇闲靓。湖水汪茫，田塍如画。西北诸山，若擗琶、金紫、飞雁，远者鹤鸣、牛牯、马鞍、柳风、拔茅，皆盡在轩窗栏楯之外。风雨云烟，晨夕之气象万变，而樵歌渔火，高帆远橹，出入映带其间。楼成，余与师其饮酒顾而乐之。师其请所以名之者，余题曰"漱润"。

其后，余游京师，而师其下世，所遗孤甥才十岁。余困而归，穷居无事，乃复来此楼，课甥为童子之句读。日有余暇，则又自取六艺③而研究之。

昔庄周称六经先王之陈迹，而读书为古人之糟粕。夫漱六经之润，而大无以润乎天下，小之又不能自润其一身，则虽以读书为糟粕也固宜。故曰"耕也，馁在其中④"，耕而卤莽之，其实亦卤莽而报余。余于六经之道，其为卤莽也多矣，宜乎馁之及予也。

伯昏瞀人⑤有言："巧者劳而智者忧，无能者无所求，饱食而遨游⑥。"余少之时，驰骛奔走，虽欲读书而无其暇。今老矣，颠秃齿危，两目不能瞠视，乃复终日汲汲于此，其巧者之劳乎？智者之忧乎？抑无能者之遨游乎？余不能自知也。因追念昔者名楼之始，而为之记。

《海峰先生文集》

【注释】

①刘大櫆（1698~1779）：字才甫，又字耕南，号海峰。桐城（今属安徽）人。其文以奇诡雄豪胜，与方苞、姚鼐并称"桐城派三祖"。著有《海峰先生文集》等。

②女弟夫：妹妹的丈夫。

③六艺：指《易》《书》《诗》《礼》《乐》《春秋》六经。

④耕也，馁在其中：语出《论语·卫灵公》，意思是即使亲自耕种田地，也难保不会挨饿。

⑤伯昏瞀（mào）人：战国时黄老学派代表人物之一。

⑥"巧者劳而智者忧"等句：语出《庄子·列御寇》。

【赏读】

年年岁岁花相似，岁岁年年人不同。多少物是人非的怅恨，令人无法排遣！刘大櫆的这篇《漱润楼记》，便写出了这份难以排遣的怅恨。

昔日漱润楼刚刚落成之时，景致是如何的气象万千，与妹婿谢师其饮酒其间，是如何的优哉乐哉。如今重返漱润楼，师其已经去世，留下十岁的外甥。闲暇之余，便教外甥些"童子之句读"，自己也研究些"六经"。行文至此，已惹读者发出世事沧桑、人生无常之感。刘大櫆笔锋一转，却又咏叹起人生之际遇：少年之时，我想读书却没有时间。现在老了，却终日汲汲于此。人生之困顿，是不是读书无多的原因呢？前人说"巧者劳而智者忧，无能者无所求"，我是巧者还是智者？或是无能者呢？由描写漱润楼之变迁，转而慨叹自己的遭遇，整篇文章的立意无疑又更进一层。

作为桐城派巨擘，刘大櫆的散文是很有特点的。多用韵语、多引寓言，是最为人称道的两大特点。这篇《漱润楼记》便鲜明地体现了这样的特点。起首描写漱润楼景致的大段文字，读来如诗如画，很见功力。而收尾引用的前人哲语、寓言故事，又使文章更显深刻隽永。

刘大櫆读书不多，交游不广，故为文题材受到局限。在他的散文中，类似《漱润楼记》这样以故园情思为主题的作品很是不少。如《一掌园记》，记述了伯父经营的一掌园，由昔日之胜而终至废为居室，"不可复识，独其名犹在余意中"；又如《缥碧轩记》，记述了父亲在缥碧轩中读书的场景，父亲病后两年，轩旁"所植蕉皆已荡为清风，而桐惟一树存焉"。读这些文章，能够感受到刘大櫆心中那幽远绵长的故园之情。

哀盐船文 汪 中

乾隆三十五年①十二月乙卯,仪征盐船火,坏船百有三十,焚及溺死者千有四百。是时盐纲②皆直达,东自泰州,西极于汉阳,转运半天下焉。惟仪征绾其口,列樯蔽空,束江而立,望之隐若城郭。一夕并命,郁为枯腊③,烈烈厄运,可不悲邪?

于时,玄冥告成④,万物休息,穷阴涸凝,寒威凛栗,黑眚拔来⑤,阳光西匿。群饱方嬉,歌噱⑥宴食。死气交缠,视面惟墨。夜漏始下,惊飙勃发。万窍怒号,地脉荡决。大声发于空廓,而水波山立。

于斯时也,有火作焉。摩木自生,星星如血。炎火一灼,百舫尽赤。青烟睒睒,飘若沃雪⑦。蒸云气以为霞,炙阴崖而焦爇⑧。始连樯以下碇,乃焚如以俱没。跳踯火中,明见毛发。痛矕田田⑨,狂呼气竭。转侧张皇,生涂未绝。候阳焰之腾高,鼓腥风而一哄⑩。洎⑪埃雾之重开,遂声销而形灭。齐千命于一瞬,指人世以长诀。发冤气之焄蒿⑫,合游氛而障日。行当午而迷方,扬沙砾之嫖疾。衣缯败絮,墨查炭屑,浮江而下,至于海不绝。

亦有没者善游,操舟若神。死丧之威,从井有仁⑬。旋入雷渊,并为波臣。又或择音无门⑭,投身急濑。知蹈水之必濡,犹入险而思济。挟惊浪以雷奔,势若阽⑮而终坠。逃灼烂之须臾,乃同归乎死地。积哀怨于灵台，乘精爽而为厉。出寒流以浃辰⑯，目眳眳而犹视。知天属之来抚，憖⑰流血以盈眦。诉强死之悲心，口不言而以意。若其焚剥支离，漫漶莫别。圜者如圈，破者如玦。积埃填窍，攭指⑱失节。嗟狸首之残形，聚谁何而同穴。收然灰之一抔，辨焚余之白骨。

呼呜哀哉！且夫众生乘化，是云天常。妻孥环之，绝气寝床。以死卫上，用登明堂。离而不惩，祀为国殇。兹也无名，又非其命。天乎何辜，罹此冤横！游魂不归，居人心绝。麦饭壶浆，临江呜咽。日堕天昏，悽悽鬼语。守哭迍邅⑲，心期冥遇。惟血嗣之相依，尚腾哀而属路。或举族之沉波，终狐祥而无主。悲夫！丛冢有坎，泰厉⑳有祀。强饮强食，冯其气类。尚群游之乐，而无为妖祟。人逢其凶也邪？天降其酷也邪？夫何为而至于此极哉！

《汪中集》

【注释】

①乾隆三十五年：即公元1770年。《嘉庆扬州府志》和《道光仪征县志》均记此事发生于乾隆三十六年。

②盐纲：明清盐业实行统销，由列名纲册的盐商赴盐场运销。这里指运盐船。纲，旧时指成批运输货物的组织，如茶纲、花石纲等。

③郁为枯腊：指大火将人的尸体烤成焦枯的干肉。

④玄冥告成：指时近冬末，玄冥已经完成使命。玄冥，主冬令之神。《礼记·月令》："（孟冬之月）其帝颛顼，其神玄冥。"

⑤黑眚（shěng）拔来：指黑色云雾突然而来。

⑥歌咢（è）：有的唱歌，有的击鼓。《诗经·大雅·行苇》："或歌或咢。"咢，击鼓。

⑦熛（biāo）若沃雪：火焰迸飞入水，如同沸水浇雪一样。熛，火焰。

⑧焦爇（ruò）：烧焦。爇，烧灼。

⑨痛譽田田：疼痛地呼叫。田田，象声词。

⑩鼓腥风而一呎（xuè）：腥风吹过，发出一种轻微的声音。呎，轻微的气流声。

⑪洎（jì）：等到。

⑫焄（xūn）蒿：焄，指气。蒿，指气的蒸发。此处犹言死人的冤气散发。

⑬从井有仁：语见《论语·雍也》。原指下井救人，此处指冒着生命危险跳入江水中救人。

⑭择音无门：找不到逃生的地方。音，通"荫"，指隐蔽处。

⑮隮（jī）：通"跻"，上升。

⑯浃（jiā）辰：指十二天。此处谓遇难者尸体漂浮江水中，已有十二天。

⑰憖（yìn）：伤痛。

⑱擸（lì）指：手指折断。

⑲迍邅（zhūn zhān）：难行貌。

⑳泰厉：古代帝王七祀之一，此指死而无后的鬼。

【赏读】

寒冬腊月，江风朔朔。仪征江面之上，一场大火，殃及一百三十条盐船，一千四百名船民因此丧生。这是怎样惨绝的人间悲剧！汪中家住扬州，与仪征近在咫尺，他目睹了这场大灾难，心情无比悲痛，于是写下这篇《哀盐船文》。

说是"哀盐船"，其实却是"哀船民"，此文系汪中哀悼遇难船民之作。行文走笔，汪中怀着无限悲悯之情。"烈烈厄运，可不悲邪？"这是文章的主基调。所见所感，触笔成悲，都笼罩在这样的基调之中。"天乎何辜，罹此冤横！"为什么老天要降下这样残酷的灾难？为什么会发生这样悲惨至极的事情？汪中用一腔悲天悯人的情怀，完成了这篇传世名作。

对于火灾场面的描写，此文细腻而生动，以至我们今天读来，依旧那般触目惊心。大江之上，火势蔓延，如沸水浇雪。船民在烈火中奔跑，哀号声痛楚万状。转瞬之间，那一个个鲜活的生命，便随波逐流而去。对于火灾之后江面上的悲惨场景，汪中运用的是纯然白描的手法，令人不忍卒读。此文如同一幅徐徐展开的长卷，那般大火锁江、烟雾弥漫、嘶喊哀叫、焦尸浮江的场面，仿佛就浮现在读者眼前。时人评之"惊心动魄，一字千金"，并非妄言。

在中国文学史上，像这样描写大灾难的文章，很是少见。此文具有当代报告文学的特点，兼具新闻性和文学性。汪中若非目睹这场灾难，若非是为文高手，断然写不出这样的千古妙文。汪中此文写成后，主持扬州定安书院的杭世骏大加赞赏，并为之作序。他在序文中说："中目击异灾，迫于其所不忍，而饰之以文藻。当人心肃然震动之时，为之发其哀矜痛苦。"其很好地说明了《哀盐船文》作为报告文学的特色。

作为一代骈文大家，汪中所有作品，以这篇《哀盐船文》最为人称道。以骈文写作，常会给人"戴着镣铐跳舞"之感。但汪中此文语言典雅，却不失自然；语式工整，却不失生动，毫无传统骈文板重、粘滞之弊，充盈着强烈的感情，体现了骈文在音韵、修辞等方面的特点。

二仆传 恽 敬

顺喜，其父孙祥，丹阳人，卖身于敬族兄用霖。用霖卖孙祥及其妻张于子渭①府君。顺喜随孙祥至，始八岁。少长，一切不肖②皆为之，惟事主则勤至，出于至诚。先府君卧病十二年，顺喜日侍至丙夜，抑搔折手节③、解疲肢无倦。后与杨和儿溺死采石江中。

杨和儿，河南洛阳人，随董达章④超然至京师。性戆甚，不得超然意，遂随子宽⑤至富阳，已复随至都。子宽出都过河间，逆旅火，跳而行，是日覆车于坯，几压且溺，皆仗和儿得免。后复事子由⑥。

嘉庆九年⑦，太孺人年七十，和儿自镇江偕顺喜溯江来新喻祝太孺人。三月二十八日次采石，有沙门丐于舟，舟人靳⑧之。沙门曰："生非我有也，财何吝邪？"舟行至中流而没。和儿于群仆中最善顺喜，其不肖多同为之，而事主勤至则同，死亦同。

噫，二人之不肖，无死法也，而卒以非命死。观沙门之言，其有数存邪！然天下有法宜死而反富寿，是数之不平固如是邪！且天何不能反此数，以为事主者劝也？

《大云山房文稿》

【注释】

①子渭：恽敬祖父恽士璜，字子渭。

②不肖：不成材。

③抑搔折手节：抑搔，按摩抓搔。折手节，按摩手关节。

④董达章（1753~1813）：清代戏曲作家，字超然，武进（今江苏常州）人。戏曲家钱维乔之甥。著有《半野草堂集》《定园随笔》等。

⑤子宽：恽敬三弟恽敷，字子宽。

⑥子由：恽敬二弟恽敩，字子由。

⑦嘉庆九年：即公元1804年。

⑧靳：讥笑、戏辱。

【赏读】

东坡有诗云："人生到处知何似，应似飞鸿踏雪泥。泥上偶然留指爪，鸿飞那复计东西。"又有诗云："人似秋鸿来有信，事如春梦了无痕。"真是写尽了人生况味。有多少事，有多少情，都似飞鸿，都如春梦，湮没于流逝的岁月之中。若能留得一鳞半爪，凭人遥想追思，亦足可欣慰了。

若不是恽敬的这篇《二仆传》，顺喜、杨和儿的名字，注定已然湮没于历史长河之中。恽敬在文中说此二仆"不肖多同"，所记亦多是生活琐事，却偏要为此二仆立传，为何？究其之意，是欲表彰二仆"事主勤至"。读《二仆传》，或令人想起归有光的《寒花葬志》。归有光虽是为婢女作悼念之文，但他实已收寒花为妾，故不得纯然以婢女论之。像《二仆传》这样以仆人为传主的传记，在前人文集中，真要算是罕有了。

这篇传记文字虽平淡无奇，但顺喜、杨和儿的形象却塑造得很是细腻、传神。恽敬的父亲卧床十二年，顺喜每日殷勤服侍，为老人按摩至深夜，可称"义仆"。杨和儿同样值得称道，恽敬的弟弟子宽所乘之车意外倾覆，多亏杨和儿，才得免此祸。恽敬虽称二子

"不肖",但这"不肖"二字其实指的是少不更事,并无贬斥之义,这很符合他们的年龄特点。

顺喜和杨和儿最相友善,结果两人同时遭遇翻船事故,溺死江中。偏偏在翻船之前,船中有一和尚乞讨,还说了句颇有哲理的话:"生非我有也,财何吝邪?"这不仅引发了读者的无限遐想,也使作者生发出一段耐人寻味的议论。

除了《二仆传》,恽敬还另写有一篇《后二仆传》,塑造的亦是仆人的形象。恽敬曾在给女婿的信件中提及《后二仆传》的创作,他说:"其法皆自《史记》《汉书》来,无他谬巧,不过安放妥当耳。"由此可见,恽敬刻画小人物的手法,是从《史记》《汉书》中学来的。

潘阿细碣① 龚自珍②

女阿细,黔③潘氏;嫁琅琊④,夫甚贵。事夫良,颇识字。夫远戍,出居庸;居庸关⑤,莽万重。行仓皇,不可挈;托弱小,友朋职。我妇何,割屋宅。细有钗,直十金;何贷之,籴米盐;久不偿,惭以怵⑥!细甚侠,无德色⑦。望夫台,细徘徊,凉风厉,夫不来。细悲吟,泪霏霏,子先殡⑧,辰以奄。莫含之,莫襚⑨之,报钗德,铭瘗之。居庸关,天之西,夫不归,冢萋萋。椟无漆,愧钗德;树之枣,心甚赤!

《定盦续集》

【注释】

①碣(jié):圆顶的石碑。

②龚自珍(1792~1841):字璱人,号定盦,仁和(今浙江杭州)人。清代思想家、文学家。所作诗文,极力提倡"更法""改图"。著有《定盦文集》。

③黔:贵州省的别称。

④琅琊:山东省东南沿海地区的古老地名。

⑤居庸关:京北长城沿线上的著名古关城。

⑥惭以怵:既惭愧又恐惧。

⑦德色:自以为对别人有恩德而流露出来的神色。

⑧殡(sì):棺柩暂葬路旁。

⑨禭（suì）：赠给死者衣物。

【赏读】

这是一篇颇有特色的碣文。全文以三字终篇，讲述了一则凄凉的故事。

写这篇《潘阿细碣》时，龚自珍正携全家居于京城，生活十分困顿。当时他有个叫王元凤的朋友，遭谗被革职，发配张家口。临行前，王元凤将妻子潘阿细及幼子托付给龚自珍。龚自珍的妻子何吉云打扫出空屋子，将潘阿细和幼子接到家里一起生活。

当时龚家常常揭不开锅，何吉云得知潘阿细有金钗，可值十金，便向她借来此钗，去典当米盐。拖了很久，都没能将金钗赎还。"久不偿，惭以怃！细甚侠，无德色。"虽说潘阿细不以为意，可龚自珍内心多么煎熬！原本朋友托自己照顾家人，可现在反过来却要借朋友之妻的首饰来度日，何等尴尬，何等难堪！

徘徊望夫台，良人却不来。潘阿细内心悲痛，整日以泪洗面。可不久，更大的打击无情地袭来——阿细的幼子夭逝了！家中一贫如洗，龚自珍竟然无力给孩子置办些必需的随葬之物。他唯一能做的，只是为可怜的孩子写篇铭文。或许是连遭打击，潘阿细不久也撒手人寰，她终于没有等到王元凤回来的那一天。龚自珍置办了一口薄棺，安葬潘阿细，并在她的坟头种了棵枣树，以此怀念她的美德，同时写下了这篇碣文。

此文通篇用语凄绝，读来能够感受到龚自珍当时的锥心之痛。实在有负朋友重托，他年王元凤回来，自己又有何颜面，再见朋友呢？前人有云："秀才人情纸半张。"可对龚自珍来说，即便想好好安葬这对母子，又哪有这样的条件？即便不想"人情纸半张"，又哪得能够呢？